Evolution Z

Stufe Fünf

David Bourne

Deutsche Erstausgabe März 2017

Covergestaltung: UndPunkt - Design

ISBN-13: 978-1545033180

ISBN-10: 1545033188

Impressum

Creative Writers, Hörsteler Str. 69, 49509 Recke

Davidbournebooks@gmail.com

Facebook: David Bourne

Danksagung und Bonus

Liebe Leser,

es bedeutet mir ungemein viel, dass Sie sich für mein Buch entschieden haben. Als Dank dafür möchte ich Ihnen die Gelegenheit geben, meinem **VIP Leser-Club** beizutreten. Mit nur einem Klick erhalten Sie immer alle News und Updates zu meinen Büchern und Neuerscheinungen, aktuelle Angebote und Rabattaktionen.

Als besonderen Dank erhalten Sie außerdem **ein geheimes Bonuskapitel** zu dieser Buchserie per Mail!

Hier geht's zum VIP-Leserclub!

Nun aber viel Spaß beim Lesen!

Ihr

David Bourne

Für alle Menschen, die die wunderbare Reise des Lebens genießen wollen, ohne nur auf das Ankommen zu warten

Inhalt

1Vorrede

„Stufe Fünf" ist der fünfte Teil der Endzeit-Saga „Evolution Z", die in einer Welt nach dem Ausbruch eines unbekannten Virus spielt und von den Menschen erzählt, die in dieser Welt um das Überleben kämpfen.

Der erste Band, „Stufe Eins", handelt davon, wie urplötzlich an verschiedenen Orten in den Vereinigten Staaten das Chaos ausbricht. Wir lernen den alkoholkranken Piloten Raymond „Ray" Thompson kennen, der nach der Scheidung von seiner Frau Melissa seine beiden Kinder Tom und Eve nur noch selten sieht und insgesamt ein tristes Dasein pflegt. Die einzigen Dinge, die Ray außer der Zeit mit seinen Kindern anscheinend noch Freude bereiten, sind seine Affäre mit der Stewardess Cathy und der gute alte Jack Daniels.

Am Tag des Ausbruchs befindet sich Ray am Steuer seiner Maschine von Portland nach Washington, als ein infizierter Fluggast die anderen Passagiere angreift und Ray zu einer spektakulären Notlandung in einem Bergsee in einem Waldgebiet in Maine zwingt, bei der viele Menschen sterben. Ray und Cathy schaffen es aus dem Flugzeugwrack und werden mit anderen Überlebenden von Chris Forster gerettet, einem jungen Mann, der ein Ferienhaus in der Nähe des Sees besitzt. Nach der anfänglichen Freude über die Hilfe von Chris macht sich schnell Sorge darüber breit, warum keine professionellen Rettungskräfte erscheinen und warum sowohl das Telefon- als auch das Handynetz tot sind.

Die Überlebenden haben verschiedene Pläne, wie sie nun weiter vorgehen wollen. Eine Gruppe um den muskelbepackten und draufgängerischen Fernfahrer Duke Powell entschließt sich nach einem handfesten Streit mit Ray dazu, sich auf eigene Faust durchzuschlagen. Ray, Cathy und Chris bleiben gemeinsam mit Phil Brook, einem Familienvater, der seine beiden kleinen Kinder Robbie und Fiona dabei hat, im Haus. Sie kümmern sich außerdem noch um die beiden Verletzten Greg und Howard, die den Flugzeugabsturz zwar überlebt haben, aber nicht in der Lage sind, über weite Strecken transportiert zu werden.

Um weitere Vorräte zu beschaffen, fahren Ray und Chris in den kleinen Ort Monterey. Auf dem Weg dorthin haben sie kurz Radioempfang und hören eine Ansprache des Vizepräsidenten, die klar macht, dass sich das Land im Ausnahmezustand befindet. In Monterey besorgen sie Medikamente für Greg und Howard, die Chris zurück zum Ferienhaus bringt, während Ray an einem PC Wache hält, der einen funktionierenden Internetanschluss besitzt. Während er auf Chris' Rückkehr wartet, gewinnt seine Sucht die Oberhand und Ray besäuft sich fast bis zur Besinnungslosigkeit. Daher bemerkt er auch nicht die Gruppe von Untoten, die sich dem Büro nähert, in dem er sich aufhält.

Der stämmige Holzfäller Scott Gerber ist es, der Ray in letzter Sekunde rettet. Scott ist seit Stunden zu Fuß unterwegs und kommt eher zufällig durch Monterey, nachdem seine Eltern von Untoten in Augusta getötet wurden und seine Frau Jane sowie sein Sohn Sam verschwunden sind. Als Chris zurückkommt, schließt Scott sich Ray und ihm an. Es gelingt den dreien sogar, per Mail Kontakt zu Chris' Bruder Gregory aufzunehmen, der sich mittlerweile in dem Militärstützpunkt Fort Benning aufhält. Auch Scott und Ray haben die leise Hoffnung, dass sich ihre Familien dort aufhalten könnten. Nach einer gemeinsamen Besprechung im Ferienhaus wird klar: Sobald Greg und Howard gesund sind, wird Fort Benning das neue Ziel für die Gruppe.

Auf dem Weg nach Fort Benning ist auch der schmächtige Medizinstudent Joshua „Josh" Pelletier. Josh absolviert grade sein Praktikum in der Pathologie des Krankenhauses in Augusta. Während einer Routineuntersuchung erhebt sich auf einmal der Leichnam, den er gerade obduziert. Nach einem kurzen

Kampf, den Joshs Vorgesetzter mit dem Leben bezahlen muss, kann Josh sich in den Fahrstuhl und schließlich auch aus dem Krankenhaus retten. Als er nach einer wilden Flucht aus der Stadt schließlich zu Hause ankommt, bemerkt er, dass er in dem ganzen Chaos seine Mutter, die Chirurgin Margarete Pelletier, im Krankenhaus vergessen hat. Trotz der Vorwürfe, die Josh sich macht, bricht er nach Fort Benning auf. Und das aus gutem Grund: Sein Vater, Willem Pelletier, ist dort stationiert und hat ihm eine Nachricht hinterlassen, die ihn auffordert, schnellstmöglich den Stützpunkt aufzusuchen.

Am Abend bevor die Gruppe um Ray aufbrechen will, kündigt sich Unheil am Horizont an: Eine große Horde von Untoten nimmt Kurs auf das Ferienhaus. Die Überlebenden verteidigen sich so gut es geht gegen die Angreifer, bis eine Art Alphazombie auftaucht: Diese viel stärkere und agilere Version eines Untoten überspringt den zwei Meter hohen Zaun, der das Gelände umgibt, scheinbar mühelos. Ebenso schnell erklimmt die Bestie das Haus selbst und zerfleischt Greg und Howard im Krankenzimmer. Doch damit nicht genug: Ray muss mit ansehen, wie der Springer ihm Cathy nimmt, zu der er mittlerweile innige Gefühle aufgebaut hatte. In einem wilden Kampf vor dem Wohnzimmerkamin schafft es Scott schließlich, den Alpha zu töten – allerdings gerät dabei das Haus in Brand und die Überlebenden müssen mitten in der Nacht in einem VW-Kastenwagen fliehen.

In „Stufe Zwei“ begleiten wir unsere Helden auf dem mühsamen und gefährlichen Weg nach Fort Benning. Die Gruppe um Ray und Scott macht in der Nacht nach dem Angriff auf Chris‘ Ferienhaus Rast an einer augenscheinlich verlassenen Tankstelle, die aber bei näherer Begutachtung einige Überraschungen bereithält. Neben einigen Untoten findet Scott einen weiteren Überlebenden: den zurückgelassenen und völlig verängstigten Rottweiler Watson, dessen Zuneigung er nach und nach gewinnt. Nachdem die Tankstelle gesäubert wird, schlagen die

Überlebenden ihr Lager im Inneren auf. Der Einzige, der diese neuesten Entwicklungen teilnahmslos zur Kenntnis nimmt, ist Ray. Ihm scheint es einerlei zu sein, ob sie sich in Sicherheit befinden und wie es dem verletzten Chris oder den Kindern geht. Diese Ignoranz führt sogar soweit, dass der dem Alkohol verfallene Pilot sich erneut bis zur Besinnungslosigkeit betrinkt, anstatt Wache zu halten, was den Rest der Gruppe in Lebensgefahr bringt. Abermals ist es Scott, der die anderen beschützen kann und im Anschluss Ray im wahrsten Sinne des Wortes den Kopf wäscht. Am nächsten Morgen treffen die Überlebenden auf eine Militärpatroullie von Fort Benning, die ihnen den Weg weist.

In Fort Benning befindet sich mittlerweile auch Josh Pelletier, der an einem Außenposten von einem Spähtrupp aufgenommen und zum Militärstützpunkt gebracht worden ist. Der Stützpunkt selbst scheint sich nach dem Virus auf das Schlimmste vorzubereiten: Weiträumige Absperrungen, verstärkte Wachposten und höchste Alarmbereitschaft bestärken den Verdacht, dass das Virus alles andere als schnell unter Kontrolle gebracht werden kann. Mit der Zeit entwickelt sich Benning zu einem Anlaufpunkt für Überlebende aus der weiteren Umgebung, die Zuflucht suchen. Für diese Menschen ist eine Art Erstaufnahmelager errichtet worden, in dem Josh seine Kenntnisse als Medizinstudent einbringen kann, um Neuankömmlinge zu untersuchen. Zu seiner großen Freude trifft er im Stützpunkt auch seine Mutter wieder, ebenso wie seinen Vater, Willem Pelletier, der mittlerweile den Oberbefehl über Fort Benning hat.

Auf ihrem weiteren Weg nach Fort Benning werden Ray und die anderen von einem extravaganten Mann namens Richard Fuller in eine Falle gelockt. Der eloquente und intellektuell auftretende Fuller entpuppt sich jedoch sehr schnell als eiskalt und berechnend. Er beraubt unsere Helden ihrer sämtlichen Waffen und Ausrüstung, außerdem nehmen Fuller und seine Leute auch den VW in ihren Besitz. Lediglich mit einem Baseballschläger bewaffnet setzen Ray, Scott, Phil und seine Kinder gemeinsam mit Watson zu Fuß ihren Marsch nach Fort Benning fort, dabei müssen sie Chris die ganze Zeit tragen. Völlig erschöpft erreichen sie schließlich ihr Ziel.

Im Stützpunkt schließen sie Freundschaft mit Josh und bekommen nach kurzer Zeit Aufgaben übertragen, um sich nützlich zu machen. Phil und die Kinder helfen in der Kantine, der wiedergenesene Chris, der mittlerweile auch seinen vermissten Bruder Gregory wieder getroffen hat, hilft mit diesem im Kommunikationszentrum, Scott unterstützt die Soldaten bei der Befestigung der Außengrenzen und Ray arbeitet mit einem Mechaniker namens Screw im Werkstatthangar.

Eines Tages bekommt Ray von Willem Pelletier die Nachricht, dass es ein Lebenszeichen seiner Ex-Frau Melissa gibt. Sie befindet sich laut einem Informanten in einem Überlebendenlager namens Sanctuary an der Ostküste der USA. Diese Information gibt Pelletier Ray allerdings nicht ganz uneigennützig: Wir erfahren, dass Benning seit einiger Zeit Kontakt mit dem Flugzeugträger USS George Washington hat, der bereits vor dem Ausbruch des Virus auf dem Seeweg von Japan zurück in die Vereinigten Staaten gewesen ist und somit keinerlei Infektionen zu verzeichnen hat. Darüber hinaus hat der Flugzeugträger einen ganz besonderen Gast an Bord: Den Wissenschaftler Dr. Daniel Abbadon, seines Zeichens Genetiker in Diensten der Firma Vita Invicta, ein Unternehmen, das laut Abbadon verantwortlich für den Ausbruch des Virus ist. Er bietet dem Militär der USA seine Unterstützung an, allerdings nur unter der Voraussetzung, dass man seine Familie zu ihm bringt. Diese befindet sich ebenfalls in Sanctuary, was scheinbar der Grund dafür ist, warum Ray für diese Mission ausgewählt wird und gemeinsam mit Josh, Scott und zwei weiteren Soldaten zur USS George Washington fliegt. Dort erhalten sie schockierende Informationen bezüglich des Virus: Es handelt sich um ein fehlgeschlagenes Experiment von Vita Invicta, das mittels der Manipulation des so genannten FoxO-Gens seinen zahlungskräftigen Klienten – ausschließlich Milliardären – eine erhebliche Lebensverlängerung bis hin zur Unsterblichkeit ermöglichen sollte. Das Erschreckende daran ist die Tatsache, dass die Probanden des Experiments unwissenderweise zum Überträger der fehlgeschlagenen Genvariation geworden sind, welche letztlich das Virus hervorgebracht hat, das nach sechs Monaten Inkubationszeit ausgebrochen ist. Daher ist jeder Mensch potenziell infiziert, es sei denn, ein im Besitz von Abbadon entwickelter Schnelltest fällt negativ aus. Auch die von den Überlebenden beobachteten Alpha-Zombies, wie beispielsweise den Springer an Chris' Haus, kann der Wissenschaftler erklären: Menschen mit der Bluterkrankheit entwickeln bei Ansteckung mit dem Virus Genmutationen extremsten Ausmaßes.

Auch wenn Ray Abbadon verabscheut, überzeugen ihn die Hoffnung darauf, Melissa und seine Kinder zu finden, sowie die Aussagen von General Dixon und Admiral Jackson, den Oberbefehlshabern des Flugzeugträgers, die ihm offenbaren, dass sie mit dem Vizepräsidenten der Vereinigten Staaten in Verbindung stehen und der Erfolg dieser Mission letztendlich entscheidend für den weiteren Verlauf der Infektion sein könnte.

Während der Besprechungen auf dem Flugzeugträger droht Fort Benning eine doppelte Gefahr: Ein kleines Mädchen mit der Bluterkrankheit befindet sich auf der Krankenstation und ist aller Wahrscheinlichkeit nach infiziert, ohne dass Pelletier und seine Leute schon von den Neuigkeiten bezüglich des Virus wissen. Viel akuter ist aber die Bedrohung von außen: Um ihren Mitarbeiter Dr. Schaefer, dessen genaue Rolle in dieser Verschwörung noch unklar ist, aus Fort Benning zu befreien, hat die Firma zwei Undercover-Agenten eingeschleust. Mit einem Hubschrauber als Ablenkungsmanöver wird eine riesige Horde von Untoten nach Fort Benning gelockt. Dann überschlagen sich die Ereignisse: Im Morgengrauen explodiert eine Bombe und sprengt ein Loch in die Außenwand des Stützpunktes, gleichzeitig erreicht der Hubschrauber samt der gewaltigen Masse an Zombies das Haupttor. Diesen Augenblick nutzen Schaefer und die beiden Agenten, um aus dem Stützpunkt zu fliehen.

In „Stufe Drei" erleben wir die verzweifelte Schlacht der Truppen von Fort Benning gegen die schier übermächtig scheinende Horde von Untoten. Ray, Scott und Josh erfahren noch auf dem Flugzeugträger per Funk von dem Angriff auf ihren Heimatstützpunkt. Daher wollen sie auf direktem Wege zurückfliegen, um ihren Kameraden beizustehen. Abbadon sieht dadurch den ursprünglichen Plan, seine Familie von Ray aus Sanctuary holen zu lassen, gefährdet, was ihn dazu veranlasst, eine zweideutige Bemerkung von sich zu geben. Er deutet an, dass bereits zwei Rettungstrupps vor Ray bei dieser Mission gescheitert seien. Daraufhin stellt Ray General Dixon unter vier Augen zur Rede und erfährt, dass Abbadon die Wahrheit sagt. Doch nicht nur das: Laut dem General ist auch Master Sergeant Pelletier die ganze Zeit eingeweiht gewesen. Dixon rechtfertigt das Vorgehen mit der Begründung, dass sie alle lediglich Glieder einer langen Befehlskette seien und man in einer solchen Position als Befehlsempfänger keine Fragen stelle. Auch wenn Ray keine genauen Hintergründe erfährt, weiß er nicht mehr, wem er eigentlich trauen kann – er ist sich lediglich ziemlich sicher, dass der Vizepräsident als Oberbefehlshaber seine Finger im Spiel hat.

Mit zusätzlicher Bewaffnung von der USS George Washington fliegen Ray, Scott und Josh zurück nach Fort Benning, wo der Kampf gegen die Untoten bereits in vollem Gange ist. Das Mädchen auf der Krankenstation hat sich inzwischen in einen Alpha-Zombie verwandelt und Margarete Pelletier schwer verletzt. Bevor das Mädchen noch weiteren Schaden anrichten kann, wird sie von einer dunkelhaarigen Zivilistin namens Nika erschossen, die im Verlauf des Gefechts die Soldaten auf dem

Stützpunkt unterstützt. Ein weiterer riesiger Alpha zerstört in der Folge das Haupttor, so dass die Außenmauern nicht mehr zu halten sind und Fort Benning von Untoten geradezu überflutet wird. Kurz bevor es zu spät ist, erreichen Ray, Scott und Josh den Stützunkt und können aus der Luft die Katastrophe abwenden. Praktisch in letzter Minute töten sie mit schwerem Geschütz den riesigen Alpha und die Heerscharen von Zombies.

Am nächsten Tag spricht Ray zunächst mit dem Master Sergeant über die Behauptungen von Abbadon. Pelletier gibt zu, davon gewusst zu haben, rechtfertigt sich aber auf die gleiche Weise wie Dixon vor ihm. Als Ray und Pelletier darüber spekulieren, warum Benning angegriffen worden ist, fällt dem Master Sergeant ein, dass er in den turbulenten Tagen nach dem Ausbruch der Infektion einen Mann in Gewahrsam unterstellt bekommen hat, der unter Beobachtung bleiben sollte. Kurz darauf wird klar, dass es sich um Dr. Schaefer handelt, der sich zu diesem Zeitpunkt schon längst nicht mehr in Fort Benning befindet. Sowohl Ray als auch Pelletier vermuten, dass Vita Invicta für das Verschwinden des Doktors verantwortlich ist.

Nach einer heftigen Auseinandersetzung über das weitere Vorgehen einigen sich Ray und der Master Sergeant schließlich, wie geplant die Mission nach Sanctuary zu fliegen. Allerdings hat Ray einige Bedingungen an diese Zusage geknüpft: Er darf nicht nur sein Team frei wählen, sondern auch vorab noch mit dem Vizepräsidenten sprechen. Während dieses Gesprächs bestätigt sich Rays Vermutung, dass Harrison Carter ebenfalls Kunde von Vita Invicta gewesen ist und allem Anschein nach mehr weiß, als er zugibt. Dennoch fliegt Ray, nicht zuletzt getrieben von der Hoffnung auf ein Wiedersehen mit seiner eigenen Familie, gemeinsam mit Scott, Screw, Nika und seinem Hund Watson nach Sanctuary.

Dort befinden sich bereits einige alte Bekannte: Sowohl Richard Fuller mit seinen Handlangern als auch Duke Powell mit Pam und Danny haben inzwischen den Weg nach Sanctuary gefunden. Außerdem sind in Dukes Gruppe auch zwei Leute, die Scott sich mehr als alles andere in der Welt wieder in seinem Leben wünscht – seine Frau Jane (auf die Duke selbst ein Auge geworfen hat) und sein Sohn Sam (den Duke nicht ausstehen kann).

Richard Fuller ist sogar zur rechten Hand des Bürgermeisters Walter Krueger geworden und leitet in der hiesigen Arena für ihn die Ausbildung des Versorgungstrupps, der regelmäßig Touren in die umliegenden Orte unternimmt, um Nahrung, Medikamente und andere Güter zu beschaffen. Ansonsten, so erfahren wir, ist Sanctuary größtenteils autark: Das alte Indianerdorf liegt in einem schwer zu erreichenden Waldgebiet, verfügt über eine natürliche Kaverne für Trinkwasser und ist nur über eine lange Schlucht zu erreichen, die durch die umliegenden Berge führt und ideal gesichert werden kann. Außerdem läuft hier alles sehr geregelt ab: Jeder Bürger bekommt eine spezielle Aufgabe zugeteilt und ist mit für das Gemeinwohl verantwortlich. Auch gibt es einen Kodex: Dieser verlangt, dass die Bürger grundsätzlich dazu verpflichtet sind, allen Überlebenden Schutz und Zuflucht zu gewähren, wenn sich nach der Ankunftsuntersuchung zeigt, dass diese nicht infiziert sind. All diese Strukturen hat Walter Krueger geschaffen. Doch auch wenn Fuller als Pragmatiker die Vorteile von Sanctuary durchaus zu schätzen weiß, so sind ihm ein solcher Kodex und die friedliebende Art von Krueger zuwider. Einen Seelenverwandten findet er in Duke Powell, mit dem er gemeinsam ein Komplott vorbereitet, um Krueger zu stürzen und Sanctuary mit harter Hand zu regieren.

Ray landet mit seinen Freunden aufgrund der Information, dass bereits zwei Rettungsteams vor ihnen nicht zurückgekehrt sind, bewusst in einem großen Abstand zu dem Gebiet, in dem sie Sanctuary vermuten. Er nimmt einen beschwerlichen Fußmarsch in Kauf, um die Umgebung Stück für Stück zu erkunden. Das zahlt sich zunächst aus: Sie finden die Hubschrauber ihrer Vorgänger, und kurz darauf auch deren Leichen in einem nahe gelegenen Tunnel. Sie sind augenscheinlich von einem Alpha, der perfekt im Dunkeln sehen kann, getötet worden, und als Rays Gruppe den Tunnel durchquert, versucht er auch ihren Weg dort zu beenden. Nach einem packenden Kampf schaffen es unsere Helden auf die andere Seite des Tunnels – allerdings nicht ohne Verluste: Screw hat sich während des Gefechts das Knie schwer verletzt und kann kaum alleine laufen, was das weitere Vorankommen erheblich erschwert. Als sie mit ihren Kräften fast am Ende sind, treffen sie auf einen der Versorgungstrupps von Sanctuary und werden mit in die Stadt genommen.

Dort angekommen, unterrichten sie Walter Krueger über die für ihn schockierende Tatsache, dass potenziell jeder Mensch infiziert sein könnte. Gleichzeitig berichten sie ihm aber auch über den Schnelltest, den sie dabei haben und dessen Formel sie mit ihm teilen wollen. Krueger überlegt nicht lange und beruft noch für den gleichen Abend eine Stadtversammlung ein. In der Zwischenzeit erkundigen sich Ray und Scott in Sanctuary nach ihren Familien. Während Scott überglücklich feststellt, dass Jane und Sam tatsächlich als Einwohner geführt werden, muss Ray erfahren, dass weder seine Ex-Frau Melissa noch seine Kinder vor Ort sind. Alles deutet also darauf hin, dass er lediglich für diese Mission benutzt worden ist.

Am Abend bereitet sich Walter Krueger auf die Bürgerversammlung in der Arena vor. Kurz bevor es losgeht, trifft er auf Richard Fuller, der ihm für die anstehende Rede alles Gute wünschen will. Dabei schüttelt Fuller Krueger die Hand und sticht ihn mit einem speziellen Ring, der mit infiziertem Blut getränkt ist. Was Fuller nicht weiß, ist, dass Scotts Sohn Sam mit angesehen hat, wie er den Ring im Vorfeld präpariert hatte.

Allerdings kann auch Sam nicht verhindern, dass sich Walter Krueger während der Rede vor der gesamten Stadt in einen Untoten verwandelt. Richard Fuller tötet den Bürgermeister von

Sanctuary daraufhin vor den Augen aller Bewohner. Es braucht nicht viel Überzeugungskraft, um den Bürgern eine Verbindung zwischen Kruegers Verwandlung und der Ankunft von Ray und seinen Freunden nahezulegen. Fuller hetzt die Menge martialisch auf, um seinen eigenen Herrschaftsanspruch zu stärken und das Schicksal von Rays Gruppe zu besiegeln.

„Stufe Vier" beginnt wenige Stunden nach der Verhaftung von Ray, Scott, Screw und Nika. Während Screw sich auf der Krankenstation befindet, sitzen Ray und die anderen im Gefängnis von Sanctuary fest, ohne dass sie mitbekommen, wie sich ihre Überlebenschancen dramatisch verschlechtern: Richard Fuller hat nicht nur Valeria Martinez zu seiner neuen Polizeichefin ernannt, sondern auch Duke Powell zum obersten Richter der Stadt. In der Folge gelingt es Fuller, die Bevölkerung von Sanctuary durch eine Kombination von harter Führung und scheindemokratischen Neuerungen hinter sich zu bringen, was in Anbetracht des immer näher rückenden Gerichtsprozesses schlechte Nachrichten für Ray und seine Freunde sind.

Ohne dass sie es wüssten, wird Scotts Sohn Sam zu ihrer einzigen Hoffnung. Sam, auf den Fullers Schergen immer noch Jagd machen, wird buchstäblich in letzter Minute von der Lageristin Lisa gerettet, mit der er sich schon vor einiger Zeit angefreundet hatte. Sie versteckt ihn in einer geheimen Höhle in den Bergen von Sanctuary, die fortan als Versteck für die beiden dient. Während Lisa und Sam gemeinsam an einem Plan arbeiten, um den Gefangenen zu helfen, wird schnell deutlich, dass sich mehr als nur Freundschaft zwischen ihnen entwickelt.

An einem anderen Schauplatz erleben wir, wie Dr. Adrian Schaefer nach seiner Befreiung aus Fort Benning auf Derek Stone trifft, den Chef von Vita Invicta. Inmitten eines völlig zerstörten und von Untoten bevölkerten New York hat Stone rund um das Firmengelände von Vita Invicta einen ähnlich intakten Mikrokosmos geschaffen wie seinerzeit Walter Krueger in Sanctuary, allerdings mit zwei grundlegenden Unterschieden: Zum einen verfügt das als „New Kanaan“ betitelte Gebiet über scheinbar grenzenlosen Komfort und den Luxus vergangener Tage, zum anderen sind Derek Stone Fürsorge für andere Überlebende oder ein entsprechender Kodex völlig fremd. Im Gegenteil, der eloquente und hochgebildete Firmenchef hat eine dunkle Seite, die Schaefer schnell zu der Überzeugung gelangen lässt, dass der Mann wahnsinnig ist. Dennoch ist Schaefer bereit, Stones Wunsch nachzukommen, in dessen Forschungseinrichtung zu arbeiten, da er die Hoffnung hegt, über ihn an Informationen über den Verbleib seiner Familie in Deutschland zu kommen. Nicht viel später wird Schaefer erfahren, dass Stone seine Familie schon längst in Gefangenschaft hält.

Auch lernen wir nun Marie kennen, von der Josh bislang immer nur geträumt hat. Marie ist Joshs Ex-Freundin, die den jungen Mann vor Jahren aufgrund ihres Studiums in New York verlassen hat. Um Geld nebenher zu verdienen, hat sie, kurz bevor das Virus ausgebrochen ist, als Sekretärin bei Vita Invicta angefangen und ist mittlerweile nicht nur eine Mitarbeiterin von Derek Stone, sondern auch dessen Bettgefährtin. Marie selbst denkt jedoch noch oft an Josh und ist mit ihrem Verhältnis zu Stone mehr als unglücklich, denn er zeigt sich ihr gegenüber zumeist sehr kaltherzig.

Stones Skrupellosigkeit offenbart sich uns in der Folge auch im Umgang mit zwei seiner Untergebenen, den Agents Jonah und Moses. Obgleich die beiden es waren, die Schaefer für Stone aus Sanctuary geholt hatten, ist diese Tatsache nichts mehr wert, als der Chef von Vita Invicta erfährt, dass Moses interne Informationen an ein Mitglied der *Tafelrunde* weitergegeben hat. Um ein Exempel zu statuieren, verstümmelt Stone Agent Moses auf grausame Art und Weise vor den Augen von Agent Jonah.

Hinter der *Tafelrunde* steckt der elitäre Kreis der vierundzwanzig Milliardäre, die seinerzeit das Forschungsprojekt von Vita Invicta zur genveränderten Lebensverlängerung finanziert haben, welches mittlerweile zumindest in kleinem Rahmen Erfolg hatte: Laut Stone hat eine abgewandelte Version des ursprünglichen FoxO-Gens den Effekt, dass die verbesserte Zellregeneration bewirkt, dass der Behandelte zwischen einhundertfünfzig bis zweihundert Jahre alt wird. Auch wenn Stone die Gruppe von Superreichen in New Kanaan quasi seit Ausbruch des Virus beherbergt, merkt man, dass das Verhältnis auf beiden Seiten sehr angespannt ist. Wir erfahren von Plänen mit den Bezeichnungen „Port Royale“ und „Projekt Mordred“, über deren genaue Hintergründe jedoch nicht viel mehr bekannt wird. Nur eines scheint sicher: Sowohl Stone als auch die Mitglieder der *Tafelrunde* verfolgen ihre Ziele mit einer erbarmungslosen Rücksichtlosigkeit.

Die Lage spitzt sich weiter zu, als Stone von einem Informanten erfährt, dass sich nicht nur sein ehemaliger Mitarbeiter Dr. Abbadon im Gewahrsam des Militärs befindet, sondern auch das fehlende Mitglied der Tafelrunde, der Vizepräsident und momentan zumindest auf dem Papier mächtigste Mann der Welt, Harrison Carter. Als sich abzeichnet, dass Carter Vita Invicta den Rücken gekehrt hat, macht Stone für einen Präventivschlag mobil. Dazu bringt er mit enormem Aufwand und unter einigen Verlusten ein Terminal des Flughafens La Guardia unter seine Kontrolle, indem er es von Untoten säubern lässt. Dabei zeigt sich, dass die Alphas immer abstrusere Evolutionsformen annehmen und zum Teil nicht mal vor anderen Untoten als Nahrungsquelle Halt machen.

In Fort Benning ist mittlerweile wieder ein wenig Alltag eingekehrt, nachdem man sich vom Angriff der letzten Zombiehorde erholt hat. Doch es dauert nicht lange, bis auch hier die nächste Gefahr droht: Die Seals Bourke und McPherson entdecken im Zuge einer Außenmission, dass eine gigantische Untotenarmee von der kanadischen Stadt Quebec her Kurs auf Fort Benning genommen hat. Sowohl Pelletier in der Militärbasis als auch General Dixon auf der USS George Washington müssen schnell einsehen, dass ein Angriff von mehreren hunderttausend Zombies den sicheren Tod für alle Menschen im Stützpunkt bedeuten würde. Die geplante Evakuierung verzögert sich allerdings, da zunächst ausreichend Busse und Transportfahrzeuge organisiert werden müssen, um alle Personen mitnehmen zu können. So kommt es zu einem dramatischen Wettlauf gegen die Zeit, da sich die Zombiemasse unaufhaltsam ihren Weg in Richtung des Militärstützpunktes bahnt. Im letzten Augenblick gelingt es Pelletier, den größten Teil der Menschen zu retten und Kurs auf ihr neues Ziel zu nehmen, die CFB Halifax.

Währenddessen spitzt sich die Situation für Ray und seine Freunde in Sanctuary dramatisch zu. Wir lernen die Hintergrundschichte von Richard Fuller kennen und erfahren, dass er seiner infizierten Frau Heather vor ihrem Tode geschworen hat, alles dafür zu tun, sich um die gemeinsame Tochter Beth zu kümmern, koste es was es wolle. Der Umstand, dass ihm genau dies nicht gelungen ist, hat den Opportunisten Fuller aber nur noch rücksichtsloser gemacht. Als er merkt, dass die Bevölkerung von Sanctuary immer ungeduldiger wird, lässt er den Prozess stattfinden, auch ohne dass er Sam gefunden hat.

Was Fuller nicht weiß, ist, dass Sam und Lisa mittlerweile sowohl die Fotos von Fullers Komplott als auch dessen Siegelring, mit dem er Walter Krueger infiziert hat, in ihre Hände bekommen haben. Scotts Sohn und seine neue Freundin schaffen es, den Gefangenen diese Informationen mitzuteilen, bevor die Verhandlung beginnt. Ray hat damit den Trumpf, der ihm fehlte, um Fuller unter Druck zu setzen. Dem neuen Bürgermeister von Sanctuary wird schnell klar, dass er einen Kompromiss eingehen muss, wenn er die Macht in der Stadt behalten will. Also lässt er sich auf einen Deal ein. Da Duke im Prozess als Ankläger auftritt, fungiert Valeria Martinez als Richterin einer Verhandlung, die in der öffentlichen Arena vor der gesamten Bevölkerung ausgetragen wird. Ray vertritt die Gefangenen.

In hitzigen Wortgefechten und Vernehmungen schenken sich Duke und er nichts. Sowohl die Richterin als auch die Zuschauer sind immer wieder hin- und hergerissen bei der Frage, wem man Glauben schenken soll, bis letztendlich Pam auf die Bühne tritt. Die hübsche Blondine, die Duke schon damals in Chris' Ferienhaus begleitet hat, wurde von ihm kurz zuvor brutal zusammengeschlagen, weil sie ihn angelogen hatte. Als Duke von ihr bloßgestellt wird und im Anschluss auch noch Scotts Frau Jane bestätigt, dass Duke ein skrupelloser Schläger ist, der in keinem Fall eine solch verantwortungsvolle Position wie die des Richters von Sanctuary innehaben sollte, verliert der ehemalige Truckfahrer die Nerven und dreht vor den Augen aller Menschen durch. Zunächst versucht er verzweifelt, alle Anwesenden davon zu überzeugen, dass Fuller für Walter Kruegers Tod verantwortlich ist, doch Fuller hatte für diesen Fall bereits vorgesorgt, sodass Richterin Martinez Ray und seine Freunde freispricht und Duke festnehmen lässt. Doch bevor es soweit kommt, eskaliert die Situation: Duke nimmt sich Scotts Axt vom Tisch mit den Beweismitteln und schlägt Jane damit den Kopf ab.

Ehe die Menschen überhaupt begreifen, was da gerade passiert ist, nutzt Fuller erneut die Gunst der Stunde und festigt seine Position als Bürgermeister, indem er dem Volk die Entscheidung überlässt, was mit Duke geschehen soll. Scott, der nur mit Mühe von den Wachen zurückgehalten werden konnte, fordert einen Kampf auf Leben und Tod gegen Duke. Die Zuschauer wollen genau das. So kommt es zum finalen Aufeinandertreffen der beiden Männer, die Jane geliebt haben. Nach erbittertem Kampf tötet Scott Duke schließlich in der Arena. Im Anschluss einigt sich Ray mit Fuller darauf, dass er die Familie von Abbadon auf die USS George Washington bringen kann. Sowohl Silvia als auch die kleine Rose Abbadon sind direkt einverstanden, mitzukommen. Noch am gleichen Abend brechen sie mit Ray, Screw (dessen Knie sich mittlerweile auf dem Weg der Besserung befindet), Nika, Scott, Sam und Lisa auf, um zurückzukehren. Auch Watson sitzt mit in dem Lkw, in dem sie zurück zum Hubschrauberlandeplatz fahren, um von dort aus zum Flugzeugträger zu fliegen.

Es ist schließlich Marie im fernen New York, die herausfindet, dass dieser Plan tödlich enden könnte. Die Ex-Freundin von Josh spioniert ihrem Chef und Liebhaber Derek Stone hinterher und entdeckt so, dass der geheime Informant auf der USS George Washington nicht Harrison Carter, sondern Admiral Jackson, der engste Vertraute von General Dixon, ist. Jackson hat Stone von den Plänen in Bezug auf das Gegenmittel genauso in Kenntnis gesetzt wie von der Evakuierung Fort Bennings und der Rettung der Familie Abbadon aus Sanctuary. Am Ende von „Stufe Vier" erfahren wir, wie Derek Stone mit diesen Angelegenheiten umgehen will: Sobald Jackson von der USS George Washington runter ist, soll der Flugzeugträger versenkt werden, und wenn die Truppen von Fort Benning die CFB Halifax erreichen, sollen diese ebenfalls eliminiert werden.

„Stufe Fünf" spielt rund zwei Stunden nach der Abfahrt von Ray und seinen Freunden aus Sanctuary, kurz nachdem Marie Stones Pläne herausgefunden hat.

Der Mensch, Schein und Sein

Der heutige Mensch könnte Tatsachen schaffen. Er könnte sich als Spitze für immer und ewig deklarieren. Dazu müsste er nur den Planeten in die Luft jagen... dann ist er, besser dann war er die Spitze der Evolution. Die Spitze der Evolution, die es schaffte, die Evolution zu beenden.
Doch wen interessiert das?

Johann Sigl

2Sprachlosigkeit

Marie taumelte zwei Schritte zurück, so als habe ihr eine unsichtbare Faust in die Magengrube geschlagen. Dann stützte sie sich an eine Wand im Vorraum des Konferenzsaals, fassungslos über das, was sie gerade gehört hatte. Alleine der Name Pelletier hatte ihr einen Stich ins Herz verpasst. Bedeutete es, dass sie noch lebten? Auch Josh? Ihre Gedanken rotierten wie ein Kreisel. Es gab also einen Pelletier, der den Stützpunk Benning in Richtung der CFB Halifax evakuiert hatte (daher musste es sich aller Wahrscheinlichkeit nach um Joshs Vater Willem handeln), doch nicht nur das – nein, es existierte anscheinend auch die Möglichkeit, ein Antivirus gegen diese teuflische Seuche herzustellen! Vergeblich versuchte sie, ihre Gedanken zu sortieren. Wenn Derek seinen Worten allerdings Taten folgen ließ, dann würde keines dieser Szenarien je Realität werden. Er hatte unmissverständlich klargemacht, dass er für einen Präventivschlag aufrüstete, um sowohl die Streitkräfte von Benning als auch einen Flugzeugträger (auf dem sich anscheinend der Vize-Präsident befand) zu vernichten.

Marie versuchte sich zu beruhigen, was allerdings leichter gesagt als getan war. Unzählige Fragen schwirrten ihr durch den Kopf. Was hatte das alles zu bedeuten? War Josh auch unter den Menschen, die sich auf dem Weg nach Halifax befanden? Was genau hatte es mit dem Antivirus auf sich? Was meinte Derek mit den „finalen Vorbereitungen für Port Royale“? Und warum in aller Welt hatte er nie mit ihr über diese Dinge gesprochen?

Weil du nur sein Betthäschen bist, antwortete ihr eine Stimme in ihrem Kopf. *Weil du naiv genug warst zu glauben, dass ihm mehr an dir liegt, als nur seine Lust zu befriedigen. Eine Fickgelegenheit, mehr bist du nicht für ihn.*

Es passierte Marie äußerst selten, dass sie so harsch zu sich selbst war, doch in diesem Fall stimmte es einfach. Sie hatte von Anfang an gemerkt, dass ihre Beziehung zu Derek, wenn man es denn so nennen wollte, weitaus mehr auf Zweckmäßigkeit als auf Gefühlen basierte. Ganz anders, als damals mit Josh. Josh… allein bei seinem Namen lief ihr ein Schauer den Rücken herunter. Wenn sie nur wüsste, wie es ihm ging…

Lautes Stühlerücken im Konferenzsaal riss sie aus ihren Gedanken. Die Sitzung schien vorbei zu sein. Ein kurzer Blick auf die Uhr bestätigte ihr, was sie schon befürchtet hatte: 15.35 Uhr, damit war sie schon über eine halbe Stunde weg. Wenn Derek sie hier finden würde, hätte er vermutlich mehr Fragen als sie beantworten konnte. Gleiches galt für ihre Kollegin Thelma, die mittlerweile bestimmt auch skeptisch wurde. Während Marie auf Zehenspitzen die Treppe hinunterschlich, versuchte sie verzweifelt in ihrem aufgewühlten Gehirn eine Ausrede zu finden, mit der sie Thelma zumindest ansatzweise überzeugen konnte.

Als Marie wieder an ihrem Arbeitsplatz in der Empfangshalle ankam, stellte sich ihre Sorge jedoch als unbegründet heraus. Die vollbusige Afroamerikanerin schmökerte immer noch in einem Groschenroman und schien überhaupt nicht zu registrieren, was um sie herum passierte. Marie setzt sich wieder an ihren Platz und tat so, als würde sie sich mit den Zahlen auf ihrem Bildschirm beschäftigen. In Wahrheit fiel es ihr schwer, überhaupt einen klaren Gedanken zu fassen.

3Wintereinbruch

Jonah stand an der Reling des kleinen Transportschiffes und blickte in Richtung der Küste, die jeden Moment in Sicht kommen musste. Der eisige Ostwind fühlte sich auf seiner Haut an wie eine Rasierklinge, und der wolkenverhangene Himmel ließ der Sonne nicht den Hauch einer Chance, etwas dagegen zu unternehmen. Der Winter hatte diesen Teil der USA nun endgültig im Griff, daran konnten auch seine Thermounterwäsche und der dicke Parka nichts ändern.

Als Jonah langsam von der einen Seite des Schiffes auf die andere schritt, blickte er durch ein Fenster in den Aufenthaltsraum der Transportkabine. Die vierundzwanzig Männer, die mit ihm den Einsatz am Flughafen La Guardia überlebt hatten, saßen in voller Ausrüstung zusammen und warteten darauf, dass sie ihr Ziel erreichten. Obwohl sie genauso warm angezogen waren wie er und die Kabine zumindest windgeschützt war, wirkten die Männer durchgefroren und missmutig. Ein Grund dafür lag im Timing des Einsatzes: Die meisten hatten die Erlebnisse von La Guardia noch gar nicht richtig verarbeitet, geschweige denn um die gefallenen Kameraden getrauert, da mussten sie schon wieder kurzfristig auf eine neue Mission. Ein anderer Grund war die große Ungewissheit, die dieser neue Auftrag mit sich brachte: Es gab so gut wie keine Informationen in Bezug auf Anzahl oder Stärke der Feinde, sowohl untot als auch menschlich. Die Nachricht von heute Morgen, dass die Heizungsanlage auf dem Schiff defekt war, erschien da schon fast nebensächlich, hatte aber ihr übriges getan, um die Stimmung im wahrsten Sinne des Wortes auf den Gefrierpunkt zu bringen.

Als Jonah erneut in Richtung der Küste blickte, schälte sich in verschwommenen Konturen eine Felsklippe aus dem dichten Nebel, die etwas weiter östlich in einen Uferstreifen mit Anlegestelle überging. Es dauerte nicht mehr lange, dann waren sie da. Jonah ging zügig ins Führerhaus des Schiffes, um sich beim Kapitän zu erkundigen, wann genau sie das Festland erreichen würden. Der Mann am Steuer hieß Hal Goldstein, ein ehemaliger Finanzbuchhalter von Vita Invicta, dessen privater Bootsführerschein ihm nun das große Vergnügen zu Teil werden ließ, fortan bei maritimen Einsätzen mitzuwirken. Auch wenn Hal von diesem Umstand nicht gerade begeistert zu sein schien, machte er seinen Job, wie alle anderen auch.

Als Jonah die Informationen hatte, die er benötigte, betrat er die Transportkabine. Alle Gesichter drehten sich zu ihm, als er die Tür hinter sich verschloss. Jonah wusste, dass die Stimmung angespannt war, aber es half nichts. Sie hatten ihre Befehle.

„In Ordnung Männer, macht euch bereit. In knapp zehn Minuten legen wir an. Kontrolliert Waffen und Ausrüstung, insbesondere die Funkgeräte. Wir wissen nicht, was genau in Halifax auf uns zukommt."

„Soll das ein Witz sein, Johnnyboy?", grunzte Pete. Der alte Veteran war dafür bekannt, dass er sein Herz auf der Zunge trug. „Wir wissen *absolut nada* über diese verschissene Mission, mit Ausnahme des Missionsziels: Die Einnahme einer bekackten, kanadischen Militärbasis namens Halifax, die scheinbar direkt am verdammten scheiß Nordpol liegt. Inwieweit dieses beschissene Weihnachtsmannhauptquartier von Untoten bevölkert ist? Keine Ahnung. Ob sich noch Streitkräfte der Royal Canadian Navy in der Basis befinden? Wissen wir nicht. Sonstige Informationen in Bezug auf längerfristige Planungen mit der CFB? Fehlanzeige. Ich wusste zwar, dass Stone ein durchgeknallter Schweinehund ist, aber dass er fünfundzwanzig seiner besten Männer in aller Herrgottsfrühe auf ein solches Himmelfahrtskommando nach Kanada schickt, erstaunt mich dann doch."

„Peter Mason ist erstaunt. Es geschehen ja doch noch Zeichen und Wunder", erwiderte Jonah mit einem schwerfälligen Grinsen. Ihm war nicht entgangen, dass der Großteil der Soldaten Petes Meinung zu teilen schien.

„Aber es stimmt", schaltete sich Petes langjähriger Partner Frank ein. „Der Mist in La Guardia ist gerade mal einige Tage her, und schon sitzen wir hier wieder in vertrauter Runde und sollen den nächsten Zielpunkt einnehmen. Ich glaube, es wäre für die Motivation der Truppe nicht schlecht, wenn wir wüssten, wofür wir unsere Ärsche riskieren. Auch wenn ich nicht oft mit Pete einer Meinung bin, in diesem Fall hat der alte Mann mit dem begrenzten Wortschatz Recht."

„Wen nennst du hier einen alten Mann, *Frank*enstein?", blaffte Pete zurück, was die anderen zum Lachen brachte. Zumindest ein Teil der Anspannung schien aus der Kabine zu weichen. Jonah überlegte, wie viel er seinen Kameraden von dem, was Stone ihm anvertraut hatte, mitteilen sollte. Es war ein Balanceakt, denn sein Boss hatte ihm unmissverständlich klargemacht, dass diese Informationen für niemand anderen bestimmt waren. Und wie Derek Stone mit Menschen verfuhr, die gegen seine Regeln verstießen, hatte Jonah live miterlebt. Er fühlte sich nicht wohl dabei, doch er entschied, dass es besser war, sich zunächst an die Vorgaben von Stone zu halten.

„Ich würde euch gerne mehr erzählen, aber ich bin genauso schlau wie ihr. Wir werden weitere Anweisungen bekommen, sobald wir die Basis unter unsere Kontrolle gebracht haben. Aber ich bin mir sicher, dass es gute Gründe für unseren Einsatz gibt. Ihr wisst, wie Stone tickt. Der überlässt nichts dem Zufall."

„Uns ist allen klar, dass New Kanaan nicht trotz, sondern gerade wegen Stone so gut funktioniert", sagte Jerome, ein hochgewachsener Schwarzer, der beim Einsatz am Flughafen als einer der Teamleader fungiert hatte. „Und wir alle haben ihm sehr viel zu verdanken, schließlich geht es uns besser, als den meisten anderen Menschen auf dem Planeten. Es ist nur…"

„…ja?", fragte Jonah ungeduldig, als Jerome nicht weitersprach. Er mochte den ehemaligen Straßengangster sehr, denn Jerome war jemand, auf den man sich immer verlassen konnte, wenn es ernst wurde. Trotzdem nervte Jonah diese ganze Diskussion. Bei allem Verständnis dafür, dass die Männer unzufrieden waren, letztlich waren sie alle Soldaten in Diensten von Vita Invicta. Jerome hatte gerade selbst noch gesagt, wie viel sie der Firma zu verdanken hatten. Und das stimmte. Auch wenn Stone Jonah anwiderte, musste der Agent zugeben, dass sein Boss die Dinge im Griff hatte. Und er war lieber im Einsatz für die Firma, als sich irgendwo auf den Straßen Amerikas durchzuschlagen und von einer Zuflucht zur nächsten zu ziehen.

Jerome räusperte sich. „Versteh mich nicht falsch, Jonah. Die meisten von uns wären morgen nur gerne bei ihren Familien."

Jonah wollte gerade dazu ansetzen, eine Moralpredigt über die Pflichten eines Soldaten zu halten, als ihn die Betonung von Jeromes Wort *morgen* stutzen ließ. Natürlich wollten die Männer lieber bei ihren Familien sein, als sich hier den Arsch abzufrieren, aber warum traf das besonders auf morgen zu? Plötzlich fiel es ihm ein, und als er wusste, warum der morgige Tag anders als die meisten anderen Tage im Jahr war, fühlte er sich nicht nur unglaublich schlecht, sondern auch außerordentlich dumm. Morgen war Heiligabend.

4Eine einfache Frage

Nach der Abfahrt aus Sanctuary waren Ray und die anderen rund eine Stunde mit dem Lkw gefahren, als es langsam dunkel wurde. Glücklicherweise hatte Screw eine vereinsamte Holzhütte auf einer kleinen Lichtung abseits der Straße entdeckt, die sie als Nachtquartier nutzen konnten. Die alte Scheune schien früher als Rastpunkt für Wanderer genutzt worden zu sein. Zwar gab es keine Heizung, aber zumindest ein Dach über dem Kopf. Nach einer kurzen Abendmahlzeit hatten sich Sam, Lisa und Screw gemeinsam mit Silvia und Rose Abbadon in der Hütte einen notdürftigen Schlafplatz eingerichtet. Auch Watson hatte sich zu ihnen gelegt.

Scott saß draußen auf einem Stein und starrte in die aufkommende Dämmerung, während er auf einem Stück Brot kaute. Hin und wieder blickte er über die Schulter durch die offene Tür in die Hütte, um nach seinem Sohn zu sehen. Er konnte nicht erkennen, ob Sam weinte, aber es wäre angesichts der Umstände wenig verwunderlich gewesen.

Scott biss beinahe widerwillig ein weiteres Mal von seinem Brot ab, nicht etwa, weil er Hunger hatte, sondern weil er wusste, dass seine Freunde ihn dazu zwingen würden, bei Kräften zu bleiben. Im Augenwinkel sah er, dass Ray sich ihm näherte. Die beiden hatten zusammen in der letzten Zeit so unfassbar viel erlebt, dass er ihn mittlerweile mehr als einen Bruder denn als Freund betrachtete.

Ray setzte sich neben Scott. Ein Mensch der ihn weniger gut kannte, würde sich vermutlich räuspern, bevor er eine Unterhaltung begänne, aber über diese Dinge waren die beiden längst hinaus.

„Möchtest du darüber reden?“

Anstatt zu antworten, kaute Scott weiterhin gedankenverloren auf seinem Brot herum. Ray hatte sich tausend Mal durch den Kopf gehen lassen, wie er ihn am besten ansprechen könnte, bis er sich schließlich für den direkten Weg entschieden hatte.

„Wenn nicht, dann ist das auch okay. Aber hör mir wenigstens zu. Du weißt, wie unglaublich leid mir das alles tut. Ich hätte in meinen schlimmsten Alpträumen nicht vermutet, dass Powell zu so einer Schandtat in der Lage ist. Du sollst nur wissen, dass ich immer für dich und Sam da sein werde."

Scott wandte sich Ray zu und sog die Luft scharf ein. Ray fürchtete zuerst, zu früh einen Nerv getroffen zu haben, doch diese Sorge erwies sich Gott sei Dank als unbegründet.

Scott wollte einen Satz beginnen, seine Stimme überschlug sich allerdings und er musste erneut beginnen. „Ich habe überhaupt keine Ahnung, wie ich dir deine Frage beantworte soll. Wie du dir vorstellen kannst, denke ich seit unserem Aufbruch aus Sanctuary über nichts Anderes mehr nach. Auf mich prasseln momentan so viele Eindrücke ein, dass ich Angst habe, dass mir mein Kopf platzt." Scott blickte gedankenverloren auf seine ramponierten Hände. Die Blessuren, die die harten Schläge gegen den Kopf des Mörders seiner Frau hinterlassen hatten, heilten bereits ab. Dann sprach er weiter.

„Ich glaube, wir können uns wegen der noch vor uns liegenden Aufgaben einfach momentan nicht die Zeit nehmen, um Jane zu betrauern. Sie würde es mir wahrscheinlich übelnehmen, wenn ich jetzt einfach aufstecken und mich meinem Selbstmitleid hingeben würde. Obwohl ich zugeben muss, dass ich mich in schwachen Momenten frage, was das Schicksal für ein Spiel mit mir treibt. Da habe ich so lange dafür gekämpft, meine Frau wiederzufinden, und dann wird sie mir auf solch bestialische Weise genommen. Da stellt man sich schon die Frage, warum man überhaupt noch weitermachen soll."

Ray dachte darüber nach, ob er etwas auf Scotts letzte Bemerkung erwidern sollte, entschied sich dann allerdings dagegen. Scott würde sich nichts antun, er würde Sam nie und nimmer alleine lassen. Im Gegenteil, Vater und Sohn brauchten sich jetzt mehr als je zuvor.

„Ich bin jedenfalls glücklich, dass du das nicht getan hast. Die Welt ist zu einem trostlosen Ort geworden, darum bin ich wirklich froh, um jeden guten Menschen, der noch auf ihr lebt. Und du bist einer der besten Menschen, die ich kenne."

Scott sah Ray an, sagte dazu allerdings nichts. Er sprach weiter, als hätte Ray den letzten Satz gar nicht gesagt. „Weißt du Ray, ich bin es Jane schuldig, weiterzumachen. Damit ihr Tod nicht umsonst war, verstehst du? Wenn sich diese ganze Geschichte gefügt hat, auf die eine oder andere Weise, dann werde ich mir angemessene Zeit nehmen, um zu trauern. Wir haben noch einiges zu tun und ich schwöre bei Gott, den Verantwortlichen für diese ganze Scheiße zur Rechenschaft zu ziehen. Wir haben jede Menge Menschen hier, die wir beschützen müssen. Ich will nicht dafür verantwortlich sein, dass sich auch nur noch ein weiterer von ihnen wegen mir verletzt. Zumindest werde ich alles in meiner Macht Stehende tun, um das zu verhindern."

Ray blickte ihn an und versuchte dabei nicht zu milde dreinzuschauen. „Ich verstehe dich, Scott."

„Wir sollten jetzt rasten und dann bald weiter nach Reefe. Ich hoffe Sam fängt sich bald und tut nichts Dummes. Lisa ist ihm eine große Stütze. Sie ist ein wirklich tolles Mädchen."

„Das ist mir auch aufgefallen. Und denk daran: Die Zeit heilt vielleicht nicht alle Wunden, aber sie kann das unheilbare aus dem Mittelpunkt rücken." Scott blickte seinen Freund dankbar an.

Ray wollte das Thema wechseln. Er hoffte, dass Scott das alles durchstehen würde. Jedenfalls war er sich sicher, dass alle ihr Möglichstes tun würden, um Scott und Sam durch diese schwere Zeit zu tragen. Scott brauchte jede Ablenkung, die er kriegen konnte und sie standen sowieso schon eng zusammen. Den Rest würde die Zeit zeigen.

„Was hältst du von unseren Gästen?"

„Miss Abbadon macht einen netten Eindruck und die kleine Rose ist ein wahrer Sonnenschein. Ich bin mir nicht so ganz im Klaren darüber, was sie an einem Arschgesicht wie Daniel Abbadon findet. Wenn wir die beiden abgeliefert haben, sind wir unserem Ziel immerhin ein gewaltiges Stück näher gekommen."

Ray musste sich zusammenreißen, nicht zu schmunzeln, auch wenn Scott es damit auf den Punkt gebracht hatte. Daniel Abbadon war ein Arschgesicht.

„Wir teilen Wachen ein und schauen morgen weiter. Es ist mir zu heikel, durchzufahren. Die anderen haben sich in der Hütte schon eingerichtet. Wir haben anstrengende Tage hinter uns. Ich will nicht, dass wir einen Crash bauen, weil wir nachts mit ein paar Zombies kollidieren. Wir brauchen den fahrbaren Untersatz bis Reefe."

„Und dann?“, wollte Scott wissen.

„Stellen wir das Fahrzeug ab und gehen durch die Höhle zurück, die wir von dem Alpha gesäubert haben. Wir deponieren die Anweisungen für Fuller und hoffen, dass es jemanden in Sanctuary gibt, der Lisas Funkgerät wieder flottmachen kann. Wenn wir in Vertigo sind, suchen wir den Heli und fliegen so schnell wie möglich wieder zurück zum Flugzeugträger. Der Hubschrauber wird locker in der Lage sein, alle zu transportieren.“

Scott nickte. „Soll ich die erste Wache übernehmen?“

Ray schüttelte den Kopf. „Auch, wenn es dir nicht passt, werden du, dein Sohn und Screw sich heute Nacht ausruhen. Die erste Wache übernehme ich und die zweite Nika, da ich morgen fliegen muss.“ Ray drehte sich zu Nika um, in dem Wissen, dass sie die komplette Unterhaltung sowieso mitgehört hatte. Dieser Frau entging nichts.

„Geht das für dich in Ordnung, Nika?“ Die Latina zuckte nur mit den Achseln.

„Alles, was du sagst, Captain Ray. Schlaf wird ohnehin überbewertet.“

5Die große Mauer

Master Sergeant Willem Pelletier wog seinen Feldstecher sorgsam in der Hand und entfernte die Schutzkappen. Sie hatten den gesamten Vormittag damit zugebracht, auf der Küstenstraße in Richtung Nova Scotia zu fahren, doch nun war es nicht mehr weit. Nur noch knappe einhundert Meter und sie würden die Hügelkuppe erreichen, von der aus sie die Halbinsel, auf der sich die CFB Halifax befand, sehen können müssten.

Er rief sich das Gespräch mit Admiral Dixon ins Gedächtnis. Halifax war möglicherweise eine letzte Bastion der kanadischen Streitkräfte, die noch nicht von dieser untoten Pest überrannt worden war. Der Grund dafür war logisch: Nova Scotia lag taktisch mehr als günstig. Die Insel war mit einer nur wenige Kilometer breiten Landzunge mit dem Festland verbunden. Wenn es den kanadischen Streitkräften gelungen war, dieses Eiland zu halten, dann hätte man hier nicht nur eine Zuflucht geschaffen, sondern einen Grundstein gelegt. Denn falls das Gegenmittel wirklich funktionierte, dann könnte man hier einen mehr oder minder sicheren Neuanfang wagen.

Der Fahrer steuerte das Führungsfahrzeug des Konvois auf die Hügelkuppe. Tatsächlich konnte man vor hier oben eine riesige Fläche überblicken und neue Eindrücke strömten auf ihn ein, mit jedem Meter den er durch das Fernglas erblickte. Die riesige Mauer stand wie ein vereistes Bollwerk am Horizont. Nie hatte er erwartet, dass es sich um eine so massive Konstruktion handeln würde, als ihm per Funk davon erzählt worden war. Wenn man Fort Bennings Außenmauern hiermit verglich, dann überragte sie diese vermutlich um mehr als zwei Meter. Außerdem konnte man erkennen, dass über die gesamte Breite der Mauer Metallstreben verbaut waren, die sich nach außen über den Rand bogen. Eine weitere Abwehrmaßnahme, die auch gegen Massen von Zombies effektiv wäre. Die wahnwitzige Breite der Mauer bildete einen weiteren Faktor, der sie für die stumpfen Kreaturen schwer überwindbar machte. In Benning gab es das Problem, dass die Untoten aus allen Richtungen auf den Stützpunkt zugeströmt waren und sich an Engstellen so viele von ihnen gehäuft hatten, dass eine untote Rampe entstanden war, über die die Zombies die Mauern überwinden konnten. Hier jedoch könnte man die anrückenden Massen durch kluge Verteilung vermutlich so weit auseinander ziehen, dass eine Untotenarmee ein vielfaches größer sein müsste, als es in Fort Benning der Fall war und Pelletier konnte sich nicht vorstellen, dass eine solche Übermacht existierte. Andererseits wollte er auch nichts mehr ausschließen, nach dem, was ihnen in Benning wiederfahren war.

So unwahrscheinlich es auch war, dass es eine Zombiehorde gab, die diese Mauer überwinden konnte, so gab es doch zwei bedenklichere Bedrohungen: Zwei problematische Szenarien wären der Angriff eines menschlichen Feindes mit schwerem Gerät oder diese unberechenbaren Alphas. Nur der Teufel allein wusste, was diese Biester noch für Fähigkeiten haben könnten – er hatte schon von zahlreichen, unterschiedlichen Ausprägungen gehört. Doch wo gab es heutzutage schon hundertprozentige Sicherheit? Sie mussten hinter diese Mauer zur CFB Halifax, und das so schnell wie möglich.

Eine Bewegung am Rande seines Sichtfeldes zog Pelletiers Aufmerksamkeit auf sich. Erst ein war es nur ein einzelner Vogel, dann folgten weitere. Sanft glitt ein ganzer Schwarm Möwen über das gewaltige Bauwerk aus Stahl und Beton. Diese hartgesottenen Aasfresser dürften seit Beginn dieser Pandemie ein wahres Paradies vorgefunden haben, dachte er bei sich. Er folgte ihnen einen Augenblick mit seinem Fernglas und schweifte bei dem Gedanken ab, warum sich die Tiere eigentlich nie infiziert hatten. Er hatte sich nie damit beschäftigt und in seinen Augen bestätigte es eigentlich nur ein weiteres Mal, dass diese menschengemachte Seuche auch für die Menschheit gedacht. Die Möwen flogen weiter in Richtung der Küste, über die weite, freie Fläche, über eine Brücke, bis hin zur offenen See. Doch etwas störte an diesem Bild. Er schwenkte zurück.

„Das darf einfach nicht wahr sein“, hauchte er. Pelletier ließ augenblicklich den Feldstecher sinken. Seine Hoffnungen wurden mit einem Mal weggewischt. Er hatte sich für alle Leute des Konvois gewünscht, dass die Tage der Entbehrung endlich ein Ende hatten, doch diese Vorstellung rückte schlagartig in weite Ferne, denn erst jetzt erkannte er, dass sie vor neuen Problemen standen.

Die Straße vor ihnen führte den Hügel durch einige Serpentinen herab zu einer Brücke über eine Förde, die sich wie ein eisiger Finger in die Klippen der Küste bohrte. Doch selbst ohne Fernglas konnte man das mehrere Meter große Loch in der Brücke erkennen, welches ein Passieren unmöglich machen würde.

Der Konvoi, der überwiegend aus zivilen Bussen bestand, würde niemals abseits der Straße fahren können. Pelletier rief sich die Karte ins Gedächtnis, die er in den letzten Stunden kaum aus der Hand gelegt hatte. Sie würden einige Meilen zurückfahren müssen, um dann eine Ausweichroute durch ein mehrere Hektar großes Waldgebiet zu fahren. Bei ihrer jetzigen Geschwindigkeit und selbst ohne Hindernisse würden sie die Mauer nicht mehr erreichen, bevor es stockdunkel wäre. Ein Umstand, der dem Master Sergeant nicht im Geringsten behagte. Sie würden an der Mauer vermutlich auf einige Untote stoßen, was mit so vielen Zivilisten auch schon bei Tageslicht nicht ungefährlich war. Pelletier ließ den Humvee wenden und rief die anderen Kommandoführer zusammen, die sich wenige Minuten später bei ihm sammelten.

„Es gibt eine gute und eine schlechte Nachricht“, begann er seine Leute zu informieren. „Die Gute ist, dass die Mauer steht und wirklich jeder Beschreibung zu spotten scheint. Ich kann mir nicht vorstellen, dass es Zombies nach Nova Scotia geschafft haben. Wenn das kanadische Militär die Mauer hält, dann wird es eine sichere Zuflucht sein. Die schlechte Nachricht ist allerdings, dass wir heute eine weitere, unsichere Nacht auf der Straße verbringen müssen. Der Weg zur Mauer ist an dieser Stelle komplett zerstört. Wir müssen definitiv einen Umweg in Kauf nehmen. Eine entsprechende Route habe ich bereits ausgesucht.“

„Worauf warten wir dann?“, fragte einer der Zivilisten.

„Wenn wir jetzt losfahren, dann würden wir bei miserablen Lichtverhältnissen durch ein großes Waldgebiet fahren müssen und mitten in der Nacht vor der Mauer ankommen. Da das für mich keine Option ist, habe ich beschlossen, dass wir umkehren und uns einen sicheren Platz für die Nacht suchen.“ Er wartete kurz, bevor er weiter redete und sah seine Männer an. „Gibt es Einwände? Oder vielleicht sogar Vorschläge? Ich kenne mich hier ebenso wenig aus wie ihr.“

Corporal Morgan war es, der in die Bresche sprang. „Erinnern Sie sich an den Aussichtspunkt, an dem wir vor einigen Kilometern vorbeigekommen sind, Sir? Er lag direkt oberhalb der Küste, an einer Brücke. Ebenfalls zerstört. Wenn ich mich recht entsinne, dann verfügte er über einen ausreichend großen, ummauerten Parkplatz. Dort könnten wir problemlos den Nachmittag und auch die Nacht verbringen."

Aussichtspunkt? Pelletier zog seine Karte aus der Tasche. Er hatte den gesamten Vormittag über ihr gebrütet, sich dabei aber nur auf die Mauer konzentiert. Vermutlich war ihm daher dieser Aussichtspunkt entgangen. Er ließ sich von Morgan die ungefähre Position zeigen und befand sie für ausgezeichnet. Sie wären sowieso ganz in der Nähe vorbeigekommen, daher bedeutete es keinen großen Umweg. Der Konvoi aus Fort Benning hatte also ein neues Ziel. Ein weiterer Wegpunkt, bevor sie morgen in der Frühe aufbrechen würden, um hoffentlich ohne Probleme den Wald zu durchqueren und dann am Mittag die riesige Mauer zu erreichen.

6Den Schein wahren

Als Marie nach ihrer Schicht wieder in Dereks Apartment ging, legte sie sich direkt auf die große Sofalandschaft im Wohnbereich. Verzweifelt versuchte sie, ihre Gedanken zu sortieren. *Pelletier… Pelletier… Pelletier…*

Es musste sich einfach um Joshs Familie handeln. Und Derek wollte alle töten. Alle Menschen, die in Fort Benning Zuflucht gesucht hatten, dem Militärstützpunkt, auf dem Joshs Vater Zeit seines Lebens stationiert gewesen war. Und darüber hinaus wollte er noch einen Flugzeugträger versenken. Alles, um sein Projekt namens „Port Royal" nicht zu gefährden, was auch immer damit gemeint war. Marie wusste nicht, ob sie weinen oder sich übergeben sollte. Was ihr aber am meisten zu schaffen machte, war ihre urplötzliche Sorge um Josh. Natürlich hatte sie in den vergangenen Monaten immer mal wieder an ihn gedacht, doch sie hatte nur in ihren Träumen zu hoffen gewagt, dass er überhaupt noch leben könnte. Und sie wusste immer noch nicht, ob das überhaupt der Fall war – warum also diese ganze Aufregung? Die Stimme in ihrem Herzen antwortete, ohne zu zögern: *Weil du nie aufgehört hast, ihn zu lieben. Und weil allein die Möglichkeit, dass er diese Apokalypse überlebt haben könnte, Grund genug ist, um alles dafür zu tun, herauszufinden, wie es ihm geht.*

Tränen traten in Maries Augen. Warum war sie überhaupt nach New York gegangen? Sie verfluchte sich für ihre großkotzigen Predigten, die sie Josh damals gehalten hatte, als er versucht hatte, sie zum Bleiben zu bewegen. Sie hatte das Großstadtleben genießen wollen, wie es in den ganzen Sitcoms und Soap Operas im TV regelmäßig gezeigt wurde: Immer auf Achse, viele neue Leute treffen, rauschende Partys, unverbindlicher Sex, auf Hochhausdächern den Sonnenaufgang bestaunen. Sie wollte ihr behütetes Nest verlassen und die Welt erobern – nun war sie die Frau an der Seite eines Mannes, der anscheinend tatsächlich genau das vorhatte. Wie sollte sie von nun an Derek gegenüber auftreten, wo sie die Besprechung belauscht und ihm nachspioniert hatte? Er war zu intelligent, als dass er es nicht merken würde, wenn sie sich sonderbar verhielt.

Marie blieb noch einige Minuten auf dem Sofa liegen, während ihr die Tränen heiß die Wangen hinunterliefen. Als es draußen anfing zu dämmern, stand sie schließlich auf und traf eine Entscheidung. Sie ging ins Bad und wischte sich die verschmierte Schminke aus dem Gesicht. Ihre verheulten Augen und die zerzausten Haare ließen sie aussehen wie eine Wahnsinnige. Und vielleicht war der Plan, den sie gefasst hatte, auch genau das: Wahnsinn. Doch es war die einzige Chance, um Josh eines Tages vielleicht wiederzusehen.

Marie schaute auf die Uhr, es war kurz nach halb sechs. Irgendwann in den nächsten vier bis fünf Stunden würde Derek zurück in die Wohnung kommen. Je nachdem, wie sein Tag gelaufen war, würde er sie brauchen – nicht zum Reden, verstand sich. Marie nahm eine heiße Dusche und rasierte sich komplett glatt, so wie er es am liebsten mochte. Dann cremte sie sich mit wunderbar duftender Bodylotion ihre glatte Haut ein, bevor sie sich perfekt schminkte, die Haare bürstete und in ein halbdurchsichtiges Nachthemd schlüpfte. Alles musste so sein wie immer. Alles musste so sein, wie er es erwartete. Sie würde den Schein wahren.

7Point Pleasant Park

Der metallene Schiffsboden gab scheppernde Laute von sich, als die Männer in voller Ausrüstung das kleine Transportschiff am Point Pleasant Park verließen. Der weitläufige Stadtpark am Südzipfel der Halbinsel Nova Scotia erstreckte sich über knapp anderthalb Meilen, und laut Jonahs Karte lag Halifax weitere zwei Meilen nördlich dieses Gebietes. Nachdem sie den Funkkontakt untereinander sowie zu Hal auf dem Transportschiff überprüft hatten, setzte sich die Gruppe langsam in Bewegung. Die meisten Soldaten hatten ihre Fellkapuzen auf und einen Schal tief ins Gesicht gezogen, um sich gegen die klirrende Kälte zu schützen. Die Stimmung war nach wie vor angespannt.

Während sie den Park durchquerten, sondierte Jonah die Umgebung. Die Bäume erinnerten mit ihren kahlen Baumkronen und Ästen eher an skelettartige Finger, die sich in den Himmel streckten, als an einen im Sommer blühenden Teil der Natur. Der Vorteil allerdings war, dass fast das gesamte Gelände um sie herum gut einsehbar war und ungebetene Gäste im Normalfall früh bemerkt werden konnten. Als hätte er seine Gedanken gelesen, schloss Pete zu Jonah auf und stieß ihn an. Seine Stimme klang gedämpft unter dem Schal.

„Denkst du das, was ich denke, Johnnyboy?“

„Wenn du meinst, dass hier anscheinend nicht viel los ist, dann ja. Irgendwelche Vermutungen? Vielleicht wieder so ein Paralyse-Alpha wie am Flughafen?“

Pete schüttelte den Kopf. „Glaub ich nicht. Dafür ist die Gegend zu weitläufig. Außerdem sieht es hier überall viel zu sauber und ordentlich aus dafür, dass die Welt am Arsch ist.“

Jonah nickte, das war ihm auch schon aufgefallen. „Könnte durchaus sein, dass die CFB noch in menschlicher Hand ist.“ Mittlerweile war er sich dessen fast sicher. Nicht nur die Tatsache, dass nirgends Leichen von Untoten herumlagen, sprach dafür, sondern auch der Umstand, dass so gut wie nirgends Zeichen von Vandalismus oder Zerstörung zu sehen waren. Zwar wirkte das Gebiet nicht so penibel strukturiert und organisiert wie New Kanaan, aber der Unterschied zu dem, was er an Chaos und Verwüstung rund um Benning herum gesehen hatte, war extrem. Es musste noch Überlebende geben.

„Was machen wir, wenn tatsächlich noch Soldaten in der Basis sind?“, fragte Jerome, der hinter den beiden lief und das Gespräch mit angehört hatte.

„Wir müssen die CFB in unsere Gewalt bekommen. Das „Wie“ ist dabei zweitrangig“, erwiderte Jonah.

Jerome verzog das Gesicht, als habe er in eine Zitrone gebissen. „Du willst also sagen, dass wir andere Überlebende zur Not einfach erschießen, um den Stützpunkt einzunehmen?“

Pete schaltete sich ein. „Seit wann so sensibel, mein schokoladiger Freund? Als du damals mit deiner Gang durch die Straßen von New York gezogen bist, hast du doch sicherlich auch nicht nur Werbezettel verteilt.“

„Was weißt du schon, Opa?“ Jerome wirkte, als habe Pete ihn an einem sensiblen Punkt getroffen.

„Ich weiß, dass Moralpredigten und Gewissensbisse nicht zu einem Nigger passen, der früher sein Geld damit verdient hat, Menschen zu erpressen oder Drogen zu dealen. Ich glaube-“

Das Blut spritzte aus Petes Nase auf seinen über den Mund gezogenen Schal, als Jeromes Faust ihn mit voller Wucht traf. Jeder andere wäre wohl bei solch einem Schlag zu Boden gegangen, aber nicht Pete. Stattdessen trat der Veteran scheinbar unbeeindruckt in Jeromes rechte Kniekehle, sodass dessen Bein einknickte und er kurz das Gleichgewicht verlor. Während er versuchte, sich zu fangen, traf ihn eine knallharte links-rechts Kombination, die sein Kinn erst nach unten links, und anschließend nach oben rechts schießen ließ. Sichtlich benommen schlug Jerome auf dem gefrorenen Boden auf, doch nur kurze Zeit später waren seine Augen wieder klar. Er hatte schon zu viele Straßenschlägereien hinter sich, als dass er sich so schnell ausknocken ließ. Mit blutverschmierten Zähnen grinste er Pete auf dem Hintern sitzend an.

„Das war ein Fehler, Rambo.“ Gerade als er sich wieder auf Pete stürzen wollte, ging Jonah dazwischen.

„Auseinander, alle beide!“, zischte er die zwei an und stellte sich zwischen sie. Einige der anderen Männer hielten sowohl Pete als auch Jerome zurück, die sich nach wie vor aggressiv anfunkelten. „Spart eure Kräfte dafür, wenn es gegen den Feind geht, und nicht, um euch gegenseitig zu verprügeln!", donnerte Jonah. „Ja, die Mission hier ist scheiße, um es mal mit deinen Worten zu sagen, Pete. Aber was wollt ihr machen? Umkehren? Nur zu. Und wer von euch Helden geht in Stones Büro und erklärt es ihm? Oder wollt ihr euch hier weiter gegenseitig eure Hohlschädel einschlagen?" Jonah blickte in die Runde. Da ihm niemand antwortete, fuhr er fort. „Könnten wir uns dann jetzt vielleicht daran erinnern, dass wir Profis sind und den verdammten Job zu Ende bringen, damit wir schnellstmöglich wieder heimkehren können? Wir sind immer noch ein Team, vergesst das nicht!"

Das hatte gesessen. Die beiden Raubeine standen nebeneinander und sahen aus wie gescholtene Schuljungen. *Na also, es geht doch*, dachte Jonah.

„Pete, du nimmst mit der Hälfte der Männer die Ostseite des Parks, Jerome und ich übernehmen mit dem Rest die Westseite. Am Ende des Parks bilden wir die Vor- und ihr die Nachhut. Wir können diese Mission nur erledigen, wenn wir zusammenhalten. Das gilt auch für alle anderen. Habt ihr mich verstanden?"

Für einen kurzen Moment sah es plötzlich so aus, als würde Pete überlegen, ob er sich losreißen und erneut auf Jerome stürzen solle. Dann schien die Vernunft die Oberhand zu gewinnen. Mit einem kurzen Nicken in Jonahs Richtung drehte er sich um und scharrte ein Team um sich. Die restlichen Soldaten, inklusive Jerome, sammelten sich bei Jonah. Dann marschierten sie weiter.

Kurze Zeit später erreichten sie zwei rund zehn Meter hohe Türme, vor denen Hinweisschilder für Touristen standen, welche die Gebäude *als Martello-Türme* auswiesen. Jonah richtete sich an zwei Soldaten aus seinem Team.

„Carl und Sammy, ihr gebt uns mit zwei Scharfschützengewehren von dort oben Deckung. Beobachtet vor allem den Weg, der in Richtung der CFB Halifax führt, und gebt uns über Funk Updates, sobald ihr irgendwelche Gefahren seht. Der Rest bleibt zusammen und folgt mir."

Es dauerte einige Minuten, bis Carl und Sammy eine passende Position eingenommen hatten und sich einsatzbereit meldeten. Kurz darauf gingen die Männer weiter. Wenig später erreichten sie das Ende des Parks und bogen auf eine große Hauptstraße ein, die laut Karte auf direktem Wege zur Basis führen musste. Auch hier wirkte zwar alles verlassen, aber keinesfalls verwahrlost. Einzelne, herrenlose Autos standen hier und dort herum, außerdem gab es einige kaputte Fensterscheiben an den Gebäuden – das war es dann aber auch. Jonah wusste nicht, was er von alledem halten sollte. Als der Ostwind erneut auffrischte, hatte er das Gefühl, dass sich sein bestes Stück vor Kälte nach innen verzog. Zu allem Überfluss hatten sich mit Jerome und Pete auch noch zwei seiner wichtigsten Leute in die Haare bekommen. Wenn das keine rosigen Aussichten für ein fröhliches Weihnachtsfest waren.

8Young Avenue

Jonah ging mit Team Alpha knapp zweihundert Meter vor Pete mit Team Beta die breite Hauptstraße entlang, die den Namen *Young Avenue* trug. Mit jedem Schritt ließen sie den Park ein Stück weiter hinter sich und bewegten sich in Richtung der Halifax Base. An beiden Seiten der Straße lagen zwei- bis dreistöckige Häuser, in deren Erdgeschossen vor dem Ausbruch des Virus die verschiedensten Geschäfte beheimatet gewesen waren. Jonah blickte in ein Schaufenster, welches zu einem Reisebüro gehört haben musste. Ein Poster zeigte eine Schönheit im Bikini, die mit einem Cocktail in der Hand in einer Hängematte auf einer sonnigen Karibikinsel lag. Darunter prangte ein doppeldeutiger Werbespruch: *Heiße Aussichten! Entfliehen Sie den kalten Tagen – jetzt Karibikurlaub buchen!* Jonah musste fast lächeln. Noch vor wenigen Monaten waren Urlaubsreisen an die schönsten Flecken der Erde Normalität gewesen. Mittlerweile war er sich nicht einmal mehr sicher, ob es überhaupt noch schöne Plätze auf der Welt gab. Sein Funkgerät knackte.

„Kontakt. Drei bewaffnete Männer laufen an der Südseite der CFB Patrouille. Warte auf weitere Anweisungen.“ Carls Stimme hörte sich hochkonzentriert an.

„Verstanden“, funkte Jonah zurück. „Weiterhin beobachten, Carl. Auf keinen Fall feuern. Wenn ihr noch mehr seht, sagt es uns.“

„Roger. Bleiben in Position und beobachten weiter.“

Jonahs Stirn legte sich in Falten, als er die Straße hinunter bis zur nächsten Kreuzung blickte. Seine Vermutung hatte also gestimmt, die Basis wurde nach wie vor von Menschen kontrolliert. Seit dem Streit zwischen Pete und Jerome hatte Jonah die Frage, was in diesem Fall zu tun war, nicht mehr losgelassen. Stones Befehl war eindeutig: Die CFB musste unter Kontrolle gebracht werden. Ob mit oder ohne Gewaltanwendung, hatte er dabei nicht explizit angesprochen – doch Jonah wusste nur zu gut, dass Stone jedes Mittel recht war, um seine Ziele zu erreichen. Wenn Sie es auf diplomatischem Wege versuchten und scheiterten, könnte sich keiner der Männer zurück nach New Kanaan trauen. Und wie sollte so ein diplomatischer Weg überhaupt aussehen? Freundlich anklopfen und die Überlebenden fragen, was sie von der Idee hielten,

Jonah und seinen Leuten den Stützpunkt zu überlassen, damit Vita Invicta einen Großteil der noch verbliebenen amerikanischen Streitkräfte vernichten konnte? Toller Plan. Doch auf der anderen Seite waren Jeromes Bedenken absolut nachvollziehbar. Die Söldner von Vita Invicta hatten bislang so gut wie ausschließlich gegen untote Feinde gekämpft, und es fiel niemandem schwer, eines dieser Biester ins endgültige Jenseits zu befördern. Bei Überlebenden, vor allem solchen, die im Grunde unschuldig waren und nichts getan hatten (im Gegenteil, die Truppen der CFB waren mit hoher Wahrscheinlichkeit welche von den „Guten"), sah die Sache dann schon anders aus. Trotz allem Befehlsgehorsam war Jonah die Vorstellung, zig unschuldige Menschen zu töten, zutiefst zuwider. Abgesehen davon würde es alles andere als ein Spaziergang, sich den Weg in die Basis freizuschießen. Sie wussten weder mit wie vielen Gegnern sie es zu tun hatten, noch wie diese ausgerüstet waren. Jonah atmete tief ein und wieder aus. Es musste noch eine andere Lösung geben. Er betätigte sein Funkgerät.

„Pete, bitte kommen. In rund fünfhundert Metern liegt auf der linken Straßenseite ein Buchladen. Siehst du ihn?"

„Roger, Johnnyboy. Du meinst *Ed's Book- & Magazinestore,* kurz vor der Kreuzung?"

„Genau den. Wir treffen uns dort und ziehen die Teams wieder zusammen. Dann überlegen wir uns das weitere Vorgehen bezüglich des Stützpunktes. Ich glaube, ich habe eine Idee, mit der sowohl du als auch Jerome leben können."

„Verstanden. Auch wenn mich das bei Bruder Schwarzfuß wundern würde. Bis gleich."

***

Die Tür von *Ed's Book- & Magazinestore* war nicht abgeschlossen. Im weitläufigen Verkaufsbereich des Geschäfts reihte sich ein Buchregal an das nächste, so dass man den Eindruck hatte, man würde ein Labyrinth von Büchern durchqueren. Jonah sammelte die Männer im hinteren Teil des Ladens, der etwas geräumiger und von der Straße aus nicht einsehbar war.

„Carl und Sammy, könnt ihr mich hören?“, sprach er in sein Funkgerät.

„Laut und deutlich, Jonah.“

„Wie ist die Lage an der Base?“

„Nach wie vor patrouillieren die drei Wachen an der Südseite. Mehr können wir von hier aus nicht sehen.“

„Verstanden. Position halten.“

Erwartungsvolle Gesichter blickten Jonah an, als er in die Runde schaute. Die meisten hatten sich auf den Boden gesetzt oder lehnten an einem der Regale. Pete hockte auf einem kleinen Beistelltisch und hatte die Arme vor der Brust verschränkt. Jerome saß auf einem Sitzsack in der Ecke, seine Kiefer bearbeiteten im Akkord ein Kaugummi in seinem Mund. Doch nicht nur die beiden waren angespannt. Viele der Soldaten hatten in der vergangenen halben Stunde mit Sicherheit genauso über die verschiedenen Optionen nachgedacht, die Basis einzunehmen, wie Jonah selbst. Zudem war den Männern der Streit zwischen Pete und Jerome nicht entgangen, und Jonah war sich sicher, dass der Plan, den er jetzt gleich vorstellen würde, für viele ein Indiz dafür war, auf wessen Seite er stand. Auch deshalb war es extrem wichtig, den richtigen Ton zu treffen. Jonah atmete innerlich tief durch, dann beugte er sich vor.

„Okay, hier ist der Plan.“

9Wiedersehen

Eine kräftige Mixtur von Bildern aus den letzten Tagen in Sanctuary verschmolz in Scotts Kopf. Er erinnerte sich daran, wie er Jane wiedergesehen hatte, das Hochgefühl und die Hoffnung, die damit verbunden waren. Augenblicke des Prozesses verschwommen wie Nebel vor seinen Augen. Ray hatte einen Plan gehabt, zwar mit einigen Lücken, aber dennoch vielversprechend. Duke Powell war im Laufe der Verhandlung immer mehr in Bedrängnis geraten. Hätte Scott das Unglück kommen sehen müssen? Wenn man ein Raubtier in eine Ecke drängt, dann beißt es zu, das war schon immer so. Und Duke hatte zugebissen. Das Bild, als der Kopf von Jane drehend zu Boden fiel und ihr lebloser Körper wie ein gefällter Baum nach hinten wegsackte, würde ihn ein Leben lang begleiten, soviel war sicher. Er erinnerte sich an den harten Kampf in der Arena, den er mit Duke austrug. Zum einen hart, weil Duke ein starker Gegner war, zum anderen hart, weil er sich eingestehen musste, Duke nur aus blinder Rache und blankem Hass umgebracht zu haben. Früher hätte er nicht einmal geahnt, zu so etwas auch nur im Ansatz fähig zu sein. Nach Dukes Tod fühlte er eine gewisse Erleichterung. Wenigstens hatte er seine Frau rächen können und damit auch den Anspruch seines Sohnes erfüllt, genau das zu tun. Zurückbringen würde sie das allerdings nicht. In Scotts Kopf verschwammen die Bilder ineinander.

Es kam ihm vor, als säße er in einem vernebelten Kino, in dem man die Leinwand nur erahnen konnte. Plötzlich stand er an einem rechteckigen Scheiterhaufen. Jane hatte immer schon gesagt, dass sie verbrannt werden wolle, wenn sie einmal sterben würde. Scott hatte ihr diesen Wunsch erfüllen wollen und Richard Fuller hatte es ihm ermöglicht. Er hatte Abschied vom brennenden Leichnam seiner Jane genommen, mit Tränen in den Augen, unfähig, die Endgültigkeit dieser Szenerie zu begreifen. Sam und Lisa, Nika und Ray, sowie Screw versuchten ihr Möglichstes, um ihn irgendwie zu trösten, doch Scott wusste, dass ein großer Teil seiner selbst dort auf dem Scheiterhaufen mit verbrannte. In den wohl verzweifelten Momenten seines Lebens lernte er dann Silvia und Rose Abbadon kennen und ihn überkam eine unerklärliche, unbändige Wut auf die beiden. Warum war Jane gestorben und die beiden am Leben? War das fair, nach allem, was er schon opfern musste? Es dämmerte ihm kurze Zeit später. Natürlich war es nicht fair, aber das hatten Silvia und Rose wohl kaum zu verantworten. Sie waren völlig unschuldig und so behandelte er sie nach dem kennenlernen höflich und zuvorkommend.

Wieder ein Bildwechsel auf der Leinwand. Er sah den Truck, der für ihre Abfahrt aus Sanctuary vorbereitet wurde. In kurzer Zeit würden sie Sanctuary verlassen und versuchen, wieder auf die USS Washington zu gelangen. Plötzlich öffnete sich der sandige Boden vor ihm und zog ihn wirbelnd in die Tiefe hinab. Er wurde bei lebendigem Leibe verschluckt. Scott kam liegend wieder zu sich. Ein schwerer, öliger Geruch lag in der Luft.

Er kannte diesen Geruch genau. Es waren die Holzbohlen ihres Treppenhauses. Das Holz dafür hatte er selbst ausgesucht und lackiert. Wie man Holz behandeln musste, das wusste er ganz genau. Sein Vater Ben hatte ihm alles über Holz beigebracht. Scott hatte es schon immer geliebt, in der Natur zu sein. Er nutzte jede Gelegenheit, mit seinem Vater draußen zu wandern oder zu arbeiten. Nur irgendetwas war heute anders als sonst. Er ging zum Fenster und schaute heraus. Betty Wilkes stand in ihrem Garten und hängte Wäsche auf. Sie bemerkte seinen überraschten Gesichtsausdruck und winkte ihm zu. Wie war das möglich?

Er hörte ein Geräusch aus dem Wohnzimmer. Er ballte vor Anspannung die Fäuste und schlich auf leisen Sohlen zur Tür. Mit zitternder Hand öffnete er sie ein Stück und lugte in das Zimmer hinein. Man konnte in die Küche sehen. Dort dampfte etwas vor sich hin und es roch nach Plätzchen. Plötzlich spürte er eine Berührung auf seiner Schulter. Er hatte das Zimmer so angespannt beobachtet, dass er nicht gemerkt hatte, wie sich jemand von hinten angeschlichen hatte. Er fuhr zusammen, als wäre ihm der Blitz in die Glieder gefahren und drehte sich nach hinten um.

„Dad? Dad bist du das?“ Scott traute seinen Augen nicht. Sein Vater hatte sich bei einem Sturz von der Treppe das Genick gebrochen, kurz nachdem er sich mit der unheilvollen Seuche infiziert hatte. Nun stand er vor ihm und war quicklebendig. *Was geht hier nur vor sich?*

Ben Gerber schaute seinen Sohn nachdenklich an. „Was machst du denn für Faxen, Junge? Komm rein.“ Ben öffnete die Tür und setzte sich an den Tisch, dessen Platte Scott selbst gehobelt hatte, eine Arbeit, auf die er sehr stolz war. Der Tisch bot Platz für einige Gäste und es waren auch offensichtlich mehrere Leute bei ihnen. Als die Türe aufging, sah Scott, dass sich sein Dad neben seine Mutter gesetzt hatte. Auch Cathy saß dort, die in Chris‘ Haus von dem Springer getötet worden war. Und es machte jemand Geräusche in der Küche. Dann sah er sie. Jane. Seine geliebte Jane. Sie kam mit einem Tablett Gebäck aus der Küche und stellte es auf den Tisch. Sie trug das geblümte Sommerkleid mit einer Schürze darüber. Das Kleid hatte er ihr einmal zum Geburtstag geschenkt und er liebte es, sie darin zu sehen. Jane strahlte ihn an, sagte aber nichts, sondern bewirtete weiter die Gäste. Seine Mutter durchbrach die Stille.

„Was hast du abgenommen, mein Junge. Man erkennt dich ja kaum wieder. Es kocht vermutlich niemand für dich, was?“

„Nicht so oft in letzter Zeit. Mahlzeiten sind schwer zu beschaffen, Mum.“

„Das kann ich mir vorstellen. Cathy hat uns schon davon erzählt. Uns geht es gut hier. Wir haben alles, was wir brauchen.“

„Mum, ist das hier ein Traum? Ich habe dich am Fenster gesehen. Diese verdammten Kreaturen hatten dich…“ Scott wurde unruhig, obwohl er die Antwort auf seine eigene Frage bereits kannte. Sein Vater ergriff das Wort.

„Natürlich ist das hier ein Traum. Aber deswegen können wir uns doch unterhalten, oder? Wir haben uns schon so lange nicht mehr gesehen.“ Ben Gerber lächelte.

„Dad, es tut mir so unendlich leid. Du warst so schwer verletzt, ich wusste einfach nicht, was ich tun sollte…“

„Junge, du hättest gar nichts anderes tun können. Es ist ja nicht so, als hätte ich dir eine Wahl gelassen. Du musstest eine Entscheidung treffen. Und diese Entscheidung war richtig.“

„Ich habe mir solche Vorwürfe gemacht. Wegen euch. Ich wollte euch retten.“

„Das wissen wir doch, Scott", erwiderte Cathy und trank vom Kaffee. „Sag, wie geht es Ray? Trinkt er immer noch zu viel und ist so ein elender Sturkopf?"

Scott schüttelte den Kopf. „Er hat damit aufgehört, Cathy. Er ist ein richtiger Anführer geworden. Ich glaube, er vermisst dich. Wir wünschten, du wärest noch bei uns."

„Ich vermisse ihn und die anderen auch, aber wie du siehst, bin ich hier in sehr guter Gesellschaft. Es ist friedlich hier und uns fehlt es an nichts."

„Das ist schön zu hören, auch wenn ich es nicht so richtig glauben kann", warf Scott ein.

„Man glaubt das, was man glauben will, Scott, sonst würde man wissen. Ist der Junge bei dir immer so stur, Jane?"

„Immer, Ben. Aber deswegen liebe ich ihn trotzdem." Jane ging zu Scott und strich ihm über die Wange. Ihre Berührung war kühl, aber es fühlte sich trotzdem angenehm an.

„Wie geht es meinem Sohn, Honey? Kommt ihr zurecht?"

Scott traute sich nicht, sie zu berühren. Er hatte Angst, dass sonst alles wie eine Seifenblase zerplatzen würde.

„Es ist für uns beide unfassbar schwer ohne dich. Ich fühle mich verloren, Jane. Kann ich nicht hier bei euch bleiben?" Jane zeigte auf den Tisch. Scott sah ihn sich an. Es war kein Stuhl mehr frei.

„Hier ist noch kein Platz für dich, Liebling. Außerdem frisst mir dein Vater bereits die Haare vom Kopf. Man merkt, woher du deinen gesegneten Appetit hast. Du und Sam müsst noch bleiben. Ihr habt noch genug zu tun, dort wo ihr seid. Wir warten hier auf euch, aber das hat noch Zeit. Beeilt euch nicht zu sehr."

Scott nickte. „Ich kümmere mich um Sam. Das verspreche ich dir. Kann ich zurückkommen, um euch zu sehen?"

Martha lächelte ihn an, schüttelte aber den Kopf. „Das ist keine gute Idee, Scottie. Wir passen hier auf alles auf, bis du kommst. Du sollst dich nicht zu sehr an diesen Ort gewöhnen, das kommt noch früh genug, glaub mir. Deine Freunde brauchen dich. Du musst ihnen helfen, mein Sohn."

„Ok, Mum. Ich verspreche, dass ich auf Sam und die anderen Acht geben werde. Ihr fehlt mir alle so schrecklich. Ich liebe euch.“

Ben stand auf und legte seinen Arm um Scotts Schulter. „Wir lieben dich auch, Junge. Aber du musst jetzt gehen. Es wird Zeit.“

„Ich weiß, Dad.“

Ben schob ihn sanft zur Wohnzimmertür und öffnete sie. Als Scott hindurchtrat, wurde er wach und lag in seinem Schlafsack. Seine Klamotten waren schweißnass.

„Verflucht noch mal, was war das denn?“, murmelte er mehr zu sich selbst. Scott dachte kurz über seinen Traum nach. Er schloss noch einmal die Augen und stellte sich seine Liebsten vor, die ihm in seinem Traum zufrieden vorkamen. Er hoffte, sich lange daran zu erinnern. Ihm war völlig bewusst, dass ihm sein Unterbewusstsein das alles nur vorgegaukelt hatte, dennoch war die Vorstellung daran tröstend. Er schnappte sich ein neues T-Shirt und wechselte es gegen das Verschwitzte aus. Es war eines seiner wenigen frischen Kleidungsstücke, also würde er bald waschen müssen oder stinkend herumlaufen. Dann stand er auf und räumte seine Sachen zusammen, bevor er nach draußen ging um nach Nika zu sehen.

Die anderen schliefen noch und es war noch zu früh, um sie zu wecken. Er schlich aus der Hütte und sah sich nach Nika um, konnte sie allerdings nicht entdecken, bis sie ihn ansprach.

„Hey Dicker.“ Er schnellte herum und sie lag hinter ihrem Gewehr in einer Mulde, die vom Eingang aus nicht zu sehen war. Er spürte sein Herz vor Aufregung klopfen.

„Wunderbar“, sagte er, während er zu ihr rüberging. „Gerade wach und schon kurz vor einem Herzinfarkt.“

Sie rümpfte nur leicht die Nase und spähte dann wieder in ihr Zielfernrohr. „Da du in den letzten zehn Jahren keinen durch deinen dicken Wanst bekommen hast, denke ich, wirst du durch diesen kleinen Schreck auch nicht vor die Hunde gehen.“ Nika war nun wirklich kein Mensch, der einen in Watte packen würde. Auch wenn es sich verrückt anhörte, aber Scott mochte sie deswegen umso mehr. Sie war ehrlich. Zwar manchmal schonungslos, aber immer gleich, und darauf konnte man sich verlassen.

„Hast du was dagegen, wenn ich dir einen Moment Gesellschaft leiste, bis die anderen wach werden?“ Er setzte sich auf den Boden, mit dem Rücken an die Holzwand der Hütte. Es fühlte sich zwar merkwürdig an, aber sehen konnte er Nika nicht wirklich, auch wenn die Sonne langsam aufging. Er hörte nur, dass sie zu ihm sprach.

„Auf keinen Fall. Bleib ruhig und brabbel mich mit unnützem Zeug voll, du weißt doch, dass ich dich gut leiden kann. Ich denke nicht, dass wir gerade in großer Gefahr sind. Die Nacht war absolut ruhig.“

„Das ist gut. Was denkst du, wie es für uns weitergeht? Machst du dir darüber Gedanken?“ Scott war sich nicht sicher, ob er eine Antwort auf seine Frage erhalten würde. Nika ließ sich nur in die Karten blicken, wenn sie das auch wollte.

„Mein ganzes Leben bestand daraus, mir über Probleme Gedanken zu machen. Und mit Problemen meine ich nicht diesen Vorstadtscheiß, welche Art von Petunien ich am liebsten in meinem Garten hätte. Wenn du wüsstest, wie ich früher mein Geld verdient habe… Für mich hat sich nur das Szenario geändert, der Kampf war schon immer ein fester Bestandteil meines Lebens. Wenn du so lebst, gibt es irgendwann keine unüberwindbaren Probleme mehr, nur Lösungen. Wir haben einen Teil des Schlüssels in der Hand, um diese Seuche auszumerzen, jetzt müssen wir ihn eben ins Schloss stecken und die Tür öffnen.“

„Bei dir hört sich das ziemlich einfach an. Ich hoffe, dass wir es am Ende auch schaffen.“ Scott war sich nicht sicher, ob sie tatsächlich zuversichtlich oder tollkühn war.

Nika schien seine Gedanken gelesen zu haben. „Wer sagt denn, dass das Ganze leicht werden wird? Kam dir irgendetwas von dem, was wir in der letzten Zeit getan haben, leicht vor? Das ist aber nun einmal unsere Realität. Alle unsere Entscheidungen führen uns zu dem Punkt, an dem wir versuchen, der Sache ein Ende zu setzen und wieder so etwas wie Ordnung herzustellen. Ich glaube keineswegs, dass man es uns leichtmachen wird.“

Scott war beruhigt. Jetzt klang Nika wieder nach Nika. Die Hüttentür schwang auf und Ray trat hindurch. Er hatte eine Kleinigkeit zum Frühstücken dabei. Er blickte Scott an.

„Ich dachte mir schon, dass du hier bist." Dann wandte er sich an Nika. „Ist alles ruhig geblieben?"

„Ist es", antwortete die Latina und stieg aus ihrer Deckung. Erst jetzt konnte Scott erkennen, dass sie sich in eine Decke eingewickelt hatte.

„Wir sind unten mit dem Zusammenräumen soweit fertig", sagte Ray. „Wenn ihr so weit seid, können wir aufsitzen und weiterfahren."

Nika schulterte ihr Gewehr und ging in die Hütte, um ihre Sachen ebenfalls zu holen. Dabei kamen ihr die anderen entgegen.

„Und jetzt weiter nach Plan, Ray?", fragte Screw, der immer noch humpelte.

„Wir können bis Reefe fahren, dort stellen wir den Wagen ab und schreiben Fuller einen Brief, wie er das Funkgerät reparieren kann. Dann gehen wir durch die Höhle, in der Screw sich verletzt hat. Mittlerweile sollte es dort ja sicher sein. Ich will mir die beiden abgestellten Helikopter der ersten Rettungsmissionen nach Sanctuary nochmal genauer ansehen. Wenn ich mit Screw einen flott bekommen könnte, müssten wir nicht bis Redstone weiter, sondern könnten aus Vertigo starten und würden ein paar Stunden sparen."

„Das klingt gut. Dann lasst uns aufbrechen." Scott ging in die Hütte, um mit den anderen die Sachen zum Lkw zu tragen. Ray machte eine versteckte Handbewegung, die Nika zum Bleiben veranlasste. Als er sich sicher war, dass sein Freund außer Reichweite war, ergriff er erneut das Wort.

„Was denkst du, Nika?"

„Er wird klarkommen. Weil er es muss. Scott ist einer der loyalsten Menschen, die ich in meinem Leben bisher kennengelernt habe. Er ist kein Typ, der sich leichtfertig aus einer Verantwortung stiehlt. Außerdem hat er einen Sohn, um den er sich kümmern muss."

Ray kratzte sich seinen Bartansatz am Kinn. „Das Gleiche hat er mir gestern Abend gesagt. Ich wollte es nur noch mal von dir hören. Ich mache mir Sorgen um ihn. Er ist mein Freund."

„Er hat eine harte Zeit, aber er wird es schaffen. Lass uns aufbrechen, Ray."

10Das letzte Abendmahl

Der Konvoi aus Fort Benning rollte wie eine metallene Schlange auf den großen Parkplatz des Aussichtspunktes. Ein Straßenschild aus früheren Zeiten verkündete: *Prinz Edward Inseln – 2 Meilen.* Doch wenn man sich die völlig zerstörte Brücke ansah, dann würde die Insel wohl nie wieder so einfach zu erreichen sein. Mit seinem Feldstecher blickte Willem Pelletier in die Ferne und forschte, ob er ein Anzeichen für Leben auf der großen Insel entdecken konnte, doch wohin er auch schaute, war nichts zu erkennen, das auf Zivilisation schließen ließ. Die Fahrzeuge wurden circa zwei Meter entfernt von der Mauer in einem Kreis geparkt, damit selbst größere Gruppen umherstreunender Untoter möglichst effektiv abgewehrt werden könnten. Zudem hatte man so eine zweite, sichere Zone im Inneren errichtet.

Nachdem der Wachdienst eingeteilt und die Umgebung gesichert war, rief Willem Pelletier seine Kommandoführer zusammen um ihnen das weitere Vorgehen zu erläutern. Nachdem dies erledigt war, ließ er alle Menschen im Inneren des Kreises versammeln, sowohl seine Truppen als auch die Zivilisten. Die letzten Vorräte wurden zusammengeklaubt und ein jedermann teilte die spärlichen Rationen mit seinem Nebenmann. Nach und nach wurden einige kleine Lagerfeuer entzündet, die in der anbrechenden Dämmerung immer heller leuchteten.

Es war bereits dunkel, als Pelletier auf die Motorhaube eines gelben Schulbusses stieg. Er ließ den Blick über die vielen Gesichter schweifen, bevor er das Wort an die Überlebenden aus Fort Benning richtete. Phil, Chris und Gregory saßen mit den Kindern bei Josh und Margarete. Alle sahen erschöpft und ausgezehrt aus, die letzten Tage hatten ohne Zweifel ihren Tribut gefordert. Die verzweifelte Schlacht um ihre alte Heimat Fort Benning, die waghalsige Flucht und der noch immer nicht enden wollende Treck in Richtung Sicherheit, den Blick immer nach hinten gerichtet, begleitet vom paranoiden Gedanken an die Millionen Untoten, die ihnen möglicherweise noch immer auf den Fersen waren. All dies zerrte an den Nerven eines Jeden. Doch sie hatten es bis hierher geschafft, und sie lebten.

An diesem Abend des vierten Advent, einen Tag vor Heiligabend, wünschten sich alle Anwesenden wohl nichts sehnlicher als eine friedliche Nacht, bevor man am nächsten Tag die sichere Zone auf Nova Scotia erreichte. Es war möglicherweise der letzte Abend, den sie alle zusammen verbrachten, denn wenn es ihnen gelang die CFB Halifax zu erreichen, dann könnten die Zivilisten sicher in der Base untergebracht werden, bevor sich der letzte existierende Teil der US Armee, bestehend aus den Kräften aus Fort Benning und des Flugzeugträgers USS George Washington, dem Problem Vita Invicta widmen konnte. Pelletier versprach ein baldiges Ende der Widrigkeiten und versuchte in seiner Rede erneut Hoffnung zu säen. Hoffnung auf Sicherheit, einen Neuanfang und auf ein friedliches Leben.

Es brauchte wohlmöglich ein Weihnachtswunder. Auch wenn er Mühe hatte, selbst daran zu glauben, so spendete der Master Sergeant den Menschen ein weiteres Mal Trost und beruhigte die Gemüter. In ihren Augen sah er, dass sie ihm weiter folgen würden. Sie waren bereit, eine weitere Nacht und einen weiteren Tag an seiner Seite ums Überleben zu kämpfen. Als er zum Abschluss allen einen friedlichen vierten Advent wünschte, erntete er viele verwunderte Blicke. Nahezu allen Anwesenden war vollkommen entgangen, dass schon bald Weihnachten sein würde. Ein aufkommendes Raunen wurde durch die leise, melodische Stimme von Margarete Pelletier durchbrochen, was sogar dem Master Sergeant ein warmes Lächeln entlockte. Seine Frau hatte sich erhoben und mit „*Oh Come All Ye Faithful*" ein traditionelles Weihnachtslied angestimmt. Nach und nach gesellten sich immer mehr Stimmen zu ihrem Gesang, bis nahezu jeder Anwesende leise sang oder summte. *Ein Chor der Hoffnung.*

Und es sollte nicht das letzte Lied an diesem Abend bleiben, das man gemeinsam sang. Willem stieg hinunter vom Bus und ging hinüber zu seiner Familie und setzte sich neben Margarete. Er hielt liebevoll die Hand seiner Frau, während er zu ihr aufsah, solange sie sang. Er genoss diesen Abend, wie alle anderen auch, in vollen Zügen. Sein Blick schweifte durch die Menschenmenge. Chris und Gregory hatten jeweils eins der Kinder auf dem Schoß, während Phil über einem der Lagerfeuer Tee aufkochte. Selbst die Seals saßen in der Nähe der anderen Soldaten und lauschten andächtig. Lediglich die Tatsache, dass sie ihre Waffen reinigten, zeigte, dass sie nicht komplett aus ihrer Haut konnten.

Schließlich blieb sein Blick auf Josh ruhen. Er musterte seinen Sohn, während dieser sorgsam eine kleine Sanitätstasche, seinen ständigen Begleiter, kontrollierte und auf Vollständigkeit überprüfte. Seine Haare waren lang geworden und sein Gesicht wirkte so viel erwachsener. Er hatte den lockeren Studentenlook abgelegt und seine Kleidung schon vor Wochen gegen einen Kampfanzug getauscht. Er trug den alten Colt in einem Holster an der Brust seiner Schussweste. Lediglich von seinen Chucks konnte er sich wohl nicht trennen, denn es kam Willem so vor, als trüge er diese schrecklichen, mittlerweile durchlöcherten Treter, Tag und Nacht. Nichtsdestotrotz war er außerordentlich stolz auf den Jungen. Er war zu einem Mann gereift, vielleicht noch kein vollkommener Soldat, doch ein wehrhafter junger Kerl, mit guten medizinischen Fähigkeiten und dem Herz am rechten Fleck. Der Mann, zu dem er ihn immer erziehen wollte. Der einzige Wehrmutstropfen war der Preis der dafür gezahlt worden war. *Muss den immer erst die Welt untergehen, bis du deinen Weg findest?* Eine zarte Berührung auf seiner Wange löste Willem Pelletier aus seinen Gedanken. Margarete drehte seinen Kopf und küsste ihn, so dass er für den Moment alles Weitere vergaß.

Die leisen Lieder und das gemeinsame Mahl an diesem Abend dauerten bis weit nach Mitternacht, doch es stärkte die Moral der Truppe und nährte die Hoffnung. Sie hatten sich, zumindest für heute Nacht, ein kleines Eiland des Friedens erschaffen und fast als wolle Gott sein Wohlwollen ausdrücken, wankte nicht ein einziger Zombie in ihre Nähe.

11Laborratten

Als sich die Doppeltür des Fahrstuhls mit einem leisen Zischen öffnete, betrat Adrian Schaefer die Ebene U4 im Hauptgebäude von Vita Invicta. Hier unten lag der geheime Forschungsbereich, von dem Schaefer erst erfahren hatte, als er vor einiger Zeit von den Agents Stone und Moses aus Fort Benning zurückgeholt worden war. Alles auf Befehl von Derek Stone, der diese Befreiungsaktion natürlich nicht aus Nächstenliebe, sondern aus purer Berechnung angeordnet hatte. Stone brauchte Schaefer, und Schaefer brauchte Stone, zumindest wenn er seine Familie lebend wiedersehen wollte.

Als er den vollverglasten Laborbereich, der sich über das riesige Areal unterhalb der Erdoberfläche erstreckte, das erste Mal gesehen hatte, hatte Schaefer den Mund kaum noch zu bekommen. Und auch wenn er seit mittlerweile knapp zwei Wochen hier unten arbeitete, faszinierte ihn jedes Mal aufs Neue, was Stone hier unten geschaffen hatte, wenn er sich seinen Weg durch die Forschungsanlage hin zu Labor Nummer sieben bahnte. Dr. Wilcox saß bereits an einem Terminal, als Schaefer eintrat.

„Guten Morgen, Adrian“, sagte Wilcox, ohne sich umzudrehen.

„Morgen, Tim. Was steht heute auf der Agenda?“

„Ich würde vorschlagen, dass Sie sich am Vormittag PM widmen, während ich weiter an der Modifizierung des FoxO-Gens arbeite.“

„Wie liefen die letzten Tests?“

Wilcox tippte noch etwas zu Ende, dann drehte er sich auf seinem Bürostuhl herum und blickte Schaefer an. In seinem Gesicht sah man noch die letzten Nachwehen des Nasenbruchs, den Stone ihm vor kurzem verpasst hatte, als eine Besprechung aus dem Ruder gelaufen war.

„Insgesamt bin ich zufrieden. Die Testpersonen haben die neue Genmutation nun seit vier Wochen, und es gab bislang noch nicht einen Zwischenfall.“

„Beim Ursprungsvirus dauerte es wie lange, bis es ausbrach?“, fragte Schaefer.

„Ungefähr sechs Monate. Ich weiß, dass wir also noch mindestens fünf Monate warten müssen, bis wir es offiziell freigeben. Trotzdem bin ich momentan sehr optimistisch."

Schaefer nickte. Auch wenn er und Tim nie die besten Freunde werden würden, so respektierten sie sich doch für die gegenseitige wissenschaftliche Arbeit.

„Und Sie glauben tatsächlich, dass dadurch die Menschen über einhundertfünzig Jahre alt werden könnten?"

„Basierend auf meinen bisherigen Berechnungen, könnte das sogar noch eine konservative Schätzung sein", antwortete Wilcox. „Genau vorhersagen kann man es natürlich nicht, aber anhand diverser Gensimulationen bin ich zu dem Ergebnis gekommen, dass die Zellerneuerung so angeregt wird, dass ein Zeitraum von zweihundert Jahren durchaus realistisch ist."

Schaefer stellte sich vor, wie die Welt wohl in zweihundert Jahren aussehen würde. Er konnte es nicht. Es gab zu viele Variablen, die ungeklärt waren, als dass man die Zukunft vorhersagen könnte. Sollte das neue FoxO-Gen von Wilcox allerdings tatsächlich funktionieren, bestand durchaus die Möglichkeit, dass er Teil dieser Zukunft sein würde. Doch das wollte er nur, wenn auch seine Familie bei ihm sein konnte. Also hieß es, Stone Ergebnisse zu liefern.

„Beeindruckend, Tim. Können wir uns nachher nochmal wegen des Antivirus zusammensetzen?"

„Selbstverständlich. Treffen wir uns doch gegen eins wieder hier."

„In Ordnung."

Schaefer verließ Labor sieben und ging in Richtung des nordöstlichen Teils der Forschungsanlage. Als er die letzten Plexiglaslabore hinter sich gelassen hatte, stand er vor einer schweren Stahltür, an die ein Kartenlesegerät angebracht war. Nur ausgewählte Personen hatten hier Zugang. Er gehörte dazu.

Das Display sprang von rot auf grün, nachdem er seine Chipkarte vor den Sensor gehalten hatte, und die Tür ließ sich nach innen aufdrücken. Sofort sprangen Neonröhren an der Decke an und tauchten den langen Flur in ein gleißendes Licht. Schaefers Schritte hallten in dem sterilen Durchgang, bis er schließlich vor der nächsten Tür stand. Auch diese ließ sich wieder nur mit der Chipkarte öffnen.

Hinter der Sicherheitsschleuse erinnerte bis auf die enorme Deckenhöhe nichts mehr an die Laborlandschaft des Forschungsareals – ganz im Gegenteil. Auf der rechten Seite lagen in den Fels eingelassene Zellen, in denen sich einige Gefangene befanden. Als Schaefer an ihnen vorbeiging, rüttelten viele der Menschen an den Gitterstäben und gaben wimmernde Laute von sich, doch er würdigte sie keines Blickes. Stattdessen stieg er am Ende des Bereichs eine breite Stahltreppe hinauf, die zu einem bungalowähnlichen Gebäude führte. Als er vor der Tür stand, schwoll das Wehklagen zu einer unerträglichen Symphonie des Grauens an, die in den Ohren schmerzte. Schnell zückte Schaefer seine Chipkarte, die ihm zum dritten Mal in kurzer Zeit ihre Dienste erwies, und trat ein. Sobald sich die Tür hinter ihm geschlossen hatte, ebbten die schrecklichen Laute aus dem Zellentrakt ab.

„Die machen aber auch immer einen Lärm“, begrüßte ihn Marcus Foreman, sein Assistent. „Morgen, Doc.“

„Guten Morgen, Marcus. Ist alles vorbereitet?“

Der schmächtige Blondschopf war vor dem Ausbruch des Virus Biologiestudent gewesen und hatte als Praktikant bei Vita Invicta gearbeitet. Mittlerweile gehörte er zur festen Riege des Forschungsteams, das an Projekt Mordred mitarbeitete. „Wir können gleich starten, sobald Riley soweit ist. Die Kameras laufen.“

Schaefer hängte seinen Kittel an die Garderobe, ihm war heiß. Dann stellte er sich an die vollverglaste Nordwand des Bungalows, von der aus er auf einen circa eintausend Quadratmeter großen Bereich herabschaute, der unter ihm lag und von riesigen Flutlichtmasten erhellt wurde. Die Szenerie war fast idyllisch: Ein kleines Häuschen mit Veranda, gebaut im viktorianischen Holzbaustil, umgeben von grünem Kunstrasen. Das ganze passte so gut in diesen Teil der Forschungseinrichtung wie ein Playboykalender in eine Kirche. Und doch hatte es seinen Zweck.

Schaefer schaute auf die beiden TFT-Monitore auf dem Schreibtisch von Foreman. Auf dem einen sah man mehrere weiße Linien, die sich vor einem blauen Hintergrund nach oben und nach unten bewegten und auf diese Weise verschiedene Graphen zeichneten, ähnlich wie bei EKG-Geräten im Krankenhaus. Der andere Bildschirm zeigte einen grauhaarigen, älteren Mann und eine etwas jüngere, rothaarige Frau, die in einem Wohnzimmer kauerten und sehr verängstigt wirkten. Schaefer drückte eine Taste, und eine neue Kameraeinstellung wurde gezeigt. Dieses Mal sah man die Frontansicht des Hauses, in dem die beiden sich befanden. Es handelte sich um das viktorianische Haus, auf das Schaefer auch aus dem Bungalow heraus blicken konnte. Er betätigte ein kleines Standfunkgerät neben dem Monitor.

„Riley, wie weit ist die Testperson G?“

„Guten Morgen, Doc. Wir sind soweit. Geben Sie uns das Startzeichen, wenn es losgehen soll.“

Schaefer blickte nochmal auf den Bildschirm, der mittlerweile wieder den Mann und die Frau im Haus zeigte. Die beiden schienen Todesangst zu haben. Dann dachte er wieder an Jonathan, seinen Sohn, und Karoline, seine Frau. Würde er auch die Freigabe erteilen, wenn sie beide in dem Haus wären? Schaefer schluckte den Kloß in seinem Hals herunter. Die Frage stellte sich letztlich nicht. Seine Familie war in Stones Gewalt, was nicht unbedingt viel besser war. Und Adrian würde alles dafür tun, um sie zu retten. Er blickte kurz zu Foreman, der ihm zunickte. Dann betätige er wieder das Funkgerät.

„Riley, hören Sie mich?“

„Laut und deutlich, Doc.“

„Fangen Sie an.“

12Der Weg

Nach der kurzen, aber sehr erholsamen Nacht erwachte Josh in den frühen Morgenstunden. Ein dichter Nebel war vom Meer heraufgezogen und erschwerte die Sicht. Sein Vater war bereits auf den Beinen und organisierte die Abfahrt der Truppen. Die ersten Fahrzeuge erwachten nach und nach röhrend zum Leben, als die Motoren gestartet wurden. Die Reihenfolge des Konvois wurde erneut aufgestellt und eine Viertelstunde später waren alle bereit, um sich auf den Weg zu machen. Josh gesellte sich zu seinem Dad ins Führungsfahrzeug, während er auf die Abfahrt wartete. Kurze Zeit später setzt sich der Konvoi aus Fort Benning wieder in Bewegung und steuerte auf das Waldgebiet zu.

Willem Pelletier hatte seinen treuen Feldstecher permanent in den Händen oder vor den Augen. Er wollte alle Gefahren frühestmöglich erkennen, um nicht eine einzige weitere Person, die unter seinem Kommando stand, zu verlieren. Der verdammte Nebel machte dieses Unterfangen allerdings nicht gerade einfach.

Zäh und beharrlich wie ein Tinnitus klingelte permanent der Gedanke in seinem Hirn, dass sie die Horde wohl nicht zum letzten Mal gesehen hatten. Wenn diese verdammten Biester Fort Benning gefunden hatten, dann würden sie sie möglicherweise auch auf Nova Scotia aufspüren können. Er wagte kaum darüber nachzudenken, wie es in anderen Großstädten aussah.

Die morgendliche Fahrt durch den Wald verlief jedoch, bis auf einige einzelne Zombies und Fahrzeugwracks am Straßenrand, ereignislos. Lediglich der dichte Nebel, der selbst hier im Wald nicht halt zu machen schien, schlug allen aufs Gemüt.

***

Einige Kilometer entfernt schleppte sich ein Mann, erschöpft und gehetzt zugleich, die Straße entlang. Er war seit Wochen unterwegs. Seine Stiefel waren so ausgewetzt, dass lediglich das notdürftig herumgeschlungene Klebeband die Einzelteile zusammenhielt. Er wusste, dass es unklug war, auf der Straße zu laufen, wo er von jedem gesehen werden konnte, doch er hielt es für seine einzige Chance zu überleben. Ohne Vorräte und Orientierung wäre es sonst bald zu Ende mit ihm. Er musste heraus aus diesem Wald. Möglicherweise würde er ein Haus oder gar eine Siedlung finden. Irgendetwas oder irgendwen, von dem er Hilfe bekommen konnte. Er brauchte Nahrung, Kleidung und ein Dach über dem Kopf.

Vor zwei Tagen hatte er alles verloren, was er sich über Wochen zusammengeplündert hatte. Seitdem er sich alleine durch diese kranke Welt kämpfen musste, hatte er sich zu Fuß zur Küste durchschlagen wollen. Ein Streifschuss am Kopf und die damit verbundenen Kopfschmerzen hatten ihn zu Beginn seines Weges stark behindert. Mittlerweile war sie fast verheilt. Er hatte sich abseits der Straßen gehalten um keinem dieser Verrückten zu begegnen, ob tot oder lebendig. Wobei diese untoten Bastarde ihm fast lieber waren, als die Vielzahl an Plünderern oder anderen, bösen Menschen hier.

Insbesondere nach vorgestern, denn seit neuestem musste er wohl auch menschliche Kannibalen zu seiner Liste hinzufügen. Er hatte alles zurücklassen müssen und konnte sich selbst noch keinen Reim darauf machen, wie es ihnen gelungen war, sich ihm zu nähern, ohne dass er etwas bemerkt hatte, so vorsichtig, wie er sich zuvor immer verhalten hatte. Doch als vor zwei Tagen am frühen Abend plötzlich ein bunt gefiederter Pfeil in einem Baum neben ihm eingeschlagen und im Anschluss eine zehnköpfige Plünderertruppe wie ein Rudel Wölfe heulend hinter ihm her gewetzt war, hatte er nur noch eine Option gehabt: Alles zurücklassen und um sein Leben rennen. Der Mann hatte bereits ein mulmiges Gefühl gehabt, als er einige Minuten früher an diesem Tag eine große Koppel überquerte hatte, auf der mehrere Fahrzeuge verstreut herumgestanden hatten. Er hatte nachsehen wollen, ob noch eins dieser Fahrzeuge fahrbereit war, schließlich war er Mechaniker gewesen, bevor dieser Wahnsinn begonnen hatte. Die Hoffnung auf einen fahrbaren Untersatz war größer gewesen als Angst vor einem Hinterhalt. Erst als er das viele Blut an und in den Fahrzeugen gesehen hatte, hatte er seinen Fehler bemerkt. Es war keine Pferdekoppel mit Fahrzeugen gewesen, sondern ein Friedhof. Und für ihn wäre es auch fast zu spät gewesen: Diese Unmenschen hatten ihm bereits aufgelauert und waren zu Beginn der Hatz nur etwa fünfzig Meter hinter ihm gewesen. Sie waren mit einem alten, rostigen Pickup hinter ihm hergefahren, doch nachdem er die große Wiese überquert hatte und durch den Zaun geklettert war, hatten sie ihr Fahrzeug abstellen müssen. Auf diese Weise hatte er seinen Vorsprung vergrößern und in den Wald flüchten können. Blindlinks war er trotz der aufkommenden Dunkelheit durch das Unterholz gesprintet. Wie durch ein Wunder war er dabei über keine Wurzel gestolpert und hatte sich zu Beginn bis auf einige Kratzer von tiefhängenden Ästen auch nicht verletzt, doch es war gekommen wie es kommen musste, und so war er wenig später einen kleinen Abhang hinunter gestürzt.

Der Mann versuchte sich zu erinnern, was genau passiert war. Nach und nach fügten sich die Bilder in seinem Kopf zusammen, als er an den Ausgang der Verfolgungsjagd dachte:

Er strauchelte und fiel, dann kugelte er unkontrolliert über den eisigen Boden. Mehrmals schlug er hart auf, bis er in einer kleinen Senke zum Liegen kam. Seine Oberschenkel brannten von der Anstrengung und auch der Rest seines ohnehin schon geschundenen Körpers schmerzte über alle Maße. Verzweifelt robbte er zu einem großen, umgestürzten Baum und kauerte sich dahinter. Er bedeckte sich, so gut es in der Eile ging, mit den eiskalten Blättern, die überall um ihn herum lagen. Sein Herz raste und sein Atem ging heftig und gefror an der Luft, so dass er aussah wie ein dampfender Laubhaufen. Er versuchte verzweifelt, sich zu beruhigen und presste seinen Kopf auf die Brust, um in seine Jacke zu atmen. Er wollte nicht von diesen menschlichen Kannibalen gefressen werden. Und er hörte sie im Wald um sich herum. Vereinzelte Rufe und das Knacken im Unterholz verrieten ihre Position. Sie waren nahe.

Doch was konnte er noch tun? Er würde sich sicherlich nicht bei lebendigem Leib fressen lassen. Langsam bewegte sich seine Hand zur Messerscheide an seinem Gürtel. Die Panik stieg, als er ins Leere griff, wo eigentlich sein Messer hätte sein müssen. Ohne den Kopf zu bewegen, blickte er sich um. Er musste es bei seinem Sturz verloren haben. Und tatsächlich, nur wenige Meter von ihm entfernt, sah er das kalte

Metall auf dem Waldboden liegen, doch er wagte es nicht, sich zu bewegen. Wenn sie ihn entdeckten, dann würde er sich einfach auf das Messer stürzen und selbst sein Leben beenden, schwor er sich.

Sekunden fühlten sich wie Stunden an, während er in der Kälte hinter dem Baum kauerte. Doch nichts weiter geschah. Er betete, während er sich mit einer Hand an das Medaillon um seinen Hals klammerte. Der Mann saß dort eine Ewigkeit auf der Erde und hatte es nicht gewagt aufzustehen, bis die Nacht langsam in den Morgen über ging und es zu dämmern begann. Anschließend war er der Senke gefolgt, die ihn in weiterem Verlauf zur Straße geführt hatte, auf der er seit nun knapp zwei Tagen unterwegs war.

Ein Geräusch riss ihn aus seiner Erinnerung und gesellte sich zu seinem gleichmäßigen Schnaufen. Doch erst als es langsam lauter zu werden schien, schlug sein Hirn Alarm.

MOTOREN! Sie sind wieder da!

Auch wenn sie am Tag ihr Fahrzeug zurückgelassen hatten, waren sie mittlerweile bestimmt wieder damit unterwegs. Und sie hatten scheinbar noch mehr Autos als den Pickup. Das Surren von mehreren Fahrzeugmotoren wurde lauter, während der Mann, der mittlerweile am Ende seiner Kräfte war, seine Schritte krampfhaft beschleunigte. Ihm dämmerte, dass er von der Straße runter musste, also stapfte er auf den Fahrbahnrand zu. Ein hektischer Blick über die Schulter ließ ihn in der Ferne zwei Scheinwerfer im Nebel erahnen. Dann drehte sich die Erde, als er auf den nassen Blättern das Gleichgewicht verlor und im eiskalten Matsch des Straßengrabens landete. Der Mann schlug hart mit dem Gesicht auf dem Boden auf, und seine Zunge geriet zwischen die Zähne, als sein Kopf auf die Erde prallte. Augenblicklich schmeckte er das warme Blut und eine Explosion von Schmerzen in seinem Mund. Er würgte ein großes Stück seiner Zunge aus, als er bäuchlings im Dreck liegend, Blut und Speichel erbrach. Er befand sich kaum drei Meter von der Straße entfernt und die Motoren wurden lauter und lauter. Bald waren sie da. Der Mann rollte sich einige Male um die eigene Achse, bis er wieder auf dem Bauch lag und bewegungslos zur Straße hinauf starrte. Sein Mund füllte sich unaufhörlich mit warmem Blut.

Sekunden fühlten sich an wie Stunden, dann kamen sie in Sicht. Ein sandfarbener Jeep machte den Anfang. Er sah aus wie ein Militärfahrzeug und viele andere Fahrzeuge folgten ihm. Wenn das wirklich Plünderer waren, dann hatten sie eine beeindruckende Ausrüstung. Der Mann kauerte sich weiterhin zusammen und wartete, bis ihn auch das letzte Fahrzeug passiert hatte. Niemand hatte ihn gesehen. Er lag noch einige Minuten im kalten Schlamm, ohne zu ahnen, dass er soeben wohl seine beste Chance auf Rettung verpasst und an sich vorbeiziehen lassen hatte.

13Countdown

Nachdem sie das Fahrzeug beladen und Screw in den Laster geholfen hatten, fuhr die Gruppe los in Richtung Reefe. Sie hatten genügend Vorräte dabei und ein klares Ziel. Allerdings lohnte es sich in dem beinahe vollständig ausgebrannten Ort kaum mehr, sich großartig umzusehen, weshalb sie ausgemacht hatten, zügig hindurch zu fahren. Screw saß hinten auf der Ladefläche und unterhielt sich angeregt mit Lisa. Sam nutzte die Zeit und schrieb einige Zeilen in sein Tagebuch. Er wollte diese Angewohnheit beibehalten, es beruhigte ihn irgendwie. Außerdem wollte er diese unglaubliche Reise für die Nachwelt festhalten, wenn es denn eine gäbe. Die Menschen sollten wissen, welche Gefahren die Gruppe durchlebt hatte, um das Virus zu besiegen. Watson lag auf dem Boden und hatte sich eingerollt. Ray und Nika dösten Kopf an Kopf. Alle brauchten ihre Kräfte bald wieder. Scott hatte sich bereit erklärt, zu fahren.

Nach einiger Zeit tauchten die verbrannten Überreste der Stadt am Horizont auf. Als sie den Stadtrand erreichten, stellten sie den Laster ab. Lisa bereitete einen Zettel vor und vergrub danach den Zündschlüssel neben dem rechten hinteren Rad, ganz so, wie sie es mit Fuller und Martinez vereinbart hatten.

Zu Fuß kamen sie dann nur langsam voran. Ärgerlich, wenn man bedachte, wie reibungslos der Weg mit dem Auto funktioniert hatte. Doch der Weg zu den Höhlen war steil und Screw hatte mit seinen Krücken große Probleme. Ray musste ihn stützen. Lisa hatte Watson an der Leine. Scott und Sam gingen an der Spitze und Nika ein Stück hinter der Gruppe, sie bildete die Nachhut. Knapp vor ihr ging Silvia mit der kleinen Rose, sie trug das Mädchen Huckepack.

Nach zähem Marsch kam schließlich der rückseitige Pfad zu den Wasserfallhöhlen in Sicht. Vor dem Höhleneingang hatten sich einige Untote versammelt und wippten wie in Trance vor und zurück. Watson fing an zu kläffen und riss an seiner Leine, bis Lisa scharf daran zog, um ihn zur Ruhe zu bringen. Die Untoten waren offenbar Überbleibsel ihres Kampfes mit dem Alpha, der sich dort in der Höhle niedergelassen hatte. Anscheinend zogen die Alphas auch nach ihrem Tod noch Untote an.

Alle machten sich bereit, nur Lisa und Sam kamen beim Gehen plötzlich ins Stocken. Die beiden hatten, genau wie Silvia Abbadon, kaum Erfahrungen mit den Untoten gesammelt. Völlig unbeeindruckt war alleine die kleine Rose, die fröhlich vor sich hin flötete. Sie konnte der Situation nichts Furchterregendes abgewinnen. Sam war zwar in Sanctuary der Holzfällertruppe zugeteilt gewesen, aber die hatten stets Wachleute bei sich gehabt, von denen sie beschützt worden waren. Er selbst musste noch nie einen Zombie töten. Lisa und Silvia ebenso wenig.

„Mama, wer sind die Leute da vorne?“, fragte Rose. Während die anderen sich vorbereiteten, nahm Silvia ihre kleine Tochter zur Seite.

„Hör mal, mein Schatz. Zu diesen Leuten darfst du niemals gehen. Das sind böse Menschen. Sie sehen sehr komisch aus und brüllen die ganze Zeit, daran kannst du sie erkennen. Wenn sie kommen und Mami ist nicht da, dann rennst du schnell weg und versteckst dich gut. Du kommst erst wieder heraus, wenn sie weg sind, versprichst du Mami das?“

„Ja gut, das verspreche ich dir, Mama.“

Silvia nickte erleichtert. „Bleibst du einen kleinen Augenblick bei Onkel Screw? Er wollte dich etwas Wichtiges fragen. Ich bin gleich wieder bei dir.“

Screw nahm den Ball auf. „Kleine Rose, kannst du mir wohl erklären, wie eine Giraffe aussieht? Weißt du das? Ich kann mir das einfach nicht richtig merken. Komm, wir nehmen den lieben Watson mit und gehen mal ein Stück zusammen hier herüber, ja?“

Das kleine Mädchen wippte aufgeregt und gestikulierte bereits mit ihren winzigen Fingern. Screw nahm sie bei der Hand und zog sich hinter einen Felsen zurück. Er konnte den anderen mit seiner Knieverletzung sowieso kaum helfen. Silvia nickte ihm dankbar zu und nahm eine Holzkeule zur Hand, die sie in Sanctuary bekommen hatte. Dann ging sie weiter nach vorne zu den anderen. Sam stellte sich indes zu Scott.

„Ich hab ein bisschen Angst, aber ich werde diese Biester töten.“

„Du musst nicht, mein Sohn. Nur wenn du dich bereit dazu fühlst. Die anderen und ich können das hier regeln. Es sind nicht viele.“

„Aus diesem Grund muss ich es selbst tun. Diese Situation können wir kontrollieren, die nächste vielleicht nicht und dann will ich dazu in der Lage sein, das richtige zu tun, ohne dass ihr mir beisteht. Ich glaube, das wird nicht die letzte Gefahr sein, der wir ausgesetzt sind."

Scott nickte, auch wenn es ihm schwerfiel. Sam war die letzte Person, die ihm von seiner Familie geblieben war und er wollte ihn keinesfalls auch noch verlieren. Aber das Argument seines Sohnes war nicht von der Hand zu weisen. Es war schier unmöglich, Sam von allen Untoten fernzuhalten, die sich in den Vereinigten Staaten seit dem Ausbruch der Seuche aufhielten. Dann war es Scott wesentlich lieber, wenn sein Sohn lernte, sich selbst zu verteidigen. An Kraft mangelte es dem Jungen jedenfalls nicht.

Die Untoten hatten sie mittlerweile bemerkt und kamen näher. Bei genauem Hinsehen zählte Scott zwölf wankende Gestalten. Nika lehnte ihr Gewehr an den Felsen, hinter dem sich Screw aufhielt.

„Dass du mir ja gut darauf achtest, alter Mann." Sie lächelte.

„Wenn du nicht permanent mit Schiesspulverdampf eingehüllt wärest, könnte ich dir ja gar nichts mehr abgewinnen. Das kann ich nicht verantworten. Pass mir auf die anderen auf." Screw grinste breit, obwohl auch er merkte, wie seine Anspannung stieg.

Dann ging es los. Dank Richard Fuller und der Waffenkammer von Sanctuary war die Gruppe für diesen Kampf gut gerüstet. Sam zog ein Beil vom Gürtel, Lisa und Ray hatten eine Machete in der Hand, Nika lediglich ein Kampfmesser und Scott, wie gewohnt, seine Axt. Das erste Monster kam auf Sam zu, der sich bereitmachte. Nach einem ungelenken Ausfallschritt schnappte der Kiefer des Kadavers nach vorne. Sam wollte ausholen, sah aber eine Holzkeule im Augenwinkel auf den Schädel des Ungetüms niedersausen. Mit einem Krachen schlug das schwere Holz auf den Schädel und eine Frauenstimme brüllte dabei. Sam hörte dabei so etwas wie, wie *Verrecke, Verrecke, Verrecke du erbärmliches Scheißding* und *Hände weg von meinem Kind.*

Dann sah er Silvia Abbadon breitbeinig vor dem Zombie stehen und erneut die Keule zum Schwung über ihren Kopf nehmen. Lisa sah sich die Szene an und eilte Silvia dann zu Hilfe. Der erste Schlag ihrer Machete sollte den nun am Boden liegenden Untoten enthaupten, doch da sie nicht richtig traf, blieb ihre Klinge bei diesem abwärts geführten Schlag in der rechten Schulter des Untoten stecken. Silvias Schlag indes traf den Untoten mitten im Gesicht.

„Verflucht noch mal", ärgerte sich Lisa. Diesmal war es gut gegangen, aber Lisa glaubte nicht, dass sie sich solche Fehlschläge oft erlauben konnte. Sie musste besser werden. Silvia schlug ein letztes Mal zu und erledigte den Angreifer für immer. Dann stellte Lisa ihren Fuß auf die Schulter des Zombies und zog ihre Machete heraus. *Elf.*

Scott schlug einer weiblichen Leiche mit einem abwärts geführten Schlag beide Unterschenkel ab. Ihr Körper flog beinahe waagerecht nach hinten und blieb auf dem Boden liegen. Dann trat er heran und stellte seinen Fuß auf ihren Brustkorb, so dass sie sich nicht mehr bewegen konnte. Dann drehte er sich zu Sam und sah ihn fragend an. Sam verstand die Botschaft und eilte zu seinem Vater. Er schlug ihr mit der Axt seitlich gegen die Schläfe und erlöste sie. *Zehn.*

Nika sah sich zwei weiteren Gestalten gegenüber. Der eine hatte ein rotschwarzes Flanellhemd an und ein ranziger Cowboyhut baumelte ihm am Rücken. Die Schnürkordel des Hutes hing dem Untoten am Hals und so schleppte er den albernen Hut nach seinem Ableben weiter mit sich herum. Der Cowboy geiferte und schmatzte, während er die Arme nach ihr ausstreckte. Von der Seite kam sein Pendant. Eine kleinere Ausgabe des ersten Zombies, ebenfalls mit Hemd nur ohne Hut. *Könnten Vater und Sohn sein,* dachte Nika. Sie machte einen Schritt auf den Größeren der beiden zu. Der Schritt war aber nur eine Finte. Nachdem der Große den Köder geschluckt hatte, griff er an, doch Nika hatte sich bereits zurückgezogen und er konnte sie nicht erreichen. Dann stieß sie vor wie eine Viper und rammte dem Zombie ihr Messer in die Augenhöhle. Sie zog die Klinge heraus und tauchte direkt nach unten ab. Keinen Augenblick zu früh, denn die Hände des anderen Angreifers schossen nach vorne. Er kollidierte allerdings lediglich mit seinem abwärts fallenden Vater, denn Nika war bereits ausgewichen. Beide Zombies stürzten ineinander verknotet zu Boden. Nika nutze die Gelegenheit und stieß dem jüngeren Kadaver ihr Messer in den Nacken und drehte die Klinge, bis sie sein Hirn erreicht hatte. *Acht.*

Ray sah sich ebenfalls zwei hungrigen Untoten gegenüber. Er bewegte sich zwar nicht so filigran und überlegt, wie Nika, aber was ihm an Geschicklichkeit fehlte, machte er mit mehr Kraft wett. Seitdem er nicht mehr trank, fühlte er sich wieder deutlich fitter als vorher. Er machte einen Schritt nach rechts und ergriff die Machete mit beiden Händen. Dann schlug er seitlich zu. Den ersten Zombie enthauptete er sauber. Durch die Wucht seines Schlages wurde dieser weitergeführt. Den Zweiten traf die Klinge in die Schläfe, da er kleiner war. Sie drang anscheinend tief genug in den Schädel ein, der Untote sabberte und zappelte, während er zu Boden fiel. Auf dem Boden wand er sich, wie ein Fisch auf dem Trockenen. Die Reste seiner Augen flatterten durch die Höhlen und sein Mund schäumte. Ray erlöste ihn mit einem Stoß seiner Klinge ins Gesicht. *Sieben.*

Sam ging in die Offensive. Er hatte die Zeit in Sanctuary genutzt, um zu trainieren. Schließlich waren die anderen vielleicht nicht immer zur Stelle, um ihn und Lisa zu beschützen. Er ging einen Schritt an Scott vorbei und näherte sich dem nächsten Gegner. Dieser schien bereits vorher schon ordentlich ramponiert worden zu sein, denn ein großes Loch klaffte in seinem Hals. Daraus troff ein eitriges Sekret, welches ekelhaft roch. Es klang so, als röchelte der Zombie aus dem Mund und dem Hals zugleich. Nichtsdestotrotz streckte Sam seinen Arm aus und bot ihm dem Zombie als Mahlzeit an. Diese Taktik war zwar nicht so raffiniert wie Nikas, aber sie funktionierte. Der Zombie schnappte blindlings danach und kam bald in Sams Reichweite. Als er nahe genug war, riss Sam seinen linken Arm zurück und schlug mit dem rechten zu, so fest er konnte. Er erwischte den Untoten zwischen Stirn und Schläfe und sein Beil drang, unter einem markanten Knacken, tief in das Gehirn ein. Er zog das Beil heraus, während der Untote hinfiel. Hier würde es keinen weiteren Schlag brauchen. *Sechs.*

Scott nahm seine Axt in eine Hand und ließ den nächsten Zombie, seiner Kleidung nach zu urteilen offenbar ein ehemaliger Chicago Bulls Fan, etwas näherkommen. Wenn das Monster seinen Kiefer nach vorn streckte, würde er seine Axt von unten nach oben schlagen, sauber durch Kinn und Kopf seines Gegenübers. Scott setzte zum Schlag an, doch plötzlich strauchelte der Untote über einen am Boden liegenden Stein und kam viel schneller auf ihn zugeschossen, als er es erwartet hatte. Der Zombie fiel in ihn hinein und ging mit dem großen Mann zu Boden. Scott brachte, am Boden liegend, den Stiel seiner Axt an den Hals des Untoten. Dessen Geifer troff unaufhörlich auf das neue Shirt, welches er sich nach der Rast angezogen hat. Er schaffte es mit ganzer Kraft, den Untoten von sich zu stoßen und wieder auf die Füße zu kommen. In der Zwischenzeit kam Sam angeschossen und erledigte den am Boden strampelnden Untoten mit mehreren Hieben. Scott schüttelte sich kurz. *Fuck, das war knapp. Fünf.*

Nika und Ray standen Seite an Seite, zwei ihrer Gegner gingen auf Silvia zu. Er blickte kurz zu Nika herüber.

„Ich die Beine, du die Köpfe." Nika nickte knapp. Ray rannte los und hieb mit seiner Machete einen abwärts geführten Schlag auf das rechte Bein des Zombies. Dessen Fleisch war so weich, dass das Metall bis zum Unterschenkelknochen einfach hindurchglitt. Aber auch den Knochen durchtrennte die scharfe Klinge, und der rechte Unterschenkel des Untoten blieb am Boden liegen, während Ray mit dem nächsten Scheusal genauso verfuhr. Die beiden gurgelnden und schmatzenden Gestalten bemerkten ihre fehlenden Gliedmaßen erst, als sie versuchten ihre Füße auf den Boden zu setzen, aber dabei einfach vornüber fielen. Nika erledigte die beiden mit sauberen Stößen in ihre Köpfe. *Vier und Drei.*

Lisa und Silvia malträtierten eine korpulente Untote mit unablässigen Schlägen gegen deren Kopf, von denen aber keiner das Gehirn erwischte. Durch die Wucht der Angriffe kippte die Kreatur aber nach hinten, wo die beiden den Kopf zu einem blutigen Brei verarbeiteten. *Zwei.*

Sam sah seinen Vater an. Ein weiterer Untoter wankte auf sie zu. Er gab einen kehligen Laut von sich, der sehr unnatürlich, fast klagend klang. Scott zeigte auf ihn und Sam ging zum Angriff über. Sam führte den ersten Schlag aus und versetzte dem Untoten eine ziemlich schlimme Wunde am linken Arm, so dass dieser nur noch am seidenen Faden herunterhing. Den Zombie schien das wenig zu beeindrucken, denn er griff seinerseits mit der rechten Hand zu und wollte Sams Kopf zu fassen bekommen. Sam versuchte auszuweichen, doch er war zu langsam.

Die Hand des Untoten erwischte ihn am Kinn und er ging zu Boden. Nun wankte das Scheusal weiter nach vorn und warf sich auf den am Boden liegenden Jungen. Sam bekam einen Anflug von Panik, schluckte diese aber notgedrungen herunter und stemmte geistesgegenwärtig seine Beine in den Hüftbereich des herunterfallenden Untoten. Dann katapultierte er diesen wie Judokämpfer über sich und hörte den Körper hinter sich auf den Boden aufschlagen. Er sprang auf und beendete seine Arbeit mit dem Beil. *Eins.*

Alle sahen sich um, aber keiner konnte den letzten Untoten entdecken. Sie sahen einander unsicher an und fragten sich, wo dieses Scheißviech abgeblieben war. War er wieder in die dunkle Höhle geflohen? Das wäre völlig untypisch für das bisherige Verhalten dieser Kreaturen gewesen. Scott war sich sicher, dass er sich nicht verzählt hatte.

In Ray stieg ein mulmiges Gefühl hoch und er rannte zu dem Felsen, hinter dem Screw die kleine Rose in Sicherheit gebracht hatte. Dort lag der letzte Kadaver auf dem Bauch und rührte sich nicht mehr. Watson wedelte fröhlich mit dem Schwanz und bellte. Während er das tat, troff noch Blut aus seiner Schnauze. Screw humpelte in aller Seelenruhe hinterher, hinter ihm die kleine Rose und auf dem Rücken Nikas Gewehr. Die Schulterstütze war nicht weniger mit Blut besudelt als die Schnauze des treuen Hundes. Screw grinste und Ray fiel ein Stein vom Herzen.

„Wir können schon gut auf uns selbst aufpassen, oder Freund Watson?" Der Hund kläffte aufgeregt. „Tut mir leid wegen der Sauerei, aber anders ging es nicht, Nika."

„Das ist doch kein Problem, alter Mann. Du machst es schmutzig, du machst es sauber." Man hätte fast glauben können, dass sie dabei lächelte.

„Werden wir noch sehen, meine Liebe. Ich brauche das Ding ja nicht." Screw lächelte auf jeden Fall breit.

Nachdem der kurze, aber heftige Kampf geendet hatte, lagen alle Zombies endgültig tot auf dem staubigen Höhlenboden. Scott war stolz auf Sam, denn er hatte sich gut geschlagen. Das hatten alle Neulinge getan. Trotzdem weinte Lisa und Sam nahm sie in den Arm. Silvia rannte zu ihrer Tochter und drückte sie fest an sich. Screw lobte Silvia und lächelte, als er ihr sagte, dass ihm noch niemand so gut eine Giraffe beschrieben habe, wie die kleine Rose.

14Im Dunkel der Nacht

Knapp zwölf Stunden nach der Lagebesprechung im Buchladen standen Jonah und Jerome in einer Seitengasse der Young Avenue. Die dichten Wolken am Abendhimmel sorgten dafür, dass man keine zwei Meter weit schauen konnte, doch zum Glück hatten sie ihre Nachtsichtgeräte.

„Glaubst du, dass der Plan funktioniert?", fragte Jerome, während er um eine Häuserecke lugte. Die Südseite der CFB Halifax flackerte in weiter Entfernung grün-schwarz vor seinen Augen.

„Zumindest halte ich es für möglich", erwiderte Jonah. Da Jerome das Gesicht seines Kameraden nicht sehen und auch am Tonfall nicht erkennen konnte, ob diese Antwort ein Witz sein sollte oder ernst gemeint war, fühlte er sich unbehaglich. *Möglich* war nicht unbedingt ein Begriff, der seinen Puls beruhigte. Das lag nicht zuletzt an der Vorbereitung für diesen Plan.

Die vergangenen Stunden hatten sie damit verbracht, so viele Informationen wie möglich über die Halifax Base in Erfahrung zu bringen. Pete hatte im Buchladen eine Straßenkarte ausfindig gemacht, auf der das Gebiet rund um den Stützpunkt verzeichnet war. Da sie bislang lediglich den Blick auf die Südseite der Base richten konnten, mussten sie unbedingt eine umfassendere Einschätzung der Lage vornehmen. Mit Hilfe der Straßenkarte suchten sie eine Route heraus, entlang der sie aller Wahrscheinlichkeit nach unentdeckt den Stützpunkt umrunden konnten. Jonah hatte drei Zweierteams losgeschickt, die sich mittlerweile in verlassenen Wohnungen rund um den Militärstützpunkt befanden und in den vergangenen Stunden ihr Ziel beobachtet und regelmäßig Bericht erstattet hatten. Allem Anschein nach patrouillierten auf jeder Seite des Geländes drei Wachen, die bislang jeweils einmal abgelöst worden waren. Eine Ablösung in einem Zeitraum von mittlerweile über acht Stunden, seitdem die Teams Meldung machten. Jonah schloss daraus, dass es vermutlich zu wenig Soldaten gab, um kürzere Wachschichten zu schieben und die Kollegen öfter abzulösen. Wenn dem wirklich so sein sollte, konnte das ein Vorteil bei der Einnahme sein. Andererseits konnten auch andere Umstände dafür verantwortlich sein, dass die Wachezeiten der Soldaten sich so lang hinzogen, wie beispielsweise ein Außeneinsatz einer größeren Gruppe von Militärkräften, die erst noch zurück erwartet wurde. In so kurzer Zeit konnte man keine verlässlichen Aussagen treffen, weshalb Jerome vorgeschlagen hatte, die Beobachtung des Stützpunktes auf mehrere Tage auszudehnen, um sich ein noch besseres Bild von den Abläufen machen zu können. Grundsätzlich war Jonah der gleichen Meinung gewesen, allerdings konnten sie sich einen solchen zeitlichen Luxus nicht leisten, wenn sie die Truppen von Benning abfangen wollten. Sie mussten schnell handeln. Jonah schaute auf seine Armbanduhr, dann sprach er in sein Funkgerät.

„Alle Teams auf Position? "

„Scoutteam Nord ready. "

„Scoutteam West ready. "

„Scoutteam Süd ready."

„Wir sind ebenfalls startklar, Johnnyboy", sagte Pete.

„Los geht's", zischte Jonah, dann wartete er einen kurzen Moment. Als er den dumpfen Laut des Schiffshorns hörte, schlich er mit Jerome um die Ecke und bog auf die South Street ein, eine große Querstraße zur Young Avenue.

***

Brian Flemming, Owen Briggs und Lucas Roy schauten einander verdutzt an, als das laute Dröhnen eines Schiffshorns die abendliche Stille durchbrach. Als die drei Wachen an der Ostseite der CFB in Richtung des nahegelegenen Hafens blickten, konnten sie zudem ein Lichtsignal ausmachen, das aus der gleichen Richtung kam.

„Was ist bei euch los, Owen?", fragte eine Stimme aus dem Funkgerät.

„Keine Ahnung, das Horn dürftet ihr ja bis ins Komm-Center gehört haben. Anscheinend befindet sich ein Schiff im Hafen, das auch noch per Scheinwerfer SOS sendet. Warten auf weitere Anweisungen."

„Vielleicht sind es Zivilisten, die auf der Suche nach Hilfe sind", meinte Lucas zu seinen Kollegen, während sie auf Befehle aus dem Kommandostand warteten. „Erinnert ihr euch an den Kutter letzten Monat, der aus Saint Johns kam? Die Leute hatten einen Hafen nach dem anderen angesteuert und waren halb verhungert, als sie hier anlegten."

Owen nickte. Es war in der Tat nichts Außergewöhnliches, dass Überlebende sich auf Booten und Schiffen einrichteten und von einem Platz zum nächsten zogen, um vor den Untoten Schutz zu suchen. Einmal war eine vierköpfige Familie sogar in einem Hausboot in den Hafen eingelaufen. Genau wie alle anderen wollten auch sie zunächst Unterkunft bekommen, doch die CFB hatte strikte Regularien was die Aufnahme von Überlebenden anging. Als klar war, dass sie nicht bleiben konnten, hatte der Vater damals gesagt, dass er dann eben mit seiner Frau und den beiden Kindern so lange auf dem Wasser bleiben wolle, bis dieser Wahnsinn ein Ende gefunden habe. Wenn das stimmte, würden sie noch immer irgendwo auf dem Meer umherfahren.

Oftmals waren die Überlebenden, die im Hafen ankamen, auf der Suche nach neuer Nahrung, Treibstoff, oder beidem. In den vergangenen Monaten hatten sie dutzende solcher Fälle erlebt, insbesondere in der Zeit kurz nach dem Ausbruch der Katastrophe. Mittlerweile hatten sie daher extra ein kleines Depot mit Vorräten am Hafen angelegt, um die Menschen zu versorgen. Zwar waren solche „Besuche“ in der letzten Zeit kontinuierlich seltener geworden, aber aller Wahrscheinlichkeit nach war es heute wieder soweit. Das Komm-Center meldete sich.

„Owen, ihr drei kümmert euch um das Schiff. Denkt wie immer an das übliche Procedere. Meldet euch, sobald ihr wieder auf dem Posten seid.“

„Bestätigt“, antwortete Owen in sein Funkgerät. Dann schaute er mit einem leichten Lächeln Lucas und Brian an. „Dann lasst uns mal schauen, wer sich an die kanadische Küste verirrt hat.“

***

Drei grelle Lichtkegel näherten sich langsam dem Schiff, welches gleichmäßig am Pier im Wasser des Hafens hin- und herschwappte. Die CFB lag eine knappe Meile in westlicher Richtung entfernt. Der Kapitän stand am Bug des kleinen Transportschiffes und grüßte freundlich, als aus den Konturen hinter den Taschenlampen drei Soldaten in hellen Camouflageuniformen wurden, die ihre Schnellfeuergewehre vor der Brust trugen.

„Soldaten, das gibt's ja nicht! Und ich dachte schon, die ganze Welt sei ausgestorben! Euch schickt der Himmel!“ Seine Stimme klang fast euphorisch.

„Zunächst einmal schicken uns die Royal Canadian Forces“, antwortete Owen betont sachlich. „Bitte identifizieren Sie sich.“

„Natürlich, natürlich, Entschuldigung! Mein Name ist Hal Goldstein und als Bürger von Kanada ersuche ich die Unterstützung der kanadischen Armee.“

Owen, Brian und Lucas schauten den grauhaarigen Mann auf dem Schiff verwundert an. „Da scheint sich aber einer auszukennen“, flüsterte Brian. Owen nickte. Hal Goldstein schien zu wissen, dass die kanadischen Streitkräfte dazu verpflichtet waren, die Bürger Kanadas zu schützen, ansonsten hätte er nicht eine solche Formulierung verwendet. Andererseits konnte es auch Zufall gewesen sein und der Kerl sprach einfach nur geschwollen daher.

„Woher kommen Sie, Mr. Goldstein?“, fragte Owen.

„Aus Kensington“, kam die Antwort wie aus der Pistole geschossen. „Ich bin seit knapp sechs Wochen unterwegs auf See. Ich bin die nördliche Küste von Nova Scotia entlanggefahren, über Livingstone, Port Hawkesbury und Port Bickerton. Mein letzter Stopp war Clam Harbour, aber das ist mittlerweile zehn Tage her, und es gab dort kaum noch etwas zu holen. Ich brauche unbedingt Benzin. Essen und Trinken wären auch nicht schlecht.“

„Wie viele Personen sind bei Ihnen an Bord?“, fragte Lucas.

„Zwei. Meine Frau ist in der Transportkabine bei unserer kleinen Tochter Luisa. Sie ist seit einigen Tagen krank.“

Wieder wechselten die Soldaten skeptische Blicke. „Irgendetwas an dem Typen stimmt nicht“, flüsterte Brian. Auch Owens Bauchgefühl sagte ihm, dass sie sich nicht länger als unbedingt nötig mit dieser Sache beschäftigen sollten. Dann sprach er etwas in sein Funkgerät und wartete. Nachdem aus dem Funkgerät eine Antwort gekommen war, wandte er sich wieder an den Mann auf dem Schiff.

„In Ordnung, Mr. Goldstein“, sagte Owen, während er auf einen großen Container deutete, der ein Stück hinter ihm am Anfang des Piers stand. „Dort hinter mir befindet sich ein Depot mit Vorräten für Überlebende. Sie können sich Lebensmittel, Wasser und Kleidung nehmen. Außerdem gibt es mehrere Zehnliter-Kanister mit Treibstoff. Eine Schiebkarre für den Transport finden Sie ebenfalls dort. Meine Kollegen werden Ihnen das Depot öffnen und ihnen die Sachen geben, die Sie benötigen."

„Fantastisch! Ich habe es ja gesagt, ein Geschenk des Himmels!", rief Goldstein vom Schiff herunter. Dann ließ er an der Steuerbordseite eine Planke herunter, die laut scheppernd auf den Beton des Piers knallte. Während die vier Männer nebeneinander in Richtung des Depots gingen, überlegte Owen, was genau es war, dass ihn an Goldstein so störte.

„Seit sechs Wochen sind Sie bereits unterwegs, Mr. Goldstein?", fragte er.

„Sechs oder sieben, so genau weiß ich es nicht. Draußen auf See ist ja doch jeder Tag wie der andere." Wieder so eine schnelle Antwort. Fast wie auswendig gelernt.

„Und Sie sagen, dass Sie nur mit Ihrer Frau Luisa und Ihrer Tochter reisen, die seit einiger Zeit krank ist."

„Ganz recht, ganz recht."

„Warum haben Sie dann nicht nach Medikamenten gefragt?", wollte Owen wissen.

Ein Anflug von Unsicherheit überzog Goldsteins Gesicht, wenn auch nur für einen kurzen Augenblick. „Weil wir noch ausreichend Medizin haben. Aber vielen Dank für Ihre Fürsorge", antwortete er mit einem gequälten Grinsen.

Owen betrachtete den Mann aus dem Augenwinkel, während es in seinem Kopf ratterte. Kurz vor dem Container blieb er stehen. „Mr. Goldstein, Sie sind nicht die ersten Überlebenden, die in unserem Hafen Halt machen und nach Hilfe suchen."

Goldstein blickte den Soldaten fragend an. „Und?"

„Nicht *und*, sondern *aber*. Aber Sie sind der erste, der nicht darum bittet, von uns aufgenommen zu werden. Gibt es einen bestimmten Grund dafür?"

Diesmal kam die Antwort nicht umgehend. Im Gegenteil, die Pause, die entstand, wirkte beklemmend. Lucas schloss den Container auf und schaute die beiden gespannt an, während Brian sich neben ihn stellte und die Stirn in Falten legte.

„Nun, ich… bin auf der Durchreise…“, stammelte Goldstein. Auf seiner Stimme bildeten sich trotz der Kälte Schweißperlen.

„Aha. Und wohin soll's gehen, wenn man fragen darf?“

„Ich… weiß es noch nicht genau…, ich…“

Owen warf Lucas einen vielsagenden Blick zu, woraufhin dieser den Container wieder verschloss.

„Was soll das denn jetzt?“, fragte Goldstein, dessen Stimme sich fast überschlug. „Ich dachte, Sie wollten mir helfen! Wozu Sie im Übrigen auch verpflichtet sind!“

„Die kanadische Armee hilft keinen Lügnern, Mr. Goldstein – oder wie immer Sie auch heißen mögen. Sie sagen, dass Sie seit über sechs Wochen unterwegs sind, allerdings weisen Sie weder Zeichen von Mangelernährung noch von fehlender Hygiene auf. Im Gegenteil, Sie sind frisch rasiert, Ihre Haare wurden noch vor kurzem geschnitten und Ihre Kleidung ist bemerkenswert sauber. Ihre Antworten scheinen auswendig gelernt, und Sie haben es nicht einmal bemerkt, dass ich absichtlich die Namen Ihrer Frau und Ihrer Tochter verwechselt habe. Bitte gehen Sie zurück auf Ihr Schiff und verlassen Sie diesen Hafen.“ Als er den letzten Satz ausgesprochen hatte, glaubte Owen, etwas in seinem Augenwinkel bemerkt zu haben. Als er sich umdrehte, konnte er allerdings nichts erkennen.

Goldstein atmete tief durch und blickte auf den Boden. „Okay, okay. Ich gebe es zu. Ich war nicht ganz ehrlich zu Ihnen in meinen Absichten. Ich bin nicht auf der Durchreise.“

Die drei Soldaten starrten Goldstein erwartungsvoll an, bis das zeitgleiche Klicken von zwei gespannten Pistolenhähnen sie herumfahren und zu ihren eigenen Waffen greifen ließ, nur um die Hände sofort wieder zu senken, als sie in den Lauf von zwei auf sie gerichteten Berettas blickten. Jerome und Jonah verzogen keine Miene, während sie mit den Pistolen auf die Soldaten zielten.

„Ich bin nicht auf der Durchreise“, fuhr Goldstein mit etwas festerer

Stimme fort. „Im Gegenteil, meine Freunde und ich haben vor zu bleiben.“

15Der Weg hinein

„Das Ganze kann mit oder ohne Blutvergießen laufen. Die Entscheidung liegt bei euch.“ Jonahs Stimme klang fest und entschlossen. „Meine Kameraden waren der Meinung, wir sollten euch direkt den Arsch aufreißen, aber ich war dagegen. Ich habe mir gesagt, dass die Royal Canadian Forces wissen, wann man vernünftig sein muss. Und ich gebe euch genau dazu jetzt die Gelegenheit: Vernünftig zu sein.“

Lucas, Brian und Owen, die mittlerweile entwaffnet worden waren, standen nebeneinander am Depotcontainer. „Was verdammt nochmal wollt ihr?“, fragte Owen.

„Zunächst einmal brauche ich nähere Informationen über den Stützpunkt. Wie viele Leute sind in der Basis?“

„Über fünfhundert“, antwortete Owen.

Jonah schüttelte den Kopf und stieß einen leisen Seufzer aus. Dann schlug er Owen unvermittelt mit der rechten Faust ins Gesicht, sodass dessen Kopf hinten an den Container schlug. Der Soldat der CFB stöhnte vor Schmerzen und hatte Mühe, sich auf den Beinen zu halten. Dann zog Jonah ihn am Kragen hoch und ging mit seinem Gesicht so nah an Owen heran, dass er dessen Rasierwasser riechen konnte.

„Letzte Warnung, Schlauberger. In Anbetracht eurer Wachablösungen gehe ich davon aus, dass ihr maximal einhundert Männer habt, wenn man die Größe des Stützpunktes berücksichtigt und was es braucht, um ihn am Laufen zu halten. Kommt das hin?“

Bevor Owen antwortete, riss er seinen Kopf zur Seite und spuckte Blut aus. Dann sprach er mit aufeinandergebissenen Zähnen, auf denen sich rote Blutschlieren abzeichneten: „Wir sind sechsundneunzig.“

Jonah ließ den Soldaten los und trat einen Schritt zurück. „Na also, es geht doch. Fühlt sich gut an, die Wahrheit zu sagen, oder? In jedem Fall ist es nicht so schmerzhaft wie zu lügen. Wann ist die nächste Wachablösung?“

Nach Jonahs eigenen Berechnungen musste es noch knapp fünf Stunden dauern.

Owen blickte auf seine Uhr. „In fünfeinhalb Stunden.“

Jonah nickte. „Sehr schön. Sind noch Teams im Außeneinsatz unterwegs?“

„Momentan nicht. Was verdammt nochmal wollt ihr Typen überhaupt von uns? Warum seid ihr hier?“

„Wir werden euren Stützpunkt unter unsere Kontrolle bringen. Warum, das hat euch nicht zu interessieren. Und ihr werdet uns dabei helfen.“

Lucas schnaufte höhnisch. „Das kannst du vergessen.“

Anstatt zu antworten, nickte Jonah Jerome zu, der daraufhin Owen einen satten Tritt in die Kniekehle verpasste. Als das Bein des Soldaten zusammenknickte, verpasste Jerome ihm einen weiteren Schwinger mitten ins Gesicht. Stöhnend prallte Owen erneut an die Außenwand des Containers. Als Brian Anstalten machte, seinem Kollegen zu helfen, richtete Jerome die Pistole auf dessen Kopf.

„Das können wir die ganze Nacht lang machen“, sagte Jonah. „Oder aber du funkst deine Kollegen in der Basis an und teilst ihnen mit, dass alles in Ordnung ist und ihr wieder auf euren Wachposten geht. Dann schließt ihr uns die Tür auf und du bringst mich zu eurem befehlshabenden Offizier. Deine Entscheidung.“

Lucas blickte einen Moment unsicher zu Owen, doch der lehnte nur benommen am Container. Brian seufzte und nickte in Richtung seines Kameraden. Schließlich betätigte Lucas sein Funkgerät.

„Komm-Center, das Schiff ist versorgt. Wir gehen zurück auf unseren Posten.“

„Guter Junge“, antwortete Jonah. Dann wandte er sich an Goldstein. „Hal, hol die restlichen Männer vom Boot und wartet hier auf mein Signal. Sobald alles vorbereitet ist, kommt ihr nach.“

Hal nickte und ging zum Schiff. Jonah wandte sich wieder an Lucas. „Schließ den Container auf.“

Als der Soldat das Tor öffnete und auf einen Schalter an der linken Seite drückte, tauchte eine kleine Deckenlampe den Container in ein milchiges Licht. Tatsächlich stand hier eine Vielzahl an Kisten mit Vorräten, Kleidung und Benzinkanistern, die wohl für die Versorgung von Überlebenden auf Schiffen gedacht waren. Die fünf Männer betraten das Depot, wobei Jerome weiterhin seine Waffe im Anschlag hielt. Dann griff Jonah in eine Kiste mit Kleidungsstücken und warf sie zu Owen und Brian hinüber. „Anziehen."

Kurze Zeit später kamen die übrigen VI-Soldaten, die sich bis eben auf dem Schiff versteckt gehalten hatten, mit Pete an der Spitze den Pier heruntergelaufen. Der Veteran hatte den Streit von heute Morgen zwar immer noch nicht vergessen, doch Jonah war sich sicher, dass er Profi genug sein würde, um sich aufs Wesentliche zu konzentrieren.

„Guten Abend die Herren", frotzelte Pete. „Johnnyboy, was hat das so lange gedauert? Hal hat mir erzählt, dass er sich fast vollgepisst hätte, als er ausgefragt wurde."

„Sag ihm, dass es hier ausreichend Wechselunterwäsche gibt", erwiderte Jonah mit einem leichten Grinsen. Apropos, zieh das hier an." Er drückte Pete die Uniform von Brian in die Hand.

„Mh, die ist ja noch warm. Welch ein Service hier in Halifax", sagte Pete zu den drei Soldaten, die ihn keines Blickes würdigten. Dann zog er sich um.

Einige Minuten später liefen drei Soldaten in heller Camouflageuniform in Richtung der Südseite der CFB Halifax. Der Kleinste von ihnen ging voran. Einem geschulten Auge wäre vielleicht aufgefallen, dass er im Gegensatz zu den hinter ihm laufenden Männern keine Waffe trug, doch hier gab es keine Beobachter. Die gesamte Kommunikation lief über Funk ab.

„Wer gibt bei euch die Befehle?", fragte Jonah, während er gemeinsam mit Pete hinter Lucas herlief. Um sicherzustellen, dass der Soldat nicht auf dumme Gedanken kam, hatten sie Owen und Brian in Jeromes Obhut mit den übrigen VI-Söldnern gelassen.

„Admiral Ethan Hart. Er befindet sich momentan im Komm-Center."

„Sag ihm, dass du ihn sprechen musst. Sag, dass es wichtig sei, und dass es mit dem Schiff von vorhin zu tun habe. Ihr trefft euch in seinem Büro. Und keine Tricks, ansonsten kannst du deine Kameraden in Stücken aus dem Meer fischen."

16Endspurt

Ray und seine Freunde durchquerten die Höhle so schnell es ging. Es war ein beklemmendes Gefühl, denn hier hatte ihnen auf dem Hinweg der Alpha aufgelauert und Screw schwer verletzt. Ein starker Verwesungsgeruch schwängerte die Luft. Alle hielten sich die Nase zu und die kleine Rose weinte bitterlich. Sie fragte ihre Mutter, warum sie ausgerechnet dort hindurchgehen müssten. Die Mischung aus Dunkelheit und Gestank machten der Kleinen schwer zu schaffen. Die Tatsache, dass sie ihre Geschwindigkeit an Screw anpassen mussten, machte die ganze Situation nicht einfacher. Glücklicherweise lauerten in der Höhle ansonsten keine weiteren Überraschungen.

Als sie endlich wieder Tageslicht sahen, wurde die Stimmung etwas besser. Nachdem sie den Wasserfall hinter sich gelassen hatten, kam am Ende des langen Steges Vertigo in Sicht. Das kleine Bergdorf bestand nur aus wenigen kleinen Blockhütten und einem relativ großen Steingebäude, welches direkt am See lag, über den der Steg führte. Sie liefen zurück bis hin zu der Stelle, wo die beiden Hubschrauber des Flugzeugträgers abgestellt worden waren – zwei Überbleibsel der ersten schiefgelaufenen Rettungsmissionen nach Sanctuary.

Ray sah Screw an und winkte ihn zu sich. Nika, Scott und die anderen sicherten die Umgebung.

„Kann man da was machen, Screw? Wenn du einen flott bekommst, kann ich uns schon von hier zurück zur Washington fliegen."

„Schwierig, Captain. Wir haben kaum Werkzeug dabei, aber versuchen kann ich es. Ich bin sowieso ziemlich am Ende, wäre vielleicht gut, wenn wir noch eine kleine Pause einlegen könnten."

„Gib dein Bestes. Wenn nicht, sagst du mir früh genug Bescheid. Wir können auch zu unserem Heli nach Redstone weiter, wenn hier nichts auszurichten ist."

Screw griff sich das wenige an Werkzeug, das er dabei hatte und untersuchte die Helikopter.

Die anderen machten sich auf die Suche nach einem geeigneten Unterschlupf. Das große Steingebäude war zu früheren Zeiten ein altes American Diner gewesen. Ein guter Ort, an dem sie halbwegs sicher rasten könnten. Die anderen gingen hinein und schauten sich ein wenig um, nur Nika blieb bei Screw. Nach einer Weile kehrten sie resigniert zu den anderen zurück und schüttelten den Kopf.

„Nichts zu machen, Leute", sagte Screw, während er sich mit schmerzverzerrtem Gesicht ans Bein fasste. „Von denen bekomme ich keinen auf, geschweige denn gestartet."

Ray zuckte mit den Schultern. *Einen Versuch war es Wert.* Er klopfte Screw aufmunternd auf den Rücken.

„Wäre sowieso das erste Mal gewesen, dass bei uns etwas beim ersten Anlauf funktioniert hätte." Ray schaute auf seine Uhr. „Heute erreichen wird Redstone eh nicht mehr, und ich möchte dort nicht in der Dunkelheit aufschlagen. Außerdem glaube ich, dass wir uns erst einmal wieder richtig aufwärmen sollten, nach dem langen Marsch aus Reefe. Also geht es eben später weiter. Lasst uns hier im Diner bleiben."

17Ethan Hart

Lucas hielt seine Zugangskarte vor den Sensor, der augenblicklich auf grün sprang und zischend eine automatische Tür öffnete. Als Jonah hinter dem Soldaten die CFB betrat, schlug ihm warme Luft entgegen. Sie befanden sich in einem schlauchartigen Flur, der sich weit in beide Richtungen erstreckte, bis er jeweils ringförmig abknickte. Anscheinend führte dieser Gang einmal um den Stützpunkt herum. An der Innenseite lagen in unterschiedlichen Abständen Verbindungstüren zu weiteren Trakten der Basis.

„Auf geht's, Kumpel", drängte Jonah. Sie durften keine Zeit verlieren, denn noch war das Überraschungsmoment auf ihrer Seite.

Lucas drückte auf sein Funkgerät. „Hier spricht Petty Officer Roy. Ich muss mit Admiral Hart sprechen. Es ist dringend."

Wenige Sekunden später antwortete eine markante Stimme: „Sprechen Sie, Petty Officer Roy."

„Sir, es geht um das Schiff, welches wir eben versorgt haben. Ich glaube da gibt es etwas, dass Sie unbedingt wissen sollten. Allerdings würden Chief Petty Officer Briggs, Petty Officer Flemming und ich es Ihnen lieber persönlich sagen."

„In Ordnung. Wir treffen uns in fünf Minuten in meinem Büro. Ich schicke eine Wache von der Südseite rüber, die so lange Ihren Posten übernimmt."

Jonah nickte zufrieden und drückte Lucas mit seinem Gewehr in den Rücken, damit dieser weiterlief. Nach rund fünfzig Metern blieb er stehen und benutzte erneut die Zugangskarte. Sie schritten durch eine Tür auf den Innenhof des Stützpunktes, der von in regelmäßigen Abständen aufgestellten Flutlichtmasten ausgeleuchtet wurde. Bemerkenswerterweise befanden sich hier keinerlei andere Soldaten. Eine Hinweistafel zeigte in verschiedenen Farben die Wege zu den unterschiedlichen, ebenfalls in verschiedenen Farben eingezeichneten Abschnitten der Basis an: Quartiere, Auditorium, Komm-Center, Kantine, Messe, Fuhrpark, Übungsplatz, Schießstand, Kapelle, Besucher, Zentrale. Lucas folgte dem bläulich markierten Pfad in Richtung der Offiziersmesse. Schließlich blieb er vor einem großen Gebäude stehen, aus dem helles Licht nach draußen strahlte und über dessen Eingang *Maritime Forces Atlantic Headquarter* stand. Dann drehte er sich zu Jonah und Pete um.

„Ihr werdet hier nicht lebend rauskommen, Freunde. Was auch immer ihr vorhabt, jetzt ist der letzte Moment, um umzukehren."

„Ich weiß deine Fürsorge zu schätzen, aber heb dir dein Gesülze für jemanden auf, den es interessiert", antwortete Pete frostig. „Und jetzt bring uns zum Büro von Admiral Hart."

Einen Moment lang sah es so aus, als wolle Lucas auf ihn losstürmen, doch dann drehte er sich einfach nur um, hielt seine Karte vor den Sensor und betrat die Messe. Der edle Marmorboden passte so gar nicht zu dem sonst eher schlicht gehaltenen Ambiente der CFB. Als sie durch die Empfangshalle schritten, wurden Jonah und Pete von einer Vielzahl von Augen beobachtet, die von den Gemälden ehemaliger Oberbefehlshaber auf sie herunter starrten. Lucas bog in einen kleinen Flur ein und klopfte an die erste Tür auf der rechten Seite. An der Wand hing ein Schild, welches das Zimmer als Büro von Admiral Ethan Hart auswies.

„Herein!", rief die gleiche, markante Stimme, die eben aus dem Funkgerät gesprochen hatte. Als Lucas die Bürotür öffnete, versetzte Pete ihm einen Tritt in den Rücken, sodass der Soldat das Gleichgewicht verlor und krachend vor dem Schreibtisch des Admirals zu Boden ging. Der blonde Mann, der hinter dem Tisch saß, wirkte einen Moment lang irritiert, doch als er in das Schnellfeuergewehr blickte, welches Jonah auf ihn richtete, wusste er sofort, was hier los war. Der Feind war im Stützpunkt. In *seinem* Stützpunkt. Dennoch machte er keine Anstalten, aufzustehen oder Petty Officer Roy zu helfen. Stattdessen blickte er Jonah und Pete direkt an und sprach mit bemerkenswert ruhigem Ton.

„Sie sind nicht Chief Petty Officer Briggs."

„Kein Wunder, dass Sie es zum Admiral geschafft haben", antwortete Pete. „Mit einer solchen Auffassungsgabe stehen einem wohl alle Türen offen. Apropos, die hier mache ich wohl besser zu."

Nachdem Pete die Bürotür geschlossen hatte, ergriff Jonah das Wort. „Entschuldigen Sie, dass wir einfach so hier reinplatzen, Admiral, das ist eigentlich nicht meine Art. Ich dachte nur, dass es besser sei, wenn wir persönlich darüber sprechen, wie es mit der CFB Halifax von nun an weitergehen wird. Und tun Sie mir den Gefallen, Ihre Hände auf der Tischplatte zu lassen, während wir reden."

„Sie waren wohl auf dem Schiff, von dem Roy, Flemming und Briggs sprachen." Das war keine Frage, es schien, als spreche der Admiral mit sich selbst. „Und da die beiden letzteren nicht hier sind, Sie aber deren Uniformen tragen, gehe ich davon aus, dass sie sich in Ihrer Gewalt befinden. Ich hoffe für Sie, dass es ihnen gut geht."

„Sie sind nicht in der Position, um irgendwelche Drohungen auszusprechen, Admiral. Aber seien Sie versichert: Mr. Briggs und Mr. Flemming geht es ganz hervorragend. Und wenn das so bleiben soll, dann hören Sie mir nun besser gut zu. Ich will, dass Sie die gesamte Belegschaft des Stützpunktes zusammentrommeln. Jeden einzelnen Mann. Alle sollen sich zu einer Notfallbesprechung im größten Raum des Stützpunktes treffen. Auch die Wachen an den Außenmauern."

Als sich der am Boden liegende Lucas regen wollte, stellte sich Pete mit seinem rechten Bein auf dessen Rücken, sodass der Soldat ein schmerzerfülltes Stöhnen von sich gab. „Du bleibst liegen, wir sind noch nicht fertig." Dann sprach Jonah weiter zu Hart. „Während der Notfallbesprechung werden Sie alle Soldaten dazu auffordern, die Waffen abzulegen und auf den Boden zu legen. Danach werden wir die Kontrolle über den Stützpunkt übernehmen. Ich gebe Ihnen mein Wort, dass niemandem auch nur ein Haar gekrümmt wird, wenn Sie kooperieren."

Während Ethan Harts wache Augen ihn fixierten, überlegte Jonah, wie alt der ranghöchste Soldat der CFB wohl sein mochte. Vermutlich um die fünfzig, auch wenn man es bei Männern von diesem Schlag nur schwer schätzen konnte. Die Haut im Gesicht des Admirals war bis auf leichte Fältchen um die Augen sehr glatt, und weder die hellbraunen Augenbrauen noch die blonden Haare wiesen graue Strähnen auf. An seiner rechten Hand trug der Mann einen Ehering. Jonah konnte sich gut vorstellen, dass es Hart auf seinen Landgängen nicht an Angeboten gefehlt hatte, sein Ehegelübde zu brechen – die symmetrischen Gesichtszüge waren etwas, das dem gemeinen Schönheitsideal entsprach.

„Hören Sie, Mister…?"

„Nennen Sich mich Jonah. Und das ist Pete."

„Hören Sie, Jonah und Pete. Ich kenne Sie nicht. Ich weiß nicht, woher Sie kommen. In Zeiten wie diesen gibt es viele verzweifelte Menschen. Wahrscheinlich gehören Sie zu denen und glauben, Sie könnten hier einfach reinmarschieren, zwei meiner Männer kidnappen, und sich hinter den dicken Mauern der CFB verschanzen. Ich will Ihnen das nicht einmal zum Vorwurf machen, schließlich ist die ganze Welt dabei, den Verstand zu verlieren. Sie sind nicht die ersten, die das versuchen. Auch wenn Sie zugegebenermaßen weiter gekommen sind, als alle anderen vor Ihnen. Nichtsdestotrotz, seien Sie bitte vernünftig, und legen Sie Ihre Waffen weg. Wir nehmen hier in der CFB keine Menschen von außerhalb auf. Das Risiko einer Infektion ist zu groß. Sie können von uns Vorräte für die nächsten Wochen bekommen und ausreichend Benzin für Ihr Schiff, sofern es wirklich Treibstoff benötigt."

Jonah schüttelte den Kopf und atmete tief durch. „So funktioniert das nicht, Admiral. Wir werden uns diesen Stützpunkt nehmen. Im Sinne alle Beteiligten bin ich der Meinung, dass…"

„Lass gut sein, Jonah", schaltete sich Pete ein. „Ich war lang genug beim Militär, um zu wissen, dass solche Typen nur eine Sprache verstehen." Dann nahm er sein Bein von Lucas' Rücken und zog ihn am Kragen hoch. „Admiral Hart, was mein Freund Ihnen versucht zu erklären, ist, dass Sie uns einen Scheißdreck interessieren. Es geht uns um die CFB." Dann schlug er Lucas mit dem Kopf so hart auf die Schreibtischplatte, dass dem jungen Mann Blut aus der Stirn schoss und er seitlich zu Boden fiel. Reflexartig drückte sich der Admiral vom Schreibtisch weg, woraufhin Pete seine Pistole zog und auf Hart richtete.

„Pete!", fauchte Jonah. „Steck die Waffe weg!"

„Einen Scheiß werde ich", erwiderte der alte Veteran. „Rufen Sie Ihre Leute zusammen Admiral. Jetzt."

Jonah beobachtete die Szene wie paralysiert. Der am Boden liegende Lucas Roy bewegte sich nicht mehr und blutete den Marmorboden voll, vor seinem Kopf hatte sich bereits eine beträchtliche Pfütze gebildet. In Petes Blick lag eine Spur von Wahnsinn, während er die Pistole auf den Admiral richtete. Hart schien seine Optionen abzuwägen, bevor er antwortete. Dann griff er zu seinem Funkgerät.

„Komm-Center, Vollversammlung in fünfzehn Minuten im Auditorium. Ich will, dass alle Männer der CFB anwesend sind, auch die Wachschichten. Ich wiederhole: Auch die Wachschichten. Es gibt einen Notfall, der besondere Dringlichkeit hat. Bestätigen Sie."

„Komm-Center bestätigt. Vollversammlung in fünfzehn Minuten im Auditorium."

Pete nickte. „Na also, war doch gar nicht so schwer."

Jonah bedachte Pete mit einem strafenden Blick, dann betätigte er sein eigenes Funkgerät. „An alle Scoutteams: Die Wachen müssten in den nächsten Minuten ihre Posten verlassen. Sobald dies der Fall ist, kommt ihr zum Südeingang der CFB. Pete wird euch reinlassen und zum Auditorium führen. Beeilung."

„Was passiert mit Petty Officer Roy?", fragte Hart, als er in Richtung der Bürotür ging. Dann beugte er sich über Lucas. „Er braucht einen Arzt."

Pete hob den blutenden Soldaten hoch und legte ihn dem Admiral über die Schulter. „Im Auditorium wird bestimmt gleich einer sein."

18Die große Mauer – neuer Versuch

Der Konvoi kam gut voran und würde bald den Waldrand erreicht haben. Pelletier konnte in knapp einem Kilometer Entfernung bereits den Horizont erkennen, gesäumt durch die hohen Bäume. Höchstens noch eine Minute, dann würden sie freien Blick auf die eindrucksvolle Mauer und das unmittelbare Gebiet vor ihnen haben.

Der Master Sergeant bedeutete dem Fahrer langsamer zu werden. „Josh, ans Fünfziger, ich brauche ein drittes Paar Augen. Und mach Morgan hinter uns klar, dass sie anhalten und auf unser Zeichen warten sollen.“

Josh nickte kurz, kletterte aus dem Loch im Dach und gab Corporal Morgan, der in einem Truck hinter ihnen fuhr, ein Zeichen, dass der Konvoi stehen bleiben sollte. Danach deutete er mit zwei Fingern auf seine Augen, was so viel hieß, wie dass sie die Vorhut bilden würden. Der Fahrer des Humvees schaltete zeitgleich in den Leerlauf und ließ den Militärjeep die letzten einhundert Meter bis zum Waldrand auslaufen, damit sie möglichst leise dort ankamen. Josh entfernte die Schutzkappen von seiner Zieloptik und auch sein Vater nahm seinen Feldstecher zur Hand, während sie die letzten Meter rollten.

Als sie die letzten Bäume hinter sich ließen und aus der trüben Nebelsuppe krochen, bot sich ihnen ein gänzlich anderes Bild. Auf einen Schlag war nicht nur der Nebel verflogen, auch die Morgensonne schien wie ein gigantischer Scheinwerfer in Richtung des Waldes. Der Blick auf die Mauer war noch wesentlich eindrucksvoller als am Vortag. Während sie gestern nur den Teil der Mauer, welcher an der Küste verlief, hatten sehen können, befanden sie sich dieses Mal ungefähr mittig des riesigen Bauwerkes. Die Straße, die aus dem Wald heraus in Richtung der Mauer führte, verlief erneut abschüssig in einer leichten Serpentine, bis sie schließlich in eine lange Gerade überging, die direkt auf ein massives Metalltor zulief, welches von zwei Wachtürmen umrahmt wurde. Josh staunte nicht schlecht, als er sich das Tor genauer ansah. Er schätzte die Höhe auf etwa sechs Meter. Dieser Durchgang war weit größer als das Tor, welches sie am Vortag gesehen hatten. Es gab also mindestens zwei Eingänge hinter die Mauer, diesen und den Kleineren an der Küste.

Gleichzeitig fehlte hier irgendetwas. Sein Gefühl sagte ihm, das etwas an diesem gesamten Bild nicht stimmte, doch er konnte nicht sofort sagen, was es war. Die Worte seines Vaters holten ihn ins Hier und Jetzt zurück.

„Wie leer gefegt. Diese Kanadier hatten entweder riesiges Glück, oder sie halten ihren Vorgarten penibel sauber“, klang es aus dem Inneren des Humvees. Das war es. Nicht ein Fahrzeug oder Wrack stand auf oder neben der Straße. Es gab keinerlei Anzeichen dafür, dass es hier jemals zu größeren Gefechten gekommen war. Es war weit und breit keine Menschenseele zu erkennen, weder tot, noch lebendig.

Josh beugte sich noch einige Zentimeter näher an sein Zielfernrohr und suchte angestrengt nach dem kleinsten Anzeichen von Leben. Nichts. Hatten die Kanadier womöglich dieses eindrucksvolle Bauwerk nur erschaffen, um letztendlich nicht die Welt auszusperren, sondern sich selbst mit den Untoten einzusperren? Horrorszenarien schossen durch Joshs Kopf. Ein Massengrab, aus dem es kein Entkommen gab, es sei denn, man öffnete die Tore. War ihre Hoffnung auf Sicherheit nichts anderes, als die größte und gefährlichste Mausefalle der Welt? *Ein Königreich für einen Blick hinter die Mauern,* dachte Josh.

19Unverständnis

Jonah und Admiral Hart, der immer noch den blutenden Lucas Roy über seiner Schulter trug, beobachteten aus dem Eingangsbereichs der Offiziersmesse heraus, wie die Soldaten der CFB sich nach und nach in Richtung des Auditoriums begaben. Pete befand sich bereits auf dem Weg zum Ost- und Südeingang, um die anderen VI-Söldner hereinzulassen. Als nach einigen Minuten keine Soldaten mehr draußen herumliefen, nickte Jonah Hart zu. „Auf geht's Admiral." Dann betätigte er sein Funkgerät. „Pete, wir kommen jetzt. Seid ihr soweit?"

„Noch nicht ganz Johnnyboy. Wartet noch zwei Minuten, dann kann es losgehen."

Einhundertzwanzig Sekunden später setzte sich Jonah in Bewegung. Als sich die Türen öffneten, stieß Ihnen erneut die eisige Kälte entgegen, die er während des Gesprächs in Harts Büro schon fast vergessen hatte. Zügig bewegten sie sich zu einem Seiteneingang des Auditoriums, wo Pete schon mit Jerome und den anderen Männern wartete. Auch die Gefangenen Chief Petty Officer Briggs und Petty Officer Flemming, beide in ziviler Kleidung, waren dort.

„Was hat das so lange gedauert?", fragte Jonah.

„Erzähl ich dir gleich", antwortete Pete. Dann zog er die Seitentür auf, und die Männer liefen durch einen schmalen Flur, der in einem viereckigen Nebenraum des Auditoriums mündete, in dem es genug Platz für die knapp dreißig Personen gab. Jonah vermutete, dass dies ein Aufenthaltsraum für die Offiziere des Stützpunktes war. Nebenan musste die große Versammlungshalle sein, zumindest ließen die Stimmen, die von dorther zu kommen schienen, darauf schließen.

Der Admiral legte Lucas Roy auf eine Couch in der Ecke des Zimmers. Mit besorgtem Blick begutachtete er die klaffende Kopfwunde, aus der nach wie vor Blut lief. Owen und Brian setzten sich zu ihrem Kameraden.

„Das muss genäht werden", sagte Owen.

„Nicht, bevor nicht alle Soldaten der CFB ihre Waffen abgelegt haben", erwiderte Pete und blickte dabei Ethan Hart an. „Sie gehen jetzt besser da rein und erklären Ihren Leuten, was hier Phase ist. Denken Sie dran: Alle Waffen nach vorn, alle Leute nach hinten." Dann nahm er einen kleinen Gegenstand aus der Tasche, an dessen Seite ein rotes Lämpchen blinkte. „Und eins noch, Admiral: Für den Fall, dass Sie irgendwelche Heldentaten planen, sollten Sie wissen, dass der gesamte Stützpunkt voller C4 ist. Falls Sie also irgendwelche Tricks versuchen, gehen wir hier alle gemeinsam drauf, so viel ist sicher."

Jonah glaubte, seinen Ohren nicht zu trauen. Deshalb hatte Pete also noch länger gebraucht. Oder war das Ganze nur ein Bluff? Er konnte es nicht mit Sicherheit sagen. Während diese Gedanken durch Jonahs Kopf schossen, trat Admiral Hart mit ausdruckslosem Gesicht durch die Tür auf die Bühne des Auditoriums.

20Das Auditorium

Lautes Gemurmel erfüllte den großen Raum, an dessen Wänden die Fahnen des kanadischen Militärs hingen. Die rund fünfhundert Stühle, vor denen Admiral Ethan Hart regelmäßig mit den Soldaten die Tagesplanungen durchging und die sauber aufgereiht vor der Bühne standen, waren kaum besetzt. Die meisten Männer standen in kleineren Gruppen rund um das Podest verteilt und fragten sich, warum sie sich zu so später Stunde hier versammeln mussten. Zwar hatte es in den vergangenen Monaten immer mal wieder außerplanmäßige Besprechungen gegeben, allerdings waren dafür noch nie die Wachposten aufgegeben worden. Es musste sich also wohl um etwas Ernstes handeln.

Diese Ahnung wurde bestätigt, als Admiral Hart aus einer Tür an der Seite der Bühne trat und sich an das Rednerpult stellte. Schlagartig verstummten die Soldaten und starrten ihren Oberbefehlshaber an. Als sie seine blutverschmierte Kleidung sahen, wussten sie zwar, dass etwas nicht stimmte; was sie allerdings nicht sehen konnten, waren die bis an die Zähne bewaffneten VI-Soldaten, die im Nebenraum warteten, sowie Pete, dessen Daumen auf einem Knopf neben dem rot blinkenden Lämpchen lag.

„Ich danke Ihnen allen, dass Sie so schnell gekommen sind. Der eine oder andere wird es sich bereits gedacht haben, aber ich will es ihnen persönlich bestätigen. Wir sind angegriffen worden. Das Leben aller Menschen hier in der CFB ist in Gefahr."

Ein Raunen ging durch das Auditorium. Hart blickte durch die offene Tür zu den VI-Truppen. Sein Blick blieb auf Pete hängen, der mit einem diabolischen Grinsen und dem Zünder in der Hand winkte. Dann wandte sich der Admiral wieder an seine Leute. „Bitte legen Sie alle Ihre Waffen hier vorne auf die Bühne, und setzen Sie sich danach in den hinteren Bereich auf die Stühle. Wir haben einen schwer verletzten Kameraden, der keine ärztliche Versorgung erhält, solange wir den Anweisungen nicht Folge leisten. Dies ist ein Befehl." Mit diesen Worten trat Ethan Hart vom Pult zurück und wartete.

Ungläubige Blicke wurden unter den Soldaten gewechselt, doch als die ersten anfingen, ihre Waffen abzulegen, dauerte es nicht lange, bis alle dem Befehl Folge geleistet hatten. Hart nickte in Richtung des Nebenzimmers, aus dem daraufhin die Soldaten von Vita Invicta, angeführt von Jonah und Pete, auf die Bühne traten. Mit dabei waren auch Chief Petty Officer Briggs und Petty Officer Flemming, die zu den anderen CFB-Soldaten gebracht wurden und dort mit ihren Straßenklamotten wie Farbtupfer in einem Schwarzweißgemälde aussahen. Während einige seiner Männer die Waffen einsammelten, stellte sich Jonah an das Rednerpult.

„Sie haben Ihren Admiral gehört, meine Herren. Die CFB Halifax ist von nun an in Besitz von Vita Invicta. Wir werden diesen Stützpunkt fortan kontrollieren. Ich biete Ihnen hier und heute die einmalige Gelegenheit, sich uns anzuschließen und damit auf die Seite der Gewinner zu wechseln. Mir ist bewusst, dass so etwas gegen den Ehrenkodex vieler Soldaten sprechen mag, aber sehen Sie der Realität ins Auge: Die Zeiten, in denen solche Verhaltensregeln noch eine Bedeutung hatten, sind vorbei. Heutzutage geht es ums nackte Überleben. Und ich verspreche Ihnen, dass Ihre Chancen darauf um ein Vielfaches steigen, wenn Sie zu uns gehören." Jonah ließ die Worte eine Zeit lang wirken, bevor er weitersprach. „Einer Ihrer Kameraden liegt im Nebenraum und bedarf ärztlicher Versorgung. Als Zeichen des guten Willens lasse ich einen von Ihnen zu ihm. Befindet sich ein Arzt unter uns?"

Sofort stand ein schwarzhaariger Mann Anfang vierzig von seinem Stuhl auf und hob die Hand. Jonah nickte ihm zu. „Gut, gehen Sie nach hinten." Dann wandte er sich wieder an die übrigen Anwesenden. „Wie Sie sehen, geht es uns nicht darum, mehr von ihnen zu töten, als unbedingt sein muss, aber wenn sie Widerstand leisten, ist es vielleicht sogar nötig, den Stützpunkt auszuradieren. Ich hoffe ich habe mich da klar ausgedrückt." Die meisten der Soldaten blickten Jonah mit ausdruckslosem Gesicht an, als dieser weitersprach.

„Sie sind nicht der Feind – unser Feind ist jemand anders. Und er ist auch der Grund, warum wir überhaupt hier sind. Ich gebe Ihnen einige Minuten Bedenkzeit, denn ich habe noch etwas mit Admiral Hart zu besprechen."

Jonah gab ein Zeichen an Pete und seine Männer, sich im Auditorium zu verteilen. Fünfzehn bewaffnete VI-Söldner bezogen daraufhin ihre Positionen, um die kanadischen CFB-Soldaten in Schach zu halten. Die ungleichen Zahlenverhältnisse wurden durch die Automatikgewehre mehr als wettgemacht. Jonah ging mit Hart zurück in den angrenzenden Besprechungsraum, wo Lucas Roy bereits medizinisch versorgt wurde.

„Wie geht es ihm, Dr. West?", fragte der Admiral.

West schaute ihn besorgt an, während seine Hände einen blutgetränkten Druckverband hielten. „Ich muss die Wunde so schnell wie möglich nähen. Außerdem scheint er sehr viel Blut verloren zu haben, er braucht eine Transfusion. Das geht nur auf der Krankenstation."

„Hören Sie, Jonah, ich habe getan, was Sie wollten", seufzte Hart. „Erlauben Sie uns, diesen Mann auf die Krankenstation zu bringen."

Jonah überlegte kurz, bevor er antwortete. „In Ordnung. Vorausgesetzt Sie zeigen meinen Männern die Kleiderkammer. Wir brauchen einige CFB-Uniformen für den nächsten Schritt unseres Auftrages."

Hart antwortete ohne zu zögern. „Sie bekommen, was Sie brauchen."

Jonah nickte Jerome und Frank zu. „Ihr begleitet den Doc und seinen Patienten." Daraufhin schulterte Jerome Lucas Roy und wartete darauf, dass der Doc voranging. Frank folgte den beiden.

Als sie weg waren, ergriff Hart erneut das Wort. „Was zum Teufel haben Sie überhaupt vor? Wer, wenn nicht wir, ist ihr Feind?"

„Das ist eine lange Geschichte, Admiral. Für Sie ist zunächst einmal nur interessant, dass Sie und Ihre Leute es nicht sind. Und wenn das so bleiben soll, schlage ich vor, dass Sie weiterhin so gut kooperieren wie bislang. Womit wir auch schon wieder beim Thema wären. Ich brauche weitere Informationen über Halifax."

„Nur zu."

„Hier sind nirgendwo Untote. Nicht mal eine einzige Kreatur haben wir gesehen, seitdem wir am Point Pleasant Park gelandet sind. Aber nicht nur das. Es gibt auch keine anderen Überlebenden, zumindest keine Zivilisten. Wie ist das möglich?"

„Die Mauer", antwortete Hart.

„Welche Mauer?“

„Die Mauer im Norden, die alles und jeden von Nova Scotia fernhält, den wir nicht hier haben wollen.“

„Muss ‘ne ganz schön große Mauer sein.“

„Wenn Sie wüssten.“

„Ich gehe davon aus, dass die Mauer bewacht wird?“

Hart zögerte kurz. Es stimmte, es waren noch Männer der CFB als Wachen an der Mauer. Sie würden bestimmt stutzig, wenn die Ablösung nicht innerhalb der nächsten Stunden käme. Könnte es ein Vorteil sein, Jonah dies vorzuenthalten? Oder würde er sie damit wohlmöglich in nur noch größere Gefahr bringen? Er durfte kein Risiko gehen.

„Das stimmt, wir haben noch einige Männer dort“, antwortete er schließlich.

„Dachte ich mir. Wie weit ist die Mauer entfernt?“

„Knapp zwei Stunden Fahrzeit.“

„Funken Sie sie an. Sagen Sie Ihnen, dass die nächste Wachablösung früher kommt, da es hier einen Zwischenfall gegeben hat.“

„Und dann?“

„Dann schicken wir unsere Leute an die Mauer, um auf die nächsten Gäste zu warten. Ich habe allen Grund zur Annahme, dass dort bereits in Kürze jemand anklopfen wird, auf den wir sehnlichst warten. Und da wäre es doch zu schaden, wenn wir den Empfang nicht persönlich übernehmen könnten.“

21Wachwechsel

„Da gibt es nur ein Problem, Jonah", sagte Hart mit ernstem Gesichtsausdruck.

„Das da wäre?"

„Wir können die Männer an der Mauer nicht anfunken."

„Verarschen Sie mich nicht", schnaubte Jonah.

„Das tue ich nicht. Wir funken hier ausschließlich analog rund um die CFB. Der Umkreis beträgt knapp fünf Meilen. Unser Digitalfunk ist seit Wochen defekt."

Jonah schüttelte ungläubig den Kopf. „Wie bitte? Warum reparieren Sie ihn dann nicht?"

„Weil wir niemanden haben, der es kann. Ob Sie es glauben oder nicht, in Halifax war es nicht immer so ruhig, wie es heute den Anschein hat. In den Wochen nach dem Ausbruch des Virus sind hier Dinge vorgefallen, die Sie sich nicht mal im Traum vorstellen können."

Bei diesem Satz musste Jonah unvermittelt an das Bild von Moses' Ischiasnerv in Derek Stones Schuhen denken. Seit jenem Abend war er skeptisch gegenüber Behauptungen, sich grausame Dinge nicht einmal im Traum vorstellen zu können. Ein Anflug von Übelkeit überkam ihn, als er an die ekelhafte Szene dachte, die Stone extra ihm zu Ehren aufgeführt hatte.

„In der ersten Zeit überschlugen sich die Ereignisse geradezu", fuhr der Admiral fort. „Wir hatten alle Mühe, Halifax zu halten. Die Menschen drehten durch. Die Untoten überrannten die Städte. Es war grauenvoll."

„Das war in anderen Teilen der Welt ähnlich", erwiderte Jonah.

„Mag sein, ich kann nur für uns sprechen", entgegnete Hart. „Auf jeden Fall hat es Wochen gedauert, bis wir die Lage unter Kontrolle hatten. Bis dahin war die Besatzung der CFB auf unsere jetzige Stärke zusammengeschrumpft. Und als der Digitalfunk ausfiel, gab es niemanden mehr, der ihn wieder flott machen konnte. Sie können sich gerne selbst davon überzeugen, wenn Sie mir nicht glauben."

Jonah hatte keinen Grund, die Aussagen von Hart anzuzweifeln. Also mussten Sie die Wachablösung anders vornehmen, was ihn allerdings vor ein nicht unerhebliches Problem stellte. Wenn die kanadischen Soldaten von der Mauer auf Befehl ihres Admirals heimgekehrt wären, hätte man sie direkt am Eingang des Stützpunktes in Empfang nehmen und entwaffnen können. Wenn er nun aber die eigenen VI-Männer zur Mauer schickte, könnte das wohlmöglich in einem Blutbad enden. Und er hatte nicht genug Leute, um sicherzustellen, dass sie die Mauer kontrollieren und gleichzeitig die Soldaten hier in der Basis überwachen konnten. Darüber musste er mit Pete und Jerome sprechen, sobald letzterer wieder da war. Bislang war Jonah sehr zufrieden damit, wie sich die Dinge hier entwickelten. Sie hatten die CFB unter Kontrolle gebracht, ohne einen Menschen töten zu müssen. Die Informationen von Hart waren Gold wert, und wenn alles glatt lief, würde Vita Invicta nicht nur die Truppen von Fort Benning auslöschen, sondern auch noch die Streitkräfte der CFB hinzugewinnen. Ethan Hart schien ehrlich zu ihm zu sein, und im Gegensatz zum ersten Gespräch in seinem Büro hatte er wohl erkannt, dass es für ihn und seine Leute besser war, einzusehen, wenn man geschlagen war.

„Sagen Sie, Admiral, wo sind die ganzen Menschen, die auf Nova Scotia gelebt haben? Ich kann mir einfach nicht vorstellen, dass alle gestorben oder abgehauen sind. Auch wenn wir bislang nur den Südteil der Insel erkundet haben, so ist es doch ungewöhnlich, wirklich niemanden gesehen zu haben."

Hart presste die Lippen zusammen und atmete tief durch, bevor er antwortete. „Wissen Sie, Jonah-"

Drei donnernde Schüsse schnitten dem Admiral abrupt das Wort ab. Fast synchron rissen alle Männer im Raum ihren Kopf herum zum Auditorium, aus dem lautes Geschrei aufbrandete. Dann fielen drei weitere Schüsse. Jonah lief sofort los.

22Pistol Pete

Jonah stürmte ins Auditorium, Ethan Hart dicht hinter ihm. Im hinteren Teil des Saals, in dem sich die kanadischen Soldaten aufhielten, hatten mehrere VI-Männer ihre Gewehre im Anschlag und zielten auf die Gruppe von Gefangenen, vor denen Pete mit hochrotem Kopf auf und ab stampfte. Schnell sprangen Jonah und Hart vom Podium und eilten durch den großen Versammlungsraum.

„Meint noch einer von euch verschissenen Mistkerlen, er müsse hier den Helden spielen?“, schrie Pete aus voller Kehle. In der rechten Hand hielt er seine Beretta fest umklammert. „Ich hab‘ kein Problem damit, noch mehr von euch in die ewigen Jagdgründe zu schicken, das könnt ihr mir glauben!“

Als Jonah und Hart näher kamen, entdeckten sie plötzlich eine große Blutlache, die sich auf dem gefliesten Fußboden bildete. Sobald Jonah Pete erreicht hatte, wusste er auch, woher das Blut stammte: Auf dem Boden lag regungslos ein Soldat der CFB, den er von der Bühne aus nicht gesehen hatte. Soviel also zum Thema, dass hier bislang noch niemand gestorben war. Die anderen CFB-Soldaten betrachteten mit versteinerten Mienen die Szenerie, keiner sprach ein Wort.

Nach einem entschuldigenden Blick zu Hart packte Jonah Pete fest am Arm und drehte ihn von der Gruppe weg.

„Was in Dreiteufelsnamen ist hier los?!“

„Dieses Arschloch wollte uns angreifen. Griff in seine Tasche und holte einen spitzen Gegenstand raus, ich vermute mal ein Messer. Da hab‘ ich ihm eine Kugel verpasst.“

Jonah blickte den Leichnam an. Vom Gesicht war so gut wie nichts mehr zu sehen. Pete musste ihm dreimal in den Kopf geschossen haben.

„Eine? Du scheinst ihm die komplette Visage zerschossen zu haben. Hätte es nicht auch ein Schuss ins Bein getan?“

„Ich hab‘ dir von Anfang an gesagt, dass die Kerle hier nichts mit uns zu tun haben wollen. Es war nur eine Frage der Zeit, bis sie versuchen würden, uns zu überwältigen um die Base zurückzuholen. Da zeige ich denen lieber gleich, wer hier der Boss ist.“ Pete sprach mit dem Brustton der Überzeugung, alles richtig gemacht zu haben, was Jonah nur noch wütender machte. Er hatte Mühe, die Schärfe aus seiner Stimme zu nehmen, als er den alten Veteranen ansprach.

„Apropos, für den Fall, dass du es vergessen haben solltest: Was unsere Mission betrifft, bin ICH der Boss. Und wir haben ganz klar besprochen, dass wir nur im äußersten Notfall auf die Menschen hier schießen."

„Falsch, besprochen haben wir gar nichts. Du hast dir mit deinem Niggerfreund einen Plan zurechtgelegt und alle sollten nach eurer Pfeife tanzen. Aber ihr Greenhorns wisst nicht, wie Soldaten ticken. Die schließen sich in tausend Jahren niemandem an, der sich ihren Stützpunkt unter den Nagel reißt." Dann zeigte Pete auf den toten Soldaten am Boden. „Der Kollege da ist das beste Beispiel dafür."

Als sich Jonah die Leiche genauer anschaute, fiel ihm der Gegenstand auf, den der Tote in der rechten Hand hielt. Er ging rüber zu dem Leichnam. Auch wenn Jonah sehen konnte, dass ihn die umstehenden Männer am liebsten in Stücke gerissen hätten, wagte es niemand sich auch nur zu bewegen. Er kniete sich hin und nahm den Gegenstand in seine linke Faust. Zurück bei Pete hielt er seine rechte Handfläche nach oben. „Gib mir deine Waffe."

„Bist du jetzt vollkommen durchgeknallt?"

„Ich sag' es nur noch einmal, Pete. Gib mir deine Waffe und geh danach in den Nebenraum."

„Warum?"

Jonah rollte seine linke Faust auf. In der Hand lag eine rund fünfzehn Zentimeter lange Insulinspritze, wie sie Diabetiker verwenden. „Da hast du dein Messer."

Pete schüttelte ungläubig den Kopf. „Nein, nein, das kann es nicht gewesen sein, ich bin mir sicher-"

Jonah hatte genug. Pete war eine Gefahr – nicht nur für die CFB-Soldaten, sondern für alle Anwesenden hier. Erst die Prügelei mit Jerome, dann der Alleingang mit dem C4, jetzt das. Peter Mason hatte den Bogen eindeutig überspannt. Wenn er ihm nicht in den nächsten Sekunden seine Waffe aushändigte, würde Jonah ihn von seinen Leuten festnehmen lassen. Keine besonders schöne Vorstellung, aber es half nichts.

„Johnnyboy, mir geht es nur um die Sicherheit unserer Jungs. Ich scheiße einen großen Haufen auf die kanadischen Arschgeigen hier. Das musst du mir glauben. Ich tue das hier nur für uns!“ Mit diesen Worten stieß Pete Jonah um, der krachend auf einem Stuhl landete. Als er sich umdrehte, um wieder aufzustehen, hatte Pete bereits sein Schnellfeuergewehr vom Rücken geschwungen und eröffnete das Feuer auf die CFB-Soldaten. Seine Opfer hatten keine Chance. Die knapp neunzig Männer standen so dicht in die Ecke gedrängt, dass Pete nur minimal von links nach rechts schwenken musste, um die ersten von ihnen in den Tod zu schicken. Die Soldaten sackten in sich zusammen, Köpfe platzten, Blut schoss aus geplatzten Venen und Arterien. Die anderen VI-Söldner beobachteten das Spektakel genauso geschockt wie Ethan Hart und Jonah, die sich beide hinter Pete befanden. Spätestens in diesem Moment wurde Jonah klar, dass er Recht hatte mit dem, was er in der Vergangenheit schon öfter gedacht, jedoch niemals laut ausgesprochen hatte: Pete war wahnsinnig. Der alte Militärveteran, der schon Gott weiß wie viele Einsätze und Gott weiß wie viele Gräueltaten hinter sich hatte, war vollkommen durchgedreht. Und jetzt lief er hier Amok, mitten im Auditorium, was gleichzeitig bedeutete, dass auch die Männer von Vita Invicta nicht sicher waren. Jonah musste etwas tun.

Gerade, als Pete zur zweiten Salve ansetzen wollte, schaffte Jonah es auf die Beine und riss ihn mit einem gewaltigen Hechtsprung zu Boden. Die Kugeln, die aus Petes Gewehr flogen, verfehlten dieses Mal ihr Ziel und schlugen in die Wand über den Gefangenen ein. Als die beiden Männer auf dem Boden aufprallten, reagierte Pete jedoch am schnellsten. Mit einem satten Ellenbogencheck befreite er sich von Jonahs Umklammerung und versuchte sich wieder aufzurichten. Für sein Alter war Pete immer noch erstaunlich gut in Form, so dass er schneller wieder oben war als Jonah. Mit einem saftigen Tritt in dessen Magen sorgte er dafür, dass das auch so blieb. Dann richtete er sein Automatikgewehr auf den Mann, den er immer liebevoll „Johnnyboy“ genannt hatte.

„Weißt du, es hätte wirklich nicht so weit kommen müssen, Johnnyboy“, keuchte Pete. „Hättest du nur einfach mal versucht, nicht immer so diplomatisch zu sein, sondern die Dinge zu sehen, wie sie sind. Wir befinden uns im Krieg. Hier heißt es fressen oder gefressen werden. Und mit dir als unserem Teamleader befürchte ich, dass wir alle gefressen werden." Dann zielte Pete genau auf Jonahs Kopf.

23Unverhofft kommt oft

Jonah blickte geradeaus in den Lauf von Petes Maschinengewehr. Im Geiste zählte er die Sekunden runter, während er sich Petes letzte Predigt anhörte.

„Aber so ist das nun einmal mit beschissenen Klugscheißern wie dir, Johnnyboy. Irgendwann hilft euch auch euer ewiges Gesülze nicht mehr. Trotzdem warst du eigentlich ein ganz passabler Kerl."

Na schönen Dank auch, dachte Jonah. Er wusste, dass die kommenden Sekunden über Leben und Tod entscheiden würden. Doch die letzten Sätze hatte Pete bereits ein wenig langsamer ausgesprochen. Das machte ihm Hoffnung. Er musste Zeit gewinnen.

„Eine Frage hätte ich noch, bevor du abdrückst, Pete. Wie soll es weitergehen, wenn du hier alle umgebracht hast? Du kannst den Stützpunkt schließlich nicht alleine kontrollieren."

Bevor Pete antwortete, musste er kräftig schlucken. Kleine Schweißperlen bildeten sich mittlerweile auf seiner Stirn. „Das lass mal meine Sorge sein, Johnny. Ich glaube, dass unsere VI-Jungs genauso gerne unter mir dienen wie unter diiäärr…" Es schien Pete sichtlich anzustrengen, weiterzusprechen. „Es tut mir laaiid, Jooohhhnnnii…" Die Worte kamen noch geschwollener als zuvor aus Petes Mund, dessen Gesicht auf einmal aschfahl war. „Wassss suuurrr Höllläää", lallte der alte Veteran, bevor er die Augen im Kopf verdrehte und rücklings auf den Boden fiel.

Sofort kamen andere VI-Soldaten zu Jonah, auch Ethan Hart eilte hinüber. Die kanadischen Soldaten versorgten so gut es ging ihre Verletzten, unsicher, was hier nun überhaupt gespielt wurde und was sie tun durften, ohne von den VI-Truppen über den Haufen geschossen zu werden.

Jonah überzeugte sich kurz davon, worauf er gewartet hatte, seitdem er Pete die Insulinspritze während ihrer Rauferei ins Bein gedrückt hatte. Als er die Kanüle aus dem Bein zog, verstanden die anderen, was Pete umgehauen hatte. Durch die Überdosis Insulin hatte er einen hypoglykämischen Schock erlitten, was nichts anderes hieß, als dass die massive Unterzuckerung die Muskelkontraktion ausgesetzt und Pete so letztlich einen Herzinfarkt bekommen hatte. Jonah stieß kopfschüttelnd einen tiefen Seufzer aus, dann richtete er sich an seine Leute.

„Anderson, Lewis, ihr zwei nehmt Petes Leiche mit nach nebenan. Die anderen bewachen weiterhin die Gefangenen.“ Dann richtete Jonah sich an Hart. „Admiral, es tut mir Leid, was hier passiert ist. Lassen Sie die Verwundeten auf die Krankenstation bringen. Zwei meiner Männer werden Sie begleiten. Wir sprechen nachher weiter.“

24Diesseits der Mauer

„Dieser verdammte Vollidiot." Jeromes Stimme war bemerkenswert ruhig, wenn man bedachte, was Jonah ihm gerade erzählt hatte. Die beiden Männer saßen alleine im Besprechungsraum neben dem Auditorium, alle anderen VI-Söldner waren für verschiedene Wachschichten eingeteilt: Krankenstation, Gefangene im Auditorium, Komm-Center. An Schlaf war nicht zu denken.

„Pete war immer schon die Axt im Wald", sagte Jonah. „Aber so etwas hätte ich ihm nicht zugetraut."

„Angeblich hatte er, nachdem er in Afghanistan im Einsatz war, eine PTBS. Jedenfalls hat Frank mal so etwas angedeutet."

Jonah nickte. Posttraumatische Belastungsstörungen waren bei Soldaten nicht selten, insbesondere nach extremen Kriegseinsätzen. Oftmals äußerten sich die Symptome erst zeitverzögert, teilweise Jahre nach den eigentlichen Erlebnissen. „Apropos Frank. Weiß er es schon?"

Jerome schüttelte den Kopf. „Er hat die Wache bei Doc West und dem Soldaten mit dem Loch im Schädel übernommen, insofern musste er es zumindest nicht mit ansehen. Ich habe Sammy gesagt, er soll es ihm schonend beibringen."

Jonah fragte sich, wie man jemandem schonend beibringt, dass der beste Freund durchgedreht ist, ein halbes Massaker angerichtet hat und danach selbst gestorben ist, sagte aber nichts.

„Wie viele sind insgesamt drauf gegangen?", fragte Jerome.

„Vierzehn. Die Leichen wurden bereits weggebracht und werden morgen bei Tageslicht begraben. Dazu acht weitere Verletzte, von denen mindestens drei in Lebensgefahr schweben."

„Schöne Scheiße."

„Das kannst du laut sagen. Anschließen wird sich uns nach der Aktion zumindest niemand mehr."

„Mhm. Wie soll's jetzt weitergehen?"

Jonah stieß einen leisen Seufzer aus. „Wir müssen weiter machen. An unserem grundsätzlichen Missionsziel hat sich nichts geändert."

Jerome schnaubte. „Ich finde, in den letzten zwanzig Minuten hat sich hier so einiges geändert. Zum Beispiel, dass vierzehn unschuldige Menschen ihr Leben verloren haben und acht weitere verletzt wurden."

„Glaubst du etwa, ich wüsste das nicht? Zur Erinnerung, ich war live dabei", schoss Jonah zurück, bevor er erneut tief durchatmete. Jerome konnte am allerwenigsten für diese Situation. Außerdem hatte er Recht. „Hör zu, Jerome, ich hätte es auch lieber anders gehabt. Aber wir können es jetzt nicht mehr ändern. Und wir müssen diese Mission erledigen. Ansonsten sind wir die Nächsten, die das Zeitliche segnen."

Jerome legte den Kopf in den Nacken und starrte die Decke an. „Weißt du, in meinem früheren Leben ging es mir immer nur um meine eigene Haut. Ich habe alles für Geld gemacht: Leute zusammengeschlagen, gedealt, Schutzgeld erpresst, gestohlen. Mit Ausnahme einer Sache: Mord. Ich habe zwar ein paar Mal gesehen, wie Menschen umgebracht wurden, aber ich habe es nie selbst getan."

Jonah fragte sich, wohin diese Unterhaltung gerade führen sollte, doch er sagte nichts.

„Ich weiß auch nicht, warum es nie dazu kam. Vielleicht war es Zufall. Vielleicht wollte das Schicksal es nicht. Vielleicht wollte Gott nicht, dass ich zum Mörder werde. Was auch immer. Ich habe jedenfalls absolut kein Problem damit, diese untoten Mistviecher auszulöschen. Die merken sowieso nichts mehr. Und ich weiß, wie viel ich Derek Stone zu verdanken habe dafür, dass er mich, Ciara und Bella in New Kanaan aufgenommen und in sein Team geholt hat. Aber bei Menschen ist das mit dem Töten anders. Mir ist nicht wohl bei dem Gedanken, mehrere hundert Überlebende auszuradieren, die auf der Suche nach Rettung sind."

Jonah antwortete nicht sofort. Jeromes Frau Ciara und ihre gemeinsame Tochter Bella lebten genau wie die anderen Bewohner von New Kanaan so sicher wie kaum irgendwo anders auf der Welt. Eine solche Heimat gab man nicht so einfach auf. Das hieß aber im Umkehrschluss nicht, dass man sich mit allem wohlfühlte, was Derek Stone von einem verlangte. Jonah ging es ähnlich. Das Problem war nur, dass es mittlerweile zu spät war, einen Rückzieher zu machen. Wieder schossen ihm Bilder von Moses in den Kopf. Sie durften Stone nicht enttäuschen. Es sei denn, sie wollten sich aufmachen, um alleine durch diese Hölle dort draußen zu ziehen.

„Jerome, ich verstehe dich. Aber wir müssen das hier durchziehen. Denk dran, du tust es in erster Linie nicht für Stone, sondern für Ciara und Bella."

Jerome atmete tief durch. „Was ist dein Plan?"

„Admiral Hart hat mir von einer riesigen Mauer erzählt, die als Schutzwall im Norden Nova Scotias dient. Dort befinden sich immer noch einige CFB-Soldaten, die auf ihre Ablösung warten."

„Habt ihr sie schon herbestellt?"

„Das geht nicht, die CFB funkt nur analog. Der Digitalfunk ist schon länger defekt."

Jerome grunzte. „Und wie willst du Stone dann Meldung erstatten?" Darüber hatte sich Jonah bereits Gedanken gemacht. „Wir nutzen den Transponder auf dem Schiff. Wenn wir auch keine Videoübertragung hinbekommen, so werden wir auf jeden Fall Funkkontakt haben."

„In Ordnung", erwiderte Jerome. „Und was ist mit der Mauer?"

„Da bin ich leider noch nicht so weit. Aber manchmal ist die einfachste Lösung auch die beste, oder?"

„Was wäre denn deiner Meinung nach die einfachste Lösung?"

„Wir schicken einen Truppentransporter mit sechs Leuten in Uniform zur Mauer. Ein echter CFB-Soldat muss auch dabei sein. Ihn lassen wir aussteigen und das Signal zur Wachablösung geben. Die anderen bleiben im Transporter. Die aktuellen Wachen haben laut Hart einen eigenen Transporter. Damit werden sie dann zurück zum Stützpunkt fahren, wo der Admiral sie in Empfang nehmen und entwaffnen wird."

„Glaubst du nicht, dass dann die Möglichkeit besteht, dass der Admiral auf dumme Gedanken kommt und die Männer warnt?"

„Möglich, aber sehr unwahrscheinlich. Ich glaube, er hat mittlerweile verstanden, dass hier nach unseren Regeln gespielt wird."

„Spätestens nach der Aktion von Pete wird das so sein", stimme Jerome zu. „Und dann?"

„Dann warten wir auf die Truppen aus Benning. Laut Stones Quelle werden sie aus genau dieser Richtung kommen. Wir täuschen eine Routinekontrolle vor. Je nachdem, wie viele es sind, erschießen wir sie direkt an der Mauer-“

„Wir tun was?“, platzte es aus Jerome heraus. Dann dachte er an Ciara und Bella. „an der Mauer erschießen…oder?“

„Oder wir sprengen die Fahrzeuge in die Luft, in denen sie unterwegs sind. Laut Stone müssten sie in Bussen kommen. Wir haben noch genug C4, um die Radkästen zu bestücken. Selbst wenn Pete wirklich die Base vermint haben sollte.“

„Das hat er, wir haben bereits sechs Sprengsätze gefunden. Zwei Männer suchen weiterhin die Base ab.“

„Dieser alte Hornochse.“

„Weißt du, wo der Zünder ist?“

Jonah holte den kleinen, schwarzen Kasten aus seiner Tasche und warf ihn auf den Tisch. Das Lämpchen blinkte mittlerweile nicht mehr.

„Unglaublich, der Typ“, sagte Jerome. „Aber genauso unglaublich finde ich es, dass du allen Ernstes diese ganzen Menschen umbringen willst.“

„Von wollen kann hier keine Rede sein“, erwiderte Jonah. „Lass es uns einfach hinter uns bringen.“

Jerome wirkte zwar alles andere als glücklich, doch letztlich nickte er und stand auf. „Stellen wir das Team für den Truppentransporter zusammen. Ich sage Frank, dass er es anführen soll.“

25Macht hoch die Tür

Josh beugte seinen Kopf durch die Dachluke in das Innere des Humvees.

„Ich sehe keinerlei Bewegungen, Dad… ähm Sir." Josh grinste hilflos. Willem Pelletier schien es gar nicht aufgefallen zu sein. Zu sehr fixierte er sich auf das, was er sehen konnte, oder eher zu sehen gehofft hatte.

Es war, wie sein Sohn sagte, es gab keinerlei Anzeichen für jegliche Form von Leben. Doch es konnte nicht sein, dass niemand in der Lage gewesen war, dieses Bollwerk zu halten. Die Zombiearmee, die diese Mauern einnehmen konnte, müsste um ein Vielfaches größer sein, als damals in Benning.

Der Master Sergeant verfluchte sich innerlich. *Von wegen Aufatmen, Ankommen, Sicherheit. Warum kann es nicht mal einfach sein?* Erneut würde er seine Truppen in die Ungewissheit schicken müssen. Sicherheit oder eine neuerliche Schlacht? Die nächsten Stunden würden es entscheiden. Er räusperte sich und atmete tief durch, dann nahm er sein Funkgerät zur Hand.

„Marschbereitschaft herstellen. Die Zivilisten bleiben auf den Fahrzeugen, der Rest tritt in Reihe neben den Konvoi und schützt die Flanken. Wir haben es nicht mehr weit bis zur Mauer. McPherson und Bourke, zum Führungsfahrzeug."

Vielleicht waren all seine Zweifel ja unbegründet, dachte Pelletier. Trotzdem mussten sie sich absichern. „Josh, du bleibst mit Private Clark am Waldrand. Clark, sind Sie ein guter Schütze?" Der Private nickte knapp.

„Gut, schnappen sie sich ein M14. Sie beide schützen uns aus der Ferne. Ich lasse die Seals ebenfalls hier. Sobald euch etwas komisch vorkommt, feuert."

Ohne ein weiteres Wort stiegen die beiden Männer aus. Die Seals waren mittlerweile ebenfalls angekommen und wurden über das Vorgehen informiert. Gemeinsam schlugen sich die Soldaten mit Josh ins Dickicht am Waldrand. Die weite Fläche vor der Mauer bot ihnen ein gutes Schussfeld. Noch während sie geräuschvoll durch das Unterholz stapften, hörten die Männer, dass die Motoren aufheulten und der Konvoi den Weg in Richtung Mauer fortsetzte.

Als Josh wenige Momente später im Laub lag und durch seine Zieloptik stierte, schlängelte sich der Konvoi den seichten Hang hinab in Richtung der großen Betonmauer. Die Soldaten, die neben den Fahrzeugen marschierten, sicherten aufmerksam in alle Richtungen, doch nirgends gab es auch nur die kleinste Bewegung auf der gefrorenen Weite. Das Geräusch des aufkommenden Windes, der vom Meer herüber wehte, übertönte selbst die Motoren der Trucks.

Gebannt verfolgte Josh aus mehreren hundert Metern Entfernung, wie sich die Fahrzeuge dem massiven Tor bis auf wenige Schritte näherten. Der Wind schluckte sogar das Geräusch der Bremsen, die widerwillig quietschten, als die Kolonne zum Stillstand kam.

***

Master Sergeant Pelletier kletterte auf das Dach des Führungsfahrzeugs und wartete einen kurzen Augenblick. Als nichts passierte, gab er dem Fahrer des Trucks hinter sich ein Zeichen und ein tiefes Röhren des Signalhorns ertönte. Er wartete einige Sekunden, bis er dem Soldaten signalisierte, erneut und länger zu hupen. Noch bevor dieser den Befehl in die Tat umsetzen konnte, erschien ein Kopf zwischen den Metallstreben auf der Mauer. Ein Mann mit militärischem Kampfhelm blickte mit großen Augen nach unten. Er hatte wohl mit allem gerechnet, aber nicht mit einem Konvoi dieses Ausmaßes und mit hunderten Überlebenden. Master Sergeant Pelletier war aufmerksam, da er nicht wissen konnte, ob man sie mit offenen Armen empfangen würde, doch er war ebenso amüsiert über den Gesichtsausdruck des Soldaten. Er erhob zwei Finger zu einem angedeuteten Salut.

„Ich grüße Sie, Sir. Mein Name ist Master Sergeant Willem Pelletier, US Army 42nd Infantry Division. Wir kommen aus Fort Benning.“

„Ähm … Corporal Ridge, 5th Canadian, Sir. Ich, ähm... warten Sie einen Moment.“ Der behelmte Kopf verschwand so schnell, wie er gekommen war. Nur Sekunden später hörte man ein mechanisches Rumpeln, als sich das riesige Tor langsam öffnete. *Das war leichter als gedacht.*

Die metallenen Flügel des Tores öffneten sich in Zeitlupentempo. Zwei kanadische Soldaten standen mit den Maschinengewehren im Anschlag in der Mitte und musterten den Konvoi. Pelletier setzte sein freundlichstes Lächeln auf. Die Situation wurde von Sekunde zu Sekunde verwirrender. Auch wenn er nicht genau wusste, was eigentlich hätte passieren sollen, dies hier war definitiv anders als erwartet. Die Soldaten am Tor bedeuteten ihnen, dass sie hineinfahren konnten. Der Master Sergeant blickte sich kurz zum Waldrand um, bevor er mit erhobenem Daumen andeutete, dass wohl alles in Ordnung war. Er war sich sicher, dass Josh und die anderen ihn gesehen hatten, daher trat er zu Fuß durch die Mauer. Die Wände bestanden aus einzelnen, vorgefertigten Betonelementen, die er auf mindestens zwei Meter Dicke schätzte. Es musste eine logistische Meisterleistung gewesen sein, einen so massiven Schutz in der Kürze der Zeit aufzubauen. Pelletier war gespannt auf die Geschichte, die dahinterstecken musste.

26Unbändiger Hunger

Es war stockfinster, als das rasselnde Geräusch einer metallenen Schutzwand, gepaart mit einem heftigen Stromschlag in seinem Nacken, die Reste seines Verstandes weckten. Ihm stiegen augenblicklich Gedankenfragmente in den Kopf. Unzusammenhängende Bilder von Menschen, die einmal seine Familie gewesen waren. Bilder, mit denen er in seinem jetzigen Zustand jedoch nichts mehr anfangen konnte.

Eine Stimme in seinem Kopf sagte ihm, dass jenseits der Finsternis Menschen sein mussten. Menschen. Zorn stieg in ihm auf. Er bewegte sich langsam durch den schmalen, engen Gang auf den Ausgang zu, der in helles Licht getaucht war. Die Schritte seiner nackten Füße hallten vom kalten Beton zurück.

Menschen... Hunger! Fleisch! Töten!

Am Ende des Ganges trat er in das grelle Licht und fand sich im Vorgarten eines kleinen Einfamilienhauses wieder. Er blickte direkt auf die etwa zehn Meter entfernte, hölzerne Veranda am Eingang des Hauses. Eine absolut unwirkliche Szenerie, wenn man bedachte, dass sich das Haus samt Grundstück in einem etwa eintausend Quadratmeter großen Raum befand, ein Umstand, den er selbst allerdings nicht mehr wahrnehmen konnte.

Seit Wochen hatten seine Instinkte die Oberhand über seinen Geist und Verstand übernommen. Wut und Hunger waren die einzigen Gefühle, die ihn beherrschten. Der Grund dafür war simpel: Er war tot. Oder viel mehr untot.

Immer schneller werdend setzte er sich in Richtung des Hauses in Bewegung – schon nach wenigen Schritten befand er sich in einem bemerkenswerten Sturmlauf, der immer weiter an Fahrt gewann. Mit einem brachialen Urschrei durchschlug sein massiger Körper die hölzerne Wohnzimmerwand wie eine Papiertapete. Holz und Putz splitterte in alle Richtungen, als er kaum gebremst in die gegenüberliegende Wand einschlug. Er drehte sich zur Seite und blickte in die angstgeweiteten Augen der beiden Überlebenden, welche er genau hier vermutet hatte. Doch vermuten war nicht ganz richtig, er hatte es einfach gewusst. Er konnte sie spüren. Ihr saftiges Fleisch riechen. Unwillkürlich zuckten seine Arme, voller Vorfreude. Triumphierend schmetterte er den beiden einen ohrenbetäubenden Wutschrei entgegen.

Lauft, ihr Würmer.

Doch die beiden, ein grauhaariger, älterer Mann und eine junge, rothaarige Frau, waren vor Schreck wie gelähmt. Der Geruch von Urin drang unterbewusst in seinen Verstand ein und ließ ihn nur noch mehr geifern. Er hasste die Lebenden.

Etwas tief in seinem Unterbewusstsein sagte ihm, dass er sie alle auslöschen musste. Sie waren der Grund für alles, sie hatten ihn zu dem gemacht, was er jetzt war. Ein Monster.

Der Alpha machte einen Schritt auf seine Opfer zu, und mit nur einem einzigen Hieb der gewaltigen Pranke, die einmal seine Hand gewesen war, zerschmetterte er den Schädel des Mannes.

Das schrille Kreischen der jungen Frau drang nicht zu ihm vor. Er war bereits im Blutrausch. Die brechenden Knochen des Mannes und sein warmes Blut an den Pranken berauschten ihn.

Auch mit ihr machte er kurzen Prozess. Er ballte die Fäuste, hob sie über seinen Kopf und ließ sie immer wieder mit verheerender Gewalt auf ihren zarten Körper niederprasseln, bis von ihr nur noch eine blutige Masse auf dem Fußboden des kleinen Hauses überblieb. Als der Blutrausch langsam abebbte, hob er seinen Kopf und hielte inne. Für einige Sekunden bewegte er sich kaum, bevor der Drang in ihm aufstieg, neue Beute zu suchen. Doch statt tief in seinem Bewusstsein eine neue Richtung zu spüren, in der er potenzielle Opfer wähnte, wurde es schlagartig wieder dunkel. Nur einige Sekunden später sirrte und knisterte die Luft. Er sah kleine Lichtblitze auf sich zurasen. Die Hochenergie-Projektile bohrten sich in seine Haut und durchfluteten seine Körper mit tausenden von Volt, die ihm die Kontrolle über seine Muskeln entzogen und hilflos am Boden liegen ließen, bevor sich menschliche Schemen in der Dunkelheit auf ihn zubewegten. Die Männer in Uniformen mit dem VI-Logo auf dem Ärmel steckten ihn in eine modifizierte Zwangsjacke, nachdem sie ihn mit einem überdimensionalen Knebel davon abgehalten hatten, nach ihnen zu schnappen.

Nur wenige Meter über ihren Köpfen stand Adrian Schaefer an einigen

Überwachungsmonitoren und notierte auf einem Tablet eifrig die neuesten Testergebnisse.

Tag 3 nach Exitus. – Experiment mit lebenden Testpersonen; Szenario Vorstadt
Testobjekt Nathanael Gordon reagiert entgegen ersten Erwartungen nicht nur auf Geräusche und Bewegungen.
Augenblickliches, zielgerichtetes Handeln gegen die Lebendobjekte im Gebäude.
„G" zeigt weiterhin übermäßiges Aggressionspotential gegen Lebendobjekte.
Großer Kollateralschaden an Testumgebung.

Der Wissenschaftler klappte die Hülle seines Tablets zu und wandte sich um. Er musste umgehend einen umfassenden Bericht an Stone mailen. Im Türrahmen blieb er kurz stehen und wandte sich an seinen Assistenten, der weiterhin die Monitore überwachte.

„Foreman, sorgen Sie dafür, dass die Testanlage umgehend repariert wird. Wir müssen noch weitere Experimente durchführen, bevor der gute Nathanael im freien Spielen darf. Ich erstatte Stone Bericht. Behalten Sie Testobjekt *G* im Auge."

27Eden?

Willem Pelletier stand an der Seite des Führungsfahrzeugs, das direkt neben der Fahrbahn hinter der Mauer gehalten hatte, und beobachtete die zahlreichen Busse und Trucks, die nach und nach hineinfuhren, während der freundlich dreinblickende Corporal die Stufen des Wachturms herunterstapfte.

„Sir, willkommen auf Nova Scotia, dem vermutlich letzten sicheren Ort auf diesem verdammten Planeten." Der Corporal grinste ihn schief an. „Wir hätten Kuchen gebacken, wenn wir gewusst hätten, dass Sie kommen. So bleibt leider nur die gute kanadische Gastfreundschaft."

„Vielen Dank, Corporal Ridge. Wir haben einen harten Weg hinter uns und bitten um schnellstmögliche Unterbringung in der CFB." Der Master Sergeant deutete auf die Menschen, die zum Teil noch in den Bussen und Trucks saßen, sowie auf seine eigenen Soldaten.

Ridge nickte, doch seine Lippen pressten sich zu einer schmalen Linie zusammen. „Mit allem nötigen Respekt, Sir, ich muss Sie zunächst bitten, dass sich alle Soldaten und Zivilisten in einer Reihe vor der Mauer aufstellen, damit wir sie kurz durchchecken können. Wir hatten seit langer Zeit keinen Infizierten mehr auf dieser Seite der Mauer, und das soll auch so bleiben."

Auch wenn Pelletier von der Verzögerung nicht unbedingt begeistert war, so konnte er die Maßnahme durchaus nachvollziehen. Sie hatten in Benning nichts Anderes gemacht. Also gab er Befehl, auszusteigen und sich zu sammeln.

Die Leute stellten sich an die Mauer, umringt von weiteren kanadischen Soldaten, die aus den zwei Wachtürmen dazu kamen. Er konnte beobachten, wie sich zwei weitere Wachposten oben auf der Mauer in Position brachten. Der Wind frischte noch weiter auf.

„Corporal, Sie wollen die Leute doch nicht wirklich hier in der Kälte durchchecken, oder? Ich kann verstehen, dass Sie Ihre Vorschriften haben, aber lässt sich die Untersuchung nicht auch in der CFB durchführen?"

Der Master Sergeant handelte sich einen erstaunten Blick des kanadischen Soldaten ein. Es schien, als habe dieser gar nicht weiter darüber nachgedacht. „Oh, ja, es ist kalt, oder? Ich, ähm… ich muss zugeben, so viele Leute sind hier bislang noch nie gleichzeitig angekommen.“ Er zuckte hilflos mit den Schultern.

„Ich versichere Ihnen, dass alle meine Leute unverletzt sind, wir hatten, seitdem wir den Stützpunkt vor einigen Tagen aufgeben mussten, höchstens zu einem Dutzend dieser Scheißviecher Kontakt und alle wurden aus der Ferne ausgeschaltet. Es gibt also keinerlei Grund zur Sorge. Alle sind wohlauf. Ich schlage vor, Sie sagen Ihrem Vorgesetzten Bescheid und eskortieren uns dann zur CFB Halifax, damit wir das Prozedere nachholen können.“ Pelletiers Stimme machte unmissverständlich klar, dass dies kein Vorschlag, sondern ein Befehl war.

Der Corporal blickte ihn mit großen Augen an. „Ähm.. ich fürchte, ich ähm.. ich kann beiden Dingen nicht zustimmen, Sir.“

Pelletier rollte bereits mit den Augen, er war müde der Diskussionen, müde der Reise und müde der Tatsache, dass momentan nichts nach Plan lief.

„Und das ist so, weil… Corporal?“

„Sir, ähm… wir haben seit heute Nacht nichts mehr von der CFB gehört, der Funkkontakt ist abgebrochen. Und ich kann Ihnen auch keine Eskorte zusammenstellen, da wir aufgrund der Tatsache, dass Heiligabend ist, mit Minimalbesatzung auf der Mauer sind. Die Ablösung wird im Normalfall bald hier sein, wenn Sie also warten wollen, dann können Sie das tun. Hören Sie, ganz unter uns, ich weiß, dass Sie es nicht gewohnt sind, wenn Befehle nicht direkt ausgeführt werden. Doch die Dinge haben sich verändert. Wir versuchen die gewohnte Struktur aufrecht zu erhalten, und ich bin auch nur Corporal, weil es niemand anderes machen wollte.“

„Gut.“ Der Master Sergeant wischte sich mit der Hand durchs Gesicht. „Wir werden die Base wohl auch alleine finden.“ Er drehte sich zu seinen Truppen. „Aufsitzen!“

In Windeseile waren die Menschen aus Fort Benning wieder im Konvoi und die ersten Motoren wurden gestartet. Auch Chris und Gregory, die beiden technikaffinen Brüder, saßen wieder in ihrem Bus und blickten durch die schmutzigen Fenster hinaus. Sie beobachteten einen Soldaten, der aufmerksam den Radkasten des vor ihnen stehenden Trucks zu begutachten schien, da er sich daneben gekniet hatte und mit dem halben Oberkörper darin verschwunden war. Auch andere Soldaten der Royal Canadian Forces schauten sich den Konvoi genauer an.

„Na, die können sich auch nicht entscheiden, ob sie uns filzen sollen oder nicht. Medizincheck, dann kein Medizincheck und jetzt die Fahrzeuge durchchecken, da versteh einer die Kanadier", flachste Chris.

„Ordnung muss sein", zwinkerte Gregory. „Aber ganz im Ernst, ich glaube mir wäre auch nicht wohl gewesen, wenn in Fort Benning auf einmal, sagen wir, chinesisches Militär aufgetaucht wäre."

Chris nickte. „Mir soll es recht sein, Hauptsache wir kommen bald an, ich wünsche mir 'ne Dusche und ein richtiges Bett. Ich stinke nach totem Tier." Die beiden Brüder schenkten sich ein müdes Lächeln, während sie weiter auf die Abfahrt warteten und dem Soldaten dabei zusahen, wie er nun auch zu ihrem Bus kam und sich die Reifen ansah. Chris schloss müde die Augen und auch Gregory tat es ihm gleich.

Wenige Meter entfernt saß Master Sergeant Pelletier auf dem Dach seines Humvees und überwachte die Vorbereitungen zum Abmarsch. Der Sinneswandel des Corporals war mehr als merkwürdig, doch wie er selbst von sich gesagt hatte, war er eigentlich ein Soldat aus dem Gruppenrang und keine Führungsperson. Er war gespannt, was sie erst in der CFB Halifax erwarten würde. Hoffentlich zogen dort fähigere Soldaten die Fäden. Es war auch mehr als ungewöhnlich, dass sie niemand zur CFB begleiten sollte. Hätte ein Soldat aus seinen Reihen eine solche Entscheidung getroffen, dann hätte er diesem im Nachgang höchstpersönlich den Kopf abgerissen, dachte er. Mit einem leichten Kopfschütteln stieg er ins Fahrzeug und setzte sich wieder auf den Beifahrersitz. Der Konvoi war abfahrbereit und so war es Zeit, wieder die Führungsposition einzunehmen. Der Master Sergeant salutierte dem kanadischen Corporal knapp, während sie losfuhren. *Der schwere Teil dürfte geschafft sein, ab jetzt kann es nur noch bergauf gehen…*

Unweit entfernt stand der Corporal mit verschränkten Armen und blickte dem Konvoi mit einem schiefen Grinsen hinterher, während sich dieser langsam entfernte.

28Evolutionsbericht

Das Diktiergerät knisterte leise, als Schaefer ansetzte.

Projekt Mordred; Zwischenbericht der Mutation von Testperson Gordon. Absatz. Die Testperson zeigte in den ersten Tagen nach Beginn der Studie stark erhöhten Metabolismus und starke Muskelhypertrophie. In seinem Studientagebuch beschrieb die Testperson als Nebenwirkungen mitunter starke Stimmungsschwankungen und Wutanfälle. Absatz. Nach Ableben exponentieller Anstieg der Körperkraft und erste Mutationen. Steigerung der Knochendichte, Verknöcherungen direkt unter der Haut und massiver Anstieg der Muskelmasse. Absatz. Aktuelle Körpermaße. Absatz. Größe Zwei-Meter-Zwanzig. Absatz. Gewicht dreihundert Kilogramm. Absatz. Fähigkeiten neben immenser Körperkraft und einer Art Knochenpanzer unter der Haut negativ. Absatz. Klasse Juggernaut. Absatz. Kontrollierbarkeit eingeschränkt. Einsatz mit verbündeten Kräften nicht empfohlen. Doppelabsatz. Nächster Test Morgen Null Acht Uhr. Anwesenheit erwünscht.“

Mit einem Klicken stoppte Schaefer die Aufnahme und machte sich auf den Weg in Richtung seines Büros. Einer der Laboranten, die ihm unterstellt waren, würde den kurzen Bericht abtippen und zu Stone bringen. Schaefer war nicht wohl bei den Ergebnissen. Stone erwartete, dass die Wissenschaftler in der Lage waren, kontrollierbare Waffen aus den Untoten zu formen, doch egal, was sie auch versuchten – bislang war es ein hoffnungsloses Unterfangen. Man konnte alle gegen Menschen einsetzen, doch diese klotzhohlen Fressmaschinen unterschieden nicht. Der Einsatz beschränkte sich somit meist auf eine einzige Mission, da das Wiedereinfangen mit hohen Risiken verbunden und den Aufwand selten Wert war. Sicher, im Testgelände konnte man die Monster betäuben und wegschaffen, aber für den Einsatz im Freien gab es keine Garantien. Eine Sprengladung, die in das Genick implantiert wurde und die das Rückenmark durchtrennte, wenn man sie aktivierte, war die bislang einzige sichere Methode, um einen außer Kontrolle befindlichen Alpha schnell zu beseitigen. Zumindest war das der momentane Stand.

29Projekt Mordred

Stone saß an seinem Schreibtisch und las zum dritten Mal den Testbericht zu Projekt Mordred, den er vor wenigen Stunden erhalten hatte. Doch egal, wie oft er die Worte auch las, sie änderten sich nicht. *Kontrollierbarkeit eingeschränkt. Einsatz mit verbündeten Kräften nicht empfohlen.*

Nicht empfohlen. Stone fuhr sich mit der Hand durch die nach hinten gegelten, schwarzen Haare. Diese verdammten Versager im Forschungskomplex waren einfach unglaublich. Da stellte er ihnen nahezu unbegrenzte Ressourcen, modernste Technologie und haufenweise Personal zur Verfügung, und was kam am Ende dabei raus? *Kontrollierbarkeit eingeschränkt. Einsatz mit verbündeten Kräften nicht empfohlen.*

Stone grunzte kopfschüttelnd, klappte den Laptop zu und stand auf. Er musste sich abreagieren. Er dachte kurz daran, Marie in seinem Appartement aufzusuchen, um ein wenig Druck abzulassen, doch er entschied sich dagegen. Ihre fürsorgliche Art widerte ihn an. Er fragte sich, was seine junge Mätresse wohl in dieser Welt tun würde, wenn sie weniger gut aussehen und nicht so vorzüglich vögeln könnte. Letztlich war es ihm egal. Wichtig war momentan nur, wie man Projekt Mordred noch retten konnte.

Während er in seinem riesigen Büro auf und ablief, ließ er das ganze Projekt nochmal Revue passieren. Dabei versuchte er, ganz bewusst auf seine Atmung zu achten, um langsam aber sicher wieder zur Ruhe zu kommen. Denn das war das Problem bei schlechten Nachrichten: Durch die aufkommende Frustration wurde man emotional so aufgewühlt, dass man den Blick fürs Wesentliche verlor. Man vergaß, warum man eine Sache überhaupt begonnen hatte und was noch viel schlimmer war, man fand so keine Lösungen für schwierige Situationen.

Also nochmal ganz von vorn, ermahnte er sich. Bereits wenige Wochen nach dem Ausbruch des Virus hatte er die ersten Berichte von Untoten mit Extremmutationen gehört. Diese Exemplare besaßen die unterschiedlichsten Fähigkeiten, von besonderer Kraft und Panzerhaut, über gewaltiges Sprungvermögen bis hin zu Hypnose. Letzteres mussten seine Truppen bei der Einnahme des Flughafenterminals bei La Guardia am eigenen Leib erfahren.

Als Stone seine Forschungsabteilung mit diesen Beobachtungen konfrontiert hatte, wurde relativ schnell klar, dass die Mutation des FoxO-Gens bei diesen Menschen anders wirkte als beim Großteil der Bevölkerung. Es dauerte nicht lange, bis sie die Erklärung gefunden hatten: Menschen mit der Bluterkrankheit entwickelten bei Ansteckung mit dem Virus Genmutationen extremsten Ausmaßes und wurden zu diesen Alpha-Versionen. Der letzte Proband der ursprünglichen Testreihe vor dem Ausbruch des Virus hatte ähnliche Veränderungen aufgewiesen. Nachdem er das halbe Labor zerlegt hatte, konnte man ihn letztendlich töten. Die Autopsie hatte damals schon die Vermutung nahegelegt, dass seine Bluterkrankheit damit zusammenhängen könnte. Jetzt hatte man das nächste Indiz für dieser Theorie, da die Zahl der ihm bislang bekannten Alpha-Sichtungen ziemlich exakt das Verhältnis von Blutern zur Normalbevölkerung widerspiegelte. Das hieß, dass insgesamt mehr als eine halbe Million Alphas auf dem Planeten wandeln konnten, von denen die meisten wahrscheinlich sogar die Fähigkeit hatten, andere Zombies zu befehligen.

Während sich die Wissenschaftler schon damals in Detailuntersuchungen der Genmutationen verloren hatten, hatte Stone direkt den Fokus darauf gelegt, wie ihm diese Alphas von Nutzen sein konnten. Die gewöhnlichen Untoten waren zumeist durch ihre schiere Masse eine große Gefahr, allerdings handelte es sich dabei um eine unkontrollierbare Masse. Die Alphas aber schienen einen Einfluss auf die normalen Viecher zu haben. Was also, wenn man die Alphas kontrollieren konnte…?

Stone merkte, wie sich seine Sinne schärften, als er sich darauf besann, warum er Projekt Mordred überhaupt ins Leben gerufen hatte. Die Vorstellung, diese außergewöhnlichen Zombies unter seiner Kontrolle zu haben, faszinierte ihn. Wenn man genauer darüber nachdachte, waren es im Prinzip ja auch seine Geschöpfe. Die Forschung seiner Firma war es gewesen, die diesen Wesen ihre Existenz erst ermöglicht hatte. Es musste einen Weg geben, sie gefügig zu machen.

Er setzte sich wieder an seinen Schreibtisch und klappte den Laptop auf, um den Bericht ein weiteres Mal durchzugehen. G war das dritte Testobjekt, mit dem man die Versuche durchführte. Die ersten beiden

Alphas hatte man direkt nach den Experimenten töten müssen, weil sie nicht zu bändigen und die Testanlagen noch nicht ausgereift genug gewesen waren. Der Aufwand war enorm: Stone hatte überall rund um New Kanaan riesige Fallen errichten lassen, um die Alphas zu fangen. Das Problem dabei war, dass man nicht wie bei einer Fuchs- oder Kaninchenfalle einfach den Käfig aufstellen und abwarten konnte. Die Alphas mussten gesucht, angelockt und dann gefangen werden. Das hatte in der Anfangszeit zu etlichen Verlusten geführt, die Stone mittlerweile nicht mehr akzeptieren wollte. Bei G, dem aktuellen Alpha, war man dazu übergegangen, Hochenergieprojektile zu benutzen, um ihn wieder ruhigzustellen. Diese Methode hatte sich bislang sehr bewährt. Doch auch wenn man G nun weiterhin testen konnte, waren die Ergebnisse alles andere als zufriedenstellend. G ging auf alles los, was irgendwie menschlich war, und bei einem Einsatz im Freien war keineswegs gesagt, dass man ihn wieder würde einfangen können, Hochenergieprojektile hin oder her. *Kontrollierbarkeit eingeschränkt. Einsatz mit verbündeten Kräften nicht empfohlen.*

Stone öffnete eine andere Datei, die eine Übersicht der Gehirnströme des Alphas zeigte, die während der Tests aufgezeichnet wurden. Diese primitiven Biester schienen einzig und allein von ihrer Gier nach menschlichem Fleisch getrieben zu werden. Er öffnete die Videoaufzeichnung des letzten Tests. Ein weiteres Mal schaute er sich an, wie der Alpha das Haus zerstörte und seine menschlichen Opfer in Stücke riss. Immer wieder wechselte sein Blick dabei vom Video zur Grafik der Gehirnströme, um die Daten mit den Bildern abzugleichen. Emotionslos drückte er auf die Tasten, um das Video zurückzuspulen und sich erneut anzusehen. Dann begutachtete er wieder die Grafiken. Video. Grafiken. Video. Grafiken. Video. Gra- Stone stutzte. Schnell spulte er das Video zu einer bestimmten Stelle zurück und schaute sich die Szene nochmals an. Und nochmal. Seine weit aufgerissenen Augen sprangen wie wild von der Grafik zum Video und zurück. *Das ist es.* Er lehnte sich selbstzufrieden in seinem Stuhl zurück und ein Grinsen machte sich auf seinem Gesicht breit. Stone griff zum Telefon.

30Explosionen

Jonah und Jerome waren gerade mit Hal Goldstein auf der Brücke des Transportschiffes, um Stone anzufunken, als sie die erste Explosion hörten. Kurz darauf folgte die Nächste. Die einzelnen Detonationen zerrissen wie Donnerschläge die Stille des verschneiten Winternachmittages.

„Was war denn das?“, fragte Goldstein aufgeregt, der direkt nach draußen lief, kurz bevor es erneut knallte. Es klang, als würde ein riesiger Schmied immer wieder mit seinem Hammer auf einen Amboss schlagen, als ein Sprengsatz nach dem anderen explodierte.

„Komm rein, Hal. Wir erklären es dir gleich. Sieh erst einmal zu, dass du die Funkverbindung nach New Kanaan herstellst.“

Mit fragendem Gesichtsausdruck kam Goldstein wieder auf die Brücke und machte sich am Funkgerät zu schaffen.

Jonah und Jerome blickten sich mit einer Mischung aus Betroffenheit und Mitgefühl an. Es hatte funktioniert. Bald konnten sie heim.

***

Rund zwanzig Minuten später fuhr der Truppentransporter, mit dem Jonah seine Leute an die Mauer geschickt hatte, um den Konvoi aus Benning in die Luft zu jagen, vor das Haupttor der Basis. Der Schnee fiel mittlerweile immer dichter, kaum hatten die Scheibenwischer die Flocken beiseite gewischt, lag schon wieder eine dünne weiße Schicht auf der Frontscheibe. Der Fahrer hupte zwei Mal, dann öffneten die Vita Invicta Wachen das Haupttor, damit der Transporter in die Basis fahren konnte. Die Mission war erfüllt.

31Serotonin

Schaefer und Foreman sahen sich unsicher an, als sie den Fahrstuhl betraten. Vor wenigen Minuten hatte Derek Stone persönlich sie angerufen und aufgrund der letzten Tests von PM zu sich bestellt. Schaefer drückte auf die dreiundvierzig und atmete tief durch.

„Egal, was er sagt, wir müssen ruhig bleiben."

„Wie meinen Sie das, Doc? Wir haben doch nichts falsch gemacht?", fragte Foreman.

„Haben Sie schon einmal persönlich mit Stone gesprochen?"

„Ja, als er mich Ihnen unterstellt hat."

„Da war ich dabei. Ich meine, ob Sie schon einmal alleine mit ihm waren. Nur unter vier Augen."

Foreman schüttelte den Kopf, während die Anzeige im Fahrstuhl die Stockwerke zählte, die sie gerade auf dem Weg nach oben passierten „Nein, bislang noch nicht."

Schaefer nickte. „Dachte ich mir. Hören Sie, Foreman, Stone will Ergebnisse. Ihm ist dabei egal, ob wir etwas falsch gemacht haben, oder nicht. Und er kann sehr… überzeugend sein."

Foreman blickte Schaefer irritiert an, doch ihm blieb keine Zeit mehr, etwas zu erwidern. Mit einem *Pling* öffneten sich die Fahrstuhltüren und die beiden traten in Stones Büro. Der Chef von Vita Invicta saß an einem rechteckigen Tisch auf der rechten Seite seines Büros, an dem noch weitere Stühle standen. Die Tischplatte lag voll mit Ausdrucken, die rund um den aufgeklappten Laptop verteilt waren.

„Setzen Sie sich, meine Herren." Stones Stimme verriet nicht, wohin das Gespräch laufen würde. Von gebrochenen Nasen bis hin zu überschwänglicher Euphorie konnte alles passieren. Foreman und Schaefer nahmen Platz.

„Ich habe mir Ihre Berichte in Bezug auf die neuesten Tests mit G angeschaut", sagte Stone, ohne von seinen Unterlagen aufzublicken.

Foreman erinnerte sich an das Fazit, welches sie unter den Bericht geschrieben hatten. *Kontrollierbarkeit eingeschränkt. Einsatz mit verbündeten Kräften nicht empfohlen.* Wahrscheinlich gefiel diese Empfehlung Stone überhaupt nicht. Vielleicht sollte er ihn besänftigen.

„Mr. Stone, wir sind zuversichtlich-"

„Mr. Foreman", unterbrach Stone den jungen Wissenschaftler, während er weiterhin die Grafiken auf der Tischplatte studierte, „so heißen Sie doch, richtig? Marcus. Marcus Foreman. Ich darf doch Marcus sagen?"

„Ja, natürlich, Sir-"

„Schön, Marcus. Wissen Sie, ich bin ein Mensch, der gewisse Prinzipien hat. Grundregeln sozusagen. Ich glaube, von mir selbst sagen zu können, dass ich ein großzügiger Mensch bin, und wenn man bedenkt, wie vielen Menschen ich mit New Kanaan ein sicheres Zuhause verschafft habe, dann ist das nur ein weiterer Beleg für den Gutmenschen in mir. Aber, ich habe gewisse Prinzipien. Ich ficke beispielsweise gerne in den Arsch, lasse mich aber nicht in den Arsch ficken. Egal ob Mann oder Frau. Das ist eine Grundregel, die bei mir nicht gebrochen wird. Ganz einfach, oder? In den Arsch ficken, ja, in den Arsch gefickt werden, nein. Eine weitere lautet, dass ich durchaus andere Menschen unterbreche, wenn sie ihren geistigen Dünnschiss absondern. Können Sie sich denken, wie der zweite Teil dieser Regel lautet?"

Foreman spürte, wie sich seine Innereien zusammenzogen. Verdammte Scheiße, er hatte seinen Boss nur besänftigen wollen, und jetzt erzählte der ihm was von in den Arsch ficken? Unsicher blickte er zu Schaefer, der seinerseits regungslos am Tisch saß und in Gedanken weit entfernt zu sein schien. Keine große Hilfe.

„... das, ähm, Sie nicht gerne unter-"
Stone blickte von dem Blatt Papier auf, welches er gerade in der Hand hielt. Als seine Augen die von Foreman trafen, hatte dieser kurzzeitig Angst, die Kontrolle über seine Ausscheidungsorgane zu verlieren und hielt die Luft an.

Stone grinste, als er merkte, wie sehr er den jungen Mann verängstigte. Dann klopft er ihm auf die Schulter. „Atmen nicht vergessen, Marcus."

Mit einem lauten Atemstoß lehnte sich Foreman nach vorne, um kurz darauf wieder tief einzuatmen. Nach einem kurzen Moment des Bangens war er sich sicher, dass Luft das einzige war, das eben seinen Körper verlassen hatte.

„…unterbrochen werden. Sie werden nicht gerne unterbrochen, Mr. Stone Sir.“

„Korrekt. Da wir das jetzt geklärt hätten, kommen wir zum eigentlichen Grund unseres Treffens. Es ist mir, ehrlich gesagt, scheißegal, ob Sie zuversichtlich sind, Marcus. Ich warte seit Wochen auf verwertbare Ergebnisse, und alles, was ich höre, sind Ihre Durchhalteparolen und halbgaren Versprechungen.“ Kleine Schweißperlen bildeten sich auf Foremans Stirn, und er wendete beschämt den Blick ab. Dann schaute Stone Schaefer an. „Seitdem Adrian die Forschung unterstützt, scheint es zumindest ein wenig voran zu gehen, wenn auch nicht in dem Maße, wie ich es mir wünschen würde. Dabei sollten doch gerade Sie hochmotiviert sein, mir etwas Zählbares präsentieren zu können, oder etwa nicht, Adrian?“

Schaefer wollte etwas antworten, doch er wusste nicht, was. Daher versuchte er so gut es ging die Fassung zu wahren, was ihm ausgesprochen schwerfiel. Aus dem Augenwinkel blickte er Marcus an, der natürlich nichts davon wusste, dass Stone Schaefers Familie gefangen hielt. Abgesehen davon schien der junge Mann nach der Standpauke sehr mit sich selbst beschäftigt zu sein.

„Um es kurz zu machen: Das Experiment heute war aufschlussreicher, als Sie beide es vielleicht denken. Und auch wenn ich mich frage, warum mir so etwas auffallen muss, und nicht Ihnen, ändert das letztlich nichts an der grundsätzlichen Erkenntnis: Wir können die Alphas kontrollieren.“

Schaefer und Foreman blickten sich irritiert an, doch es traute sich keiner von beiden, Stone zu widersprechen. „Sind Sie sicher…“, begann Foreman.

„Natürlich bin ich *nicht* sicher“, zischte Stone ungeduldig hervor, woraufhin Foreman zusammenzuckte, als habe er einen Schlag abbekommen. „Was glauben Sie wohl, warum ich Sie zwei hergeholt habe?“ Dann stand Stone auf und drehte den Laptop zu den beiden Wissenschaftlern. Auf dem Bildschirm sah man das Video kurz vor der Stelle gestoppt, an der G auf die beiden Personen im Haus losging. Bevor Stone es weiter abspielte, drückte er Schaefer und Foreman die Ausdrucke mit den Gehirnströmen des Alpha in die Hand, die an einigen Stellen markiert waren, die besonders große Ausschläge aufwiesen. Dann klickte er *play*.

Die beiden Männer schauten konzentriert auf den Laptop, zwischendurch blickten sie immer wieder auf die Graphen der Gehirnströme. Auch Marcus, der sichtlich eingeschüchtert war, bemühte sich, etwas Auffälliges zu entdecken. Als der Clip zu Ende war, klappte Stone das Display zu und blickte die beiden Männer erwartungsvoll an. Schaefer hatte eine Idee, worauf sein Boss hinaus wollen könnte, doch er war sich nicht sicher. Sie hatten dieses Video und die Ausdrucke doch selbst schon zig Mal am Morgen angesehen, und natürlich hatten sie ebenfalls die großen Ausschläge bei den Gehirnströmen bemerkt, die Stone markiert hatte. Diese gab es insbesondere dann, wenn G seine Beute witterte, oder, noch extremer, wenn er sie zerfleischte. Wenn man bedachte, dass alle Untoten von der Gier nach menschlichem Fleisch getrieben wurden, war das nicht sehr verwunderlich. Zu diesen Ergebnissen waren sie auch schon bei Tests mit gewöhnlichen Zombies gekommen – die Tatsache, dass die Reaktion der Alphas wesentlich heftiger war, hatten sie deren extremen Genmutationen zugeschrieben.

„Und?“, fragte Stone.

Schaefer blickte kurz zu Foreman rüber, der anscheinend versuchte, sich per Gedankenkraft aus diesem Raum zu teleportieren. Er bezweifelte, dass sein Kollege heute überhaupt noch sprechen würde. Er würde dieses Gespräch führen müssen.

„Mr. Stone, ich kann mir denken, worauf Sie hinaus wollen. Die Korrelation zwischen den Gehirnströmen und dem Kontakt zu Menschen ist offensichtlich, allerdings keine ganz neue Erkenntnis.“

Stone nickte. Schaefer war ein guter Wissenschaftler, nur leider ein Kleingeist. „Wie würden Sie die extreme Reaktion von G erklären, Adrian?“

„Er wittert seine Beute. Das füllt seinen Körper mit Adrenalin. Wenn er sie dann findet und tötet, werden seine Belohnungszentren im Gehirn aktiviert. Eine massive Ausschüttung von Serotonin findet statt.“

„Und wenn er sie getötet hat?“, fragte Stone.

„Dann fällt der Serotoninspiegel wieder ab, und er sucht sich neue Beute.“

„Und genau da liegt unser Problem bei der Kontrollierbarkeit, richtig? Angenommen wir jagen einen Alpha auf unsere Feinde, er könnte danach jederzeit auch uns angreifen.“

„Das ist korrekt“, erwiderte Schaefer.

„Was aber wäre, wenn wir die Serotoninausschüttung kontrollieren würden?“ Stones Augen funkelten vor Energie.

„Wie...“, begann Schaefer.

„Nicht wie, was wäre wenn?“

„Also... angenommen, es gelänge... dann könnten Sie auch den Alpha kontrollieren. Allerdings frage ich mich...“

„... wie ich das anstelle will?“, beendete Stone den Satz. „Das dachte ich mir bereits. Dabei ist es gar nicht so schwierig. Denken Sie einmal an die Zeit vor dem Ausbruch des Virus.“ Stone blickte Forman an. „Marcus, wie alt sind Sie?“

Foreman blickte Stone an, als habe dieser ihn nach einer Formel für Raketentreibstoff gefragt. Ihm war seit einiger Zeit kotzübel, und die X-te Wiederholung des Massakers im Testgelände hatte das nicht unbedingt besser gemacht. Der gute G hatte sowohl den Mann als auch die Frau zu Brei verarbeitet und buchstäblich zum Frühstück verspeist. Marcus dachte darüber nach, was er selbst heute Morgen zum Frühstück gehabt hatte. Rührei auf Toast, mit doppelt Ketchup. Wahrscheinlich sah der Brei in seinem Magen ähnlich aus wie die menschlichen Überreste auf dem Fußboden des viktorianischen Testhauses, wenn er ihn hier gleich auf den Tisch erbrechen würde. Genau gegen diesen Drang kämpfte er praktisch ununterbrochen an, seitdem Schaefer und Stone sich über Gott weiß was unterhielten. Irgendetwas mit Serotonin, dem Hormon, das für die Stimmungsregelung im Körper sorgt. Was auch immer. Doch jetzt hatte man ihm eine Frage gestellt.

„Bitte?“, fragte Foreman mit zitternder Stimme. Er wollte nur noch hier raus.

„WIE ALT SIE SIND, SIE NICHTSNUTZIGER HURENSOHN“, donnerte Stone.

„Zzzzweeii…und…zzzwanzzigg", zitterte Foreman.
Stone atmete tief durch. Die intelligentesten Akademiker konnten sich wie die größten Primaten verhalten, wenn sie von ihrer Angst beherrscht wurden. Was übrigens für alle Menschen galt. Angst lähmte. Angst konnte einen in den Wahnsinn treiben. Und Angst machte gefügig. Allerdings nicht die Alphas. Doch dafür hatte er jetzt einen anderen Plan. Projekt Mordred stand vor dem Durchbruch.

„Zweiundzwanzig, aha. Dann waren Sie doch bestimmt auf der einen oder anderen Studentenparty, vermute ich. Oder in einem der Nachtclubs hier in New York. Wie überwinden die ganzen hormongesteuerten Versager, die von montags bis freitags die Zähne nicht auseinanderbekommen, ihre an eine Neurose grenzende Verklemmtheit am Wochenende?"

Was? Versager? Nachtclubs? Marcus hatte das Gefühl, als würde er den Verstand verlieren. Wovon schwafelte Stone da? Doch er musste antworten. Sein Boss schien die Frage todernst zu meinen. Angestrengt bemühte Foreman sich, durch den dichten Nebel in seinem Gehirn an eine Erinnerung aus der Zeit vor dem Ausbruch des Virus vorzudringen. Als er sie gefunden hatte, musste er sich beherrschen, nicht vor Anspannung aufzuschreien.

„Sie… sie trinken?", fragte er mit schriller Stimme.

„Unter anderem. Egal ob Alkohol, Marihuana oder Speed, letztlich geht es um Drogen, die die Biochemie des Körpers beeinflussen." Stone blickte die beiden Wissenschaftler an. „Adrian, das von Ihnen angesprochene Serotonin ist dabei von entscheidender Bedeutung. Es regelt die Gefühlslage im menschlichen Körper. Je mehr Serotonin wir ausschütten, umso besser fühlen wir uns. Allerdings gibt es eine Substanz, die für eine proportional gesehen extrem hohe Serotoninausschüttung sorgt. MDMA. Auch als Ecstasy bekannt."

„Sie wollen diesen Alphas also einen Drogenrausch verpassen?", fragte Schaefer stirnrunzelnd.

„Sie sagen das so, als ob es etwas Schlechtes sei. Aber Sie haben recht, exakt das ist der Plan. Wenn wir eine Möglichkeit finden, Ihnen immer dann einen Trip zu verpassen, wenn sie sich so verhalten, wie wir es wünschen, können wir sie so konditionieren, dass sie uns gehorchen. Pawlows Alphas, sozusagen. Wie beurteilen Sie die Erfolgschancen eines solchen Versuchs?“

Schaefer dachte darüber nach. Ivan Pawlow galt als Begründer der klassischen Konditionierung. Verkürzt gesagt hatte er es geschafft, Hunde darauf zu dressieren, beim Schellen einer Glocke zu sabbern. Zunächst hatte Pawlow den Hunden Futter hingestellt, an das sie nicht rankamen. Daraufhin hatten die Tiere gesabbert, was ein natürlicher Reiz war. Später hatte Pawlow nicht nur Futter hingestellt, sondern auch eine Glocke geläutet, ein bis dahin für die Hunde neutraler Reiz. Als diese Kombination allerdings immer und immer wieder wiederholt wurde, koppelten sich der natürliche Reiz des Sabberns und der vormals neutrale Reiz der Glocke zu einem neuen, konditionierten Reiz. In der Folge sabberten die Hunde auch, wenn sie nur das Läuten der Glocke hörten, ohne dass sie Futter sahen. Stone hatte, wenn auch in abgewandelter Form, etwas Ähnliches vor.

„Nun ja, das ist schwierig zu sagen. Theoretisch klingt es machbar.“

„Was brauchen wir?“

„Eine ferngesteuerte Pumpe, die flüssiges Ecstasy injiziert. Und natürlich das Ecstasy selbst.“

„Das dürfte für unser Labor doch wohl das kleinste Problem sein“, erwiderte Stone. „Lassen Sie die entsprechenden Vorbereitungen treffen.“

„Mr. Stone, eine Sache noch“, sagte Schaefer.

„Ja?“

„Selbst wenn wir es schaffen, den Alphas die Pumpe einzusetzen, bin ich mir nicht sicher, ob die Injektionen beliebig oft gegeben werden können. Bei einer Überdosis könnte es zum Serotoninsyndrom kommen.“

Stone stutzte. Anscheinend waren die Weißkittel doch noch zu etwas Nutze. „Serotoninsyndrom?“

Schaefer nickte. „Ganz recht. Die Symptome reichen von Puls- und Blutdruckanstieg, Erbrechen und Schwindel bis hin zu Bewusstseinsstörungen und Koordinationsproblemen. Im extremsten Fall kann es auch zu Herzversagen kommen."

Stone überlegte. Bewusstseinsstörungen? Als wenn die Biester so etwas wie ein Bewusstsein überhaupt noch besitzen würden. Herzversagen? Das war schon etwas Anderes. Natürlich wäre es ärgerlich, wenn eine solch mächtige Waffe wie ein Alpha ein Verfallsdatum hatte, aber letztendlich konnte er auch das in Kauf nehmen. Das Risiko war es wert.

„Darauf werden wir es ankommen lassen. Machen Sie sich an die Arbeit. Ich erwarte in den nächsten Tagen einen ausführlichen Bericht."

32Das Antivirus

Die kalte Winterluft ließ Schaefer leicht zittern, als er den Vorplatz des *Four Seasons* überquerte. Der Springbrunnen lief schon seit einiger Zeit nicht mehr, denn das Wasser war gefroren und bildete eine spiegelglatte Eisfläche in dem runden Becken. Anstatt in das Hotel zu gehen, bog er am Brunnen links ab und bewegte sich in Richtung der westlichen Grenze von New Kanaan. Der frische Wind half dabei, ein wenig Ordnung in seine Gedanken zu bekommen.

Projekt Mordred hatte eine entscheidende Wendung bekommen. Sollte Stones Plan aufgehen, die Alphas per MDMA-Injektionen zu kontrollieren, wäre das ein unglaublicher Vorteil im Kampf gegen jegliche Gegnerschaft, die sich ihm widersetzen würde. Schaefer hatte Foreman direkt damit beauftragt, den Wirkstoff herstellen zu lassen. Er selbst traf sich in wenigen Minuten mit Wilcox, um über das Antivirus zu sprechen. Doch bevor es soweit war, hatte er frische Luft gebraucht.

Langsam steuerte er auf die Westgrenze zu, die wie das gesamte Areal von einem hohen Zaun abgetrennt wurde, an dem in regelmäßigen Abständen Wachposten stationiert waren. Und das war nur der innere Ring. Manhattan selbst war durch Mauern aus einzelnen Betonelementen befestigt worden. Diese Mauern fanden sich teilweise auch in den Straßen Manhattans wieder und sperrten einige Straßenzüge komplett ab. Bei seinem Anflug auf New Kanaan hatte Schaefer damals bereits festgestellt, dass dieser Stadtteil New Yorks von den restlichen abgetrennt worden war. Alle Brücken, die nach Norden führten, waren zerstört. Auch in der Mitte der Washington Bridge, die wenig später in Sicht gekommen war, hatte ein riesiges Loch geklafft. Aber was sollte man sagen? Es hatte funktioniert.

Als Schaefer weiter ging, konnte er weit entfernt unscharfe Bewegungen zwischen den Hochhäusern im Hintergrund ausmachen – Untote, die rastlos durch die Straßen zogen. Es war bemerkenswert, wie wenig man in diesem Mikrokosmos hier davon mitbekam. Jeder Zombie, der sich doch irgendwie nach New Kanaan verirrte, wurde am Zaun erlegt und kurzfristig weggeschafft. Es war sicherlich ein Vorteil, dass sie sich auf einer Halbinsel befanden. Und auch wenn Einsätze wie der bei La

Guardia gezeigt hatten, dass sie hier alles andere als allein waren, so war New Kanaan tatsächlich so etwas wie das gelobte Land.

Schaefer dachte an seine Familie. Ob sie wirklich hier war? Oder bluffte Stone nur, um ihn unter Druck zu setzen? Er hatte sich überlegt, ihn nach einem Beweis dafür zu fragen, dass es Karoline und Jonathan gut ging. Doch momentan fehlten ihm dafür einfach noch die Argumente. Das mochte anders sein, wenn er es schaffte, die Alphas gefügig zu machen. Oder wenn er endlich mit dem Antivirus weiterkam. Er blickte auf seine Uhr. Kurz vor eins. Gleich traf er sich mit Tim, um weiter über die Tests zu sprechen. Er drehte um und steuerte wieder auf das VI-Gebäude zu. Dann fuhr er mit dem Fahrstuhl zum zweiten Mal am heutigen Tag in die geheime Ebene U4.

Als er das Labor betrat, saß Wilcox schon auf seinem Platz. Oder vielleicht auch immer noch, zuzutrauen war es ihm.

„Hallo, Tim. Immer noch hier, oder schon wieder?"

„Immer noch. Setzen Sie sich, Adrian."

Schaefer nahm auf einem Stuhl neben Wilcox Platz und startete den Rechner, der neben dem seines Kollegen stand. Als das Betriebssystem hochgefahren war, öffnete er einen Dateiordner mit dem Namen Yggdrasil. Nach Eingabe des Passwortes ging er verschiedene Listen durch, bevor er sich wieder an Wilcox wandte.

„Wie viele Tests haben wir gestern gemacht?"

„Zwei. Beide negativ."

Schaefer nickte. *Und täglich grüßt das Murmeltier.*

„Ich werde mich wieder an die Formel setzen. Irgendwann werde ich die fehlerhaften Variablen gefunden haben. Ich merke…"

„Adrian." Wilcox atmete tief durch.

„Ja?"

„Hören Sie, ich verstehe, dass Ihnen das sehr am Herzen liegt. Meine Frau und unsere beiden Kinder befinden sich wohlbehalten im *Four Seasons*, während wir beide uns hier unterhalten. Ich will mir gar nicht vorstellen, wie es mir ginge, wenn dem nicht so wäre. Stone ist ein Scheusal, Sie mit Ihrer Familie zu erpressen. Doch gerade deshalb halte ich es für meine Pflicht, Sie darauf hinzuweisen, dass wir nicht mehr unbegrenzt herumexperimentieren können."

Schaefer wirkte irritiert. „Wie meinen Sie das, Tim?"

„Wir haben nun schon achtundzwanzig verschiedene Formeln für das Antivirus getestet, jeweils mit zwei Probanden – genau so, wie Sie es gefordert hatten. Alle Versuchspersonen haben sich innerhalb weniger Stunden verwandelt. Das macht insgesamt sechsundfünfzig Menschen, die unschuldig gestorben sind."

„Ich dachte, über diesen Punkt wären wir mittlerweile hinaus, Tim. Ich habe Ihnen von Anfang an gesagt, dass ich die Tests nicht zum Vergnügen mache, sondern um das Antivirus herzustellen. Abbadons Teil der Formel haben wir, und meinen Teil werde ich schon irgendwann wieder zusammenbekommen. Diese Opfer, die die Menschen bringen, sind alle im Dienste der Wissenschaft. Und vergessen Sie bitte nicht, dass wir alle Menschen in New Kanaan immunisieren werden, sobald das Antivirus reproduziert werden kann. Unter anderem auch Ihre Frau und Ihre Kinder."

Wilcox presste die Lippen aufeinander. Es stimmte, was Schaefer sagte. Und doch gab es ein Problem. „Uns gehen die Versuchspersonen aus, Adrian."

Schaefer bekam große Augen. Um ein funktionierendes Antivirus herzustellen, brauchten sie Testobjekte. Keine Computersimulation konnte solche Versuche am lebenden Objekt ersetzen. „Wie kann das sein?"

„Naja, wir haben niemanden mehr, ganz einfach. Es sind bislang sechsundfünfzig Menschen auf das Antivirus getestet worden, alle haben sich verwandelt und mussten getötet werden. Dazu kommen über fünfzig Tote bei den Tests für Projekt Mordred."

„Dann soll Stone neue Versuchspersonen ranschaffen." Schaefer merkte, wie seine Nervosität anstieg.

„Das ist nicht so einfach. Im direkten Umkreis von New Kanaan haben die Suchtrupps in den letzten Tagen keine Überlebenden mehr gefunden. Und Beschaffungstouren auf größere Distanz zu unternehmen, gleicht einem Selbstmordkommando, wenn man überlegt, wie unwahrscheinlich es ist, in der Stadt noch Menschen zu finden."

„Verdammt!", brüllte Schaefer und schlug mit der Faust auf den Tisch.

„Wie viele haben wir noch?"

„Laut meinen Unterlagen gibt es noch zwölf Gefangene, die für die Tests genommen werden können", antwortete Wilcox.

Schaefer vergrub sein Gesicht in seinen Händen. Zwölf Menschen. Für PM und das Antivirus. Das hieß, sie hatten jeweils noch genau drei Versuche. Drei Versuche, um die Alphas zu kontrollieren, und drei Versuche, um das Antivirus herzustellen. Zwei Mal drei Versuche, um seine Familie zu retten.

33Das Diner

Das American Diner eignete sich ideal als Nachtquartier. Es war leicht zu verteidigen und von allen Seiten gut einsehbar. Die größte Hoffnung lag natürlich auf einer eventuell gut bestückten Vorratskammer, doch weder in der Küche noch in einem angrenzenden Lagerraum wurden sie fündig. Als sie sich kurz darauf einrichteten, zog Ray Nika einen Moment zur Seite. Sie blickte ihn irritiert an.

„Nika, ich muss noch mal weg. Kannst du in der Zwischenzeit Acht geben, dass sich hier keine Katastrophen ereignen?"

„Daran soll es nicht scheitern. Kannst du mir denn auch bitte verraten, was jetzt so wichtig sein soll, dass du unbedingt nochmal vor die Tür willst?"

Ray setzte ein feierliches Gesicht auf. „Weißt du denn nicht, was heute für ein besonderer Tag ist?"

Sie verdrehte die Augen. „Doch, das weiß ich. Heute ist scheiß Weihnachten. Dieser Tag ist für mich so besonders, wie es vorher der verkaufsoffene Sonntag war."

„Oh mein Gott, Nika. Du bist der Grinch. Aber ich lasse es nicht zu, dass du dieses Jahr die Geschenke stiehlst."

Sie reagierte mit einem kritischen Blick und schaute ihn besorgt an, so als fragte sie sich, ob Ray plötzlich geisteskrank geworden wäre. Er nickte an ihr vorbei, in Richtung der restlichen Truppe.

„Schau sie dir doch nur mal an. Nur für einen Moment. Scott und Sam haben gerade erst Jane verloren. Screw ist ein Krüppel und nur der Himmel weiß, ob er jemals wieder richtig laufen kann. Silvia hat zum ersten Mal etwas mit diesen Scheißviechern zu tun gehabt und musste gleich welche erschlagen. Lisa ist genauso ein Kind wie Sam und von der kleinen Rose will ich gar nicht erst anfangen. Ich glaube, wir können alle etwas Weihnachtsstimmung vertragen. Das schließt auch dich mit ein, Frau Grinch."

„Hör gefälligst auf mich so zu nennen. Dann geh halt und lass dich für ein paar Konserven umbringen, du wirst ja vermutlich sowieso keinen gut gemeinten Rat in dieser Sache von mir annehmen." Sie sah zu den anderen herüber. „Und naja… ein wenig Weihnachtsstimmung könnte tatsächlich nicht schaden."

Ray grinste verschmitzt. „Du hast mir gerade doch nicht etwa recht gegeben, oder Nika?"

„Lass mich das nicht bereuen." Sie funkelte ihn an, aber er nahm die Hände hoch, so als wollte er sich ergeben.

„Du wirst gar nicht bemerken, dass ich weg war. Ich sehe mich nur etwas um und komme schnell zurück."

Sie nickte und machte eine wegwerfende Handbewegung. Ray nahm sich einen großen Rucksack und seine Machete und schlich sich vor die Tür. Er durchstöberte einige nahegelegene Häuser nach etwas Brauchbarem, aber bis auf etwas Tee und ein paar Dosen mit eingelegten Pfirsichen war das meiste schon geplündert worden. Dann kam er an eine größere Blockhütte mit einer breiten Veranda. Er stieß die Türe auf und spähte hinein, es war aber nichts zu sehen. Als er die Treppe hinaufging und nach links sah, stand er vor einer weißen Tür, auf der mit rosafarbenen Buchstaben der Name *„Lilly"* stand. Ray schickte ein Stoßgebet zum Himmel, dass es der kleinen Lilly bitte gut gehen möge und sie ihm nicht schmatzend entgegenspränge, bereitete sich aber innerlich auf das Schlimmste vor. Er stieß die Tür auf und atmete tief durch. Seine Sorge war unbegründet gewesen. Das Haus war verlassen. Er sah sich in dem Kinderzimmer um und fand, wonach er gesucht hatte. Mit seiner eher mageren Ausbeute kehrte er zum Diner zurück. Vielleicht hatte Nika ja recht gehabt und es war wirklich eine blöde, sentimentale Idee gewesen. Er klopfte an die Tür und rief nach Nika, bis sie ihm öffnete.

„Und? Erfolg gehabt?", stichelte sie.

„Geht so, wenigstens hab ich was für die Kleine gefunden." Er konnte nicht verstehen, warum Nika lächelte. Ray war niedergeschlagen.

„Komm mal mit, du Weihnachtstroll." Nika ging zu einer Tür, hinter der einmal der Vorratsraum des Diners gelegen haben musste, der aber komplett geplündert worden war. Sie zeigte dort auf einen schweren Kühlschrank und sah Ray an.

„Fällt dir was auf?" Ray sah sich den Kühlschrank an und öffnete ihn. Es war ein gewöhnlicher, wenn auch schwerer, alter Kühlschrank. Nichts Besonderes zu erkennen. Nika zeigte auf den Fußboden.

„Probier's mal eine Etage tiefer." Auf dem Fußboden waren Kratzspuren zu erkennen. An einigen Stellen war es nicht ganz so staubig wie an anderen, aber dennoch musste man genau hinsehen, um das zu erkennen.

„Warum sollte man denn einen Kühlschrank hin und herschieben?"

„Also ehrlich. Du bist doch sonst nicht so begriffsstutzig. Wenn ich der Grinch bin, bist du Sherlock Holmes. Und jetzt pack an, Sherlock, und hilf mir, das Teil von der Wand zu ziehen. Ray zuckte mit den Schultern und zog mit aller Kraft an dem schweren Elektrogerät. Quietschend und protestierend bewegte es sich Zentimeter für Zentimeter in den Vorratsraum hinein. Nach einiger Anstrengung war das Rätsel gelöst. Darunter lag eine Metallklappe. Ray öffnete sie und sah eine Leiter in die Dunkelheit führen.

„Warte hier, ich habe eine Taschenlampe in meinem Rucksack", wies er Nika an.

„Willst du nicht die anderen holen?", fragte sie.

„Damit wir die Überraschung verderben? Auf gar keinen Fall. Draußen habe ich weit und breit keinen weiteren Zugang gesehen. Für wie wahrscheinlich hältst du es, dass eins von den Drecksviechern diesen tonnenschweren Kühlschrank bewegt hat, um unten auf uns zu lauern?"

„Und wenn der Besitzer sich unten erst verwandelt hat?"

„Dann ist es einer und wir kümmern uns um ihn. Mit dem werden wir schon fertig."

Nika rollte mit den Augen. „Nun hol schon die verdammte Lampe." Ray musste lachen.

„Keine weiteren Widerworte?" Er grinste sie frech an.

„Die wären in deinem momentanen Weihnachtswahn wohl eher überflüssig, oder? Dann will ich wenigstens dafür sorgen, dass du nicht umgebracht wirst."

„Ganz genau", stimmte Ray zu. Dann holte er seine Lampe und leuchtete den kurzen Schacht hinab. Man sah den Boden in etwa drei Meter Tiefe. Ray steckte die Taschenlampe in den Mund und kletterte die Leiter hinunter. Nika folgte ihm unmittelbar. Unten angekommen, zog Ray seine Machete und schlich durch einen ziemlich schmalen Gang, an dessen Ende man eine schwere Metalltür sehen konnte.

„Okay, jetzt wird es spannend."

34Die Geheimtür

Ray entriegelte die Tür und leuchtete in den Innenraum. Nika stand neben ihm und war... sprachlos. Plötzlich knuffte Ray sie in die Rippen. Anstatt wie üblich bissig zu kontern, stand Nika mit weit aufgerissenen Augen neben ihm. Sie hatten den Jackpot geknackt.

Vor ihnen lag ein voll möblierter Raum. Er war etwa vierzig Quadratmeter groß und mit allem Überlebenswichtigen ausgestattet. Offensichtlich ein Saferoom für Erdbeben oder Wirbelstürme. Auf einem Tisch, vor den zwei Sesseln standen, stand eine nicht zu Ende gespielte Schachpartie aufgebaut. Die beiden gingen hinein und schauten sich um, als wären sie in einem Kaufhaus. Ray durchwühlte einige Regale. Dort war alles gehortet, was das Herz nur begehrte. Truthahn in Dosen, Preiselbeersauce, Gemüse, Obst... und das war bei weitem noch nicht alles. Als er sich weiter nach rechts durcharbeitete, fingen seine mittlerweile ruhigen Hände plötzlich an zu zittern. Dort stand ein beindruckendes Sortiment an Alkohol. Whiskey, Gin und was das Trinkerherz sonst noch so begehrte. Er nahm eine Flasche guten Whiskey aus dem Regal und starrte auf das Etikett. Plötzlich hörte er Nika hinter sich.

„Fehlt es dir?“, fragte sie unverblümt.

Ray fühlte sich ertappt. „Was meinst du?“

„Das Trinken meine ich, als wenn du das nicht ganz genau wüsstest.“ Seine Antwort überraschte sie.

„Sehr oft. Es gab anfangs Tage, an denen habe ich mir nichts Anderes gewünscht, als mich völlig zulaufen zu lassen. Ich dachte, ich kann meine Sorgen und Ängste nur so in den Griff bekommen. Je länger ich trocken war, desto mehr habe ich gemerkt, was ich mir für einen Bullshit eingeredet habe. Ehrlicherweise muss ich zugeben, dass ich sogar Hustensaft gesoffen hätte, um mich zu berauschen. Und gerade weil das so ist, will ich nie wieder einen Schluck trinken. An diesem Abgrund will ich nie wieder stehen.“

Nika war noch nicht recht überzeugt. „Was wäre, wenn ich jetzt nicht in diesem Raum wäre?“

Er trat an sie heran. Etwas näher, als er es eigentlich vorgehabt hatte. Als die beiden Gesicht an Gesicht standen, antworte er auf ihre Frage.

„Das würde keinen Unterschied machen. Meine Hände hätten ähnlich gezittert. Ich wäre in der gleichen Versuchung gewesen und ich hätte ihr widerstanden.“ Ray erschreckte sich kurz, als Nika seine Hand in ihre nahm und sie kurz drückte. Bei ihr konnte man eben nie wissen, ob sie einem nicht im nächsten Moment den Arm brach.

„Ich glaube dir, Ray.“ Dann ließ sie seine Hand wieder los. Er sah sie einen Augenblick lang an. Als er merkte, dass er sie anstarrte, drehte er sich um und begann, einige Leckereien aus den Regalen zu räumen.

„Mit den ganzen Konserven und der Küche da oben müsste sich doch etwas zaubern lassen.“ Dann räumte er auch zwei Flaschen Schnaps heraus, aber so, dass Nika es sehen konnte.

„Ich denke, die anderen wären einem Drink heute Abend nicht so abgeneigt wie ich.“

„Inklusive mir“, bestätigte ihm Nika. „Also pack eine Flasche guten Gin ein. Ein Glas kann ich mir später schon genehmigen.“

„Ich habe dich glaube ich noch nie betrunken gesehen“, überlegte er. Nika bog ihren geschmeidigen Körper etwas in seine Richtung. „Das passiert auch nicht so oft. Da ist mir hin und wieder nach ganz verrückten Sachen zumute.“ Dann räumte sie weiter Konserven aus, als hätte sie nichts gesagt. Nachdem Ray seine normale Gesichtsfarbe zurückerlangt hatte, packte auch er weiter. *Verdammtes Biest.*

Unten lagen mehrere Taschen, die sie sie mit den Lebensmitteln füllten und an die Leiter stellten. Nachdem sie den Raum auf andere nützliche Dinge überprüft hatten, steckten sie noch zwei Seenotfackeln ein und ein längeres Stück Seil. Ein Seil konnte man schließlich immer gebrauchen.

Als die beiden wieder nach oben stiegen, hatte Ray so gute Laune wie schon lange nicht mehr. Er hoffte inständig, dass er mit dieser Überraschung auch die Stimmung der anderen ein wenig anheben könnte. Vor allem hoffte er, dass Scott und Sam sich darauf einlassen würden. Wieder oben angekommen, schlossen sie die Bodenklappe hinter sich, ließen den Kühlschrank jedoch da, wo er war. Vielleicht wollten die anderen ihre Vorräte auch noch aufstocken. Kaum waren sie aus dem Lagerraum getreten, kam Scott auch schon angestapft.

„Könnt ihr mir mal verraten, was ihr dahinten so lange treibt, verflucht noch mal? Die anderen machen sich schon Sorgen." Ray hatte ein wenig Angst zu früh aufzufliegen, aber Nika sprang ihm zur Seite.

„Jetzt beruhige dich. Wir versuchen gerade eine einigermaßen leckere Abendmahlzeit für uns zusammenzusuchen. Nicht gerade einfach, das mit den wenigen Vorräten, die wir aus Sanctuary mitgenommen haben, hinzubekommen. Würdest du uns jetzt vielleicht noch eine halbe Stunde geben, damit wir etwas kochen können? Wir sind dahinten in der Küche, du kannst ja alle zehn Minuten einen Suchtrupp losjagen, damit er nach uns sieht."

Scott grunzte und machte auf dem Absatz kehrt. Ray drehte sich zu Nika.

„War das nicht ein wenig zu schroff?" Er biss sich auf die Zunge, um sie nicht schon wieder einen Grinch zu nennen.

„Kann sein, aber so haben wir immerhin ein wenig Zeit, alles vorzubereiten. Außerdem wird er es mir nicht übelnehmen, weil ich immer schroff zu allen bin. Ich glaube, er hätte sich mehr gewundert, wenn ich auf einmal nett zu ihm gewesen wäre."

„Auch wieder wahr. Hilfst du mir? Oder ist das nichts für dich?", fragte Ray.

„Was soll nichts für mich sein?"

„Na, in einer Küche zu stehen und zu kochen. Ich meine, du musst selbst zugeben, dass du nicht gerade das typische Heimchen bist." Ray bemühte sich, nicht zu lachen. Eigentlich war diese Feststellung auch in keiner Weise herabwürdigend gemeint, deswegen hoffte er, dass Nika dies auch nicht so auffassen würde.

„Also du meinst, weil ich mit schweren Waffen umgehen kann, kann ich nicht kochen oder putzen?"

Ray dachte kurz darüber nach. „Wenn ich ehrlich bin, ja."

Nika schüttelte den Kopf. „Dann kannst du dich heute Abend auf eine dicke Überraschung gefasst machen." Sie zeigte auf die Küche. Ray war froh, dass sie seine Frage als Herausforderung angesehen hatte. Er ging vor und Nika folgte ihm. Nach einer Weile hatten die beiden aus den gefundenen Delikatessen ein wirklich ansehnliches Abendessen zubereitet. Ray konnte sich nicht erinnern, wann sie das letzte Mal eine solche Menge und Auswahl an guten Lebensmitteln zubereitet hatten. Er ging aus der Küche und suchte Screw. Dieser spielte gerade mit Watson und der kleinen Rose.

„Kann ich dich mal kurz entführen? Ich bräuchte etwas Hilfe."
Scott stand ebenfalls auf. „Soll ich auch helfen?"

Ray schüttelte den Kopf. „Brauchst du nicht. Wir bauen das Essen auf. In zehn Minuten könnt ihr kommen. Screw soll sich nur mal die Herdplatten ansehen, die haben anscheinend einen Wackelkontakt."

„Von mir aus", brummte Scott und setzte sich wieder hin. Screw humpelte in die Küche hinter Ray her. Er traute seinen Augen nicht, als er Nika zwischen den ganzen Tellern, Töpfen und Schüsseln sah.

„Was treibt ihr denn hier?", wollte er wissen.

Ray zeigte ihm den Keller und erklärte ihm, warum Nika und er so eine Geheimniskrämerei betrieben. Screw fiel es wie Schuppen von den Augen.

„Du hast Recht, Captain. Heute ist Weihnachten. Oh man, das ist mir völlig durchgegangen. Ich hoffe, der Herr vergibt mir."

„Ich denke, er drückt ein Auge zu, wenn du uns hilfst, den Tisch zu decken. Und ich hätte noch eine andere Bitte an dich, aber nur, wenn du willst." Screw war neugierig.

„Um was geht es dabei, wenn ich fragen darf?" Dann erklärte Ray ihm, was er vorhatte und Screw lachte.

„Da fragst du genau den Richtigen. Verlass dich da ganz auf mich", versicherte ihm Screw.

„Dann lass uns alles vorbereiten." Nachdem Ray das gesagt hatte, fingen die drei an, in einem Nebenraum alles aufzubauen. Glücklicherweise mussten sie die Küche nicht aufräumen. Es gäbe ja sowieso niemanden, der sich über das angerichtete Chaos beschweren würde. Nach ein paar Minuten war alles vorbereitet und Ray holte die anderen.

Alle redeten miteinander, als sie zum Essen gingen. Jedenfalls so lange, bis sie um die Ecke bogen und das Festessen sahen. Plötzlich war ein Jeder mucksmäuschenstill und stand wie vom Donner gerührt mit offenem Mund im Raum. Nika, Ray und Screw hatten alle Tische und Stühle zusammengestellt, die sie gefunden hatten und eine lange Tafel daraus gebaut. Auf dem Tisch standen Kerzen und sogar ein wenig Plastikdekoration. Es gab Dosentruthahn mit Sauce, mehrere Sorten Gemüse und Kartoffeln, gebraten und gekocht. Heute würden sie sich alle satt essen können. Scott erwachte als erster aus seiner Starre.

„Was ist hier los, Ray? Was hat der ganze Aufwand zu bedeuten?“

Ray setzte ein feierliches Gesicht auf.

„Ich weiß, dass es einigen von euch durchgegangen ist, aber heute ist Heiligabend. Wir sind in der letzten Zeit kaum zur Ruhe gekommen und da haben Nika, Screw und ich gedacht, wir tun uns allen etwas Gutes. Wir wollen heute zusammen essen und trinken.“

„Wo um alles in der Welt habt ihr denn die ganzen Köstlichkeiten her?“, fragte Lisa. Sie hatte vor Rührung feuchte Augen bekommen. Auch Sam rang mit den Tränen und räusperte sich andauernd, um den Frosch im Hals loszuwerden.

Dann erzählten Ray und Nika von dem geheimen Vorrat, den sie entdeckt hatten. Der Besitzer des Restaurants hatte wohl für eine Katastrophe vorgesorgt. Er hatte vermutlich nur nicht damit gerechnet, dass die Katastrophe mit einer Horde kannibalischer Untoter zu tun haben würde. Jedenfalls fehlte von den ehemaligen Betreibern jede Spur und selbst wenn sie tatsächlich eines Tages zurückkehren würden, hatten Ray und Nika genug unten gelassen.

Rose stürmte zum Tisch und staunte über das ganze Essen. Silvia rückte ihr einen Platz zurecht. Scott kam auf Ray zu, dem etwas mulmig wurde. Er befürchtete, dass Scott sich entschuldigen und zu Bett gehen würde. Stattdessen legte er seinen Arm auf Rays Schulter.

„Danke, dass du das für uns getan hast, Kumpel. Ich glaube, das haben wir alle bitter nötig.“

„Genau den gleichen Gedanken hatte ich auch. Außerdem ist das nicht der Rede wert. Wenn ich das hier nicht für euch tue, für wen denn dann?“

Scott nickte nur. Auch er war sichtlich ergriffen. Mit der Zeit hatten alle einen Platz gefunden bis auf Screw. Silvia fragte sich, wo er denn wohl wäre.

Ray hatte auf diesen Augenblick gewartet. Er stand auf und blickte in die Runde. Er verhielt sich wie ein Showmaster, der ein Publikum begrüßte. Die meisten mussten herzlich darüber lachen. Etwas, das er schon lange nicht mehr gehört hatte und das er sehr genoss.

„Meine sehr verehrten Damen und Herren. Willkommen im Chez Thompson. Ich werde Sie durch den Abend führen, aber bevor wir starten, kommen wir zu unserer letzten Überraschung des Abends, bevor wir endlich mit dem Essen anfangen können. Bitte begrüßen Sie mit mir den berühmten Sänger SCREEEW!“

Screw hatte sich einen alten Schal umgelegt und die Haare zur Seite gekämmt. Er sah ein wenig aus wie ein Opernsänger. Alle lachten erneut herzlich auf. Aber nur bis zu dem Moment, als er sich vor sie stellte und mit einer wunderschön tiefen Gospelstimme zu singen begann, mit der in diesem Augenblick wirklich niemand gerechnet hätte.

You look into my Eyes
I go out of my Mind
I can't see anything
Cause this Love's got me blind
I can't help myself
I can't break the Spell
I can't even try.

I'm in over my Head
You got under my Skin
I got no strenght at all
In the State that i'm in
An my knees are weak
And my mouth can't speak
fell too far this time.

Alle lauschten ihm gebannt. Es war wirklich wundervoll, ihn singen zu hören. Die Stimmung war friedvoll und beschaulich. Als er fertig war, klatschten alle Beifall. Auch Lisa klatschte, aber sie war dabei in schallendes Gelächter ausgebrochen und johlte Screw zu. Sie erntete verwunderte Blicke von den anderen, aber hatte zunächst zu wenig Luft, um sich zu erklären. Was besonders erstaunlich war, war das Screw in ihr Gelächter einstieg. Als sie sich beruhigt hatte, blickte sie in die Runde.

„Ihr kennt dieses Lied nicht, oder?“, fragte Lisa die anderen. Betretenes Schweigen. Lisa musste erneut lachen.

„Entschuldigt meinen Lachanfall. Screw singt da einen Song von den Sugarbabes. Das ist eine Girlband, die ich als kleines Mädchen gehört habe. Es war wirklich wunderschön, Screw verzeih mir bitte.“ Screw baute sich mit vor stolz geschwellter Brust auf.

„Too lost in you. Die Sugarbabes im Jahre des Herrn 2003. Ist doch eine super Nummer, oder?“ Er grinste breit.

Jetzt lachten auch die anderen schallend und schüttelten ungläubig die Köpfe. Ray freute sich, dass die Überraschung insgesamt so gut ankam. Er erhob sein Glas auf die anderen und alle stimmten mit ein. Dann aßen sie zusammen, so viel, bis keiner mehr konnte. Das erste Mal seit einer gefühlten Ewigkeit. Und das tat unverschämt gut. Es wurde viel gelacht und geredet. Ray schenkte der kleinen Rose den Stoffhasen, den er zuvor auf seinem Streifzug erbeutet hatte. Der ein oder andere genoss ein Glas Alkohol, aber es betrank sich keiner, wohl auch, um es Ray nicht unnötig schwer zu machen. Als alle satt waren und die Bettschwere einsetzte, zogen sich die meisten zurück, um sich hinzulegen.

Ray aber ging in die Küche und setzte Wasser auf. Es war kurz vor elf, und seine Wache begann in Kürze.

Als das Wasser kochte, brühte er sich einen Tee auf und begab sich an ein Fenster, wo er sich mit einer warmen Decke auf einen Sessel setzte. So hatte er das Gelände um den See im Blick und konnte bei Gefahr früh genug Alarm schlagen. Er hoffte, dass der schöne Abend ebenso besinnlich zu Ende gehen würde, wie er bislang verlaufen war.

Scott lag in seinem Schlafsack und wurde mit zunehmender Müdigkeit nachdenklich. Er war Ray so dankbar für das, was er getan hatte. Sie hatten sich dieses Essen mehr als verdient. Nach einer Weile ließen sich aber auch andere Gedanken nicht mehr verdrängen und Scott dachte an die letzten Tage. An die letzten Augenblicke, in denen Jane noch lebte. Wie gerne hätte er sie heute bei sich gehabt! Es war in vielerlei Hinsicht das speziellste Weihnachtsfest, das er bislang erlebt hatte. Tränen rannen über sein Gesicht, überraschen tat ihn das nicht. Es würde dauern, bis er den Tod seiner Frau komplett überwunden hatte.

35 **Cruz**

Am nächsten Morgen des ersten Weihnachtstages packten die Überlebenden ihre Sachen nach einem gemeinsamen Frühstück zusammen und brachen auf, um endlich Redstone zu erreichen.

Auch heute kamen sie nur mühsam voran, doch die Stimmung war nach dem schönen Abend von gestern ausgesprochen gut. Trotzdem dauerte es einige Stunden, bis sie das unwegige Gelände durchquert hatten. Schließlich tauchte die Silhouette der Kirche und der umliegenden Häuser vor ihnen auf, in der sie sich bereits auf dem Hinweg nach Sanctuary aufgehalten hatten. Ihr Helikopter war also nicht mehr weit entfernt.

Ray signalisierte mit der Hand, dass die Gruppe halten sollte. Er wollte schauen, ob der Weg zum Hubschrauber frei war, den er kurz hinter der Kirche gelandet hatte. Ray blickte über seine Schulter und schnaufte. Er wollte sichergehen, dass alle sein Zeichen verstanden hatten, doch eine Person fehlte. Natürlich war es Nika. Sie hatte ein bemerkenswertes Talent, ohne ein Geräusch zu verschwinden. *Die Frau ist auf jeden Fall eine Hexe.*

Ray schlich links an der Kirche vorbei und blickte um die Ecke. Die Untoten, die Scott nach ihrer Landung regelrecht zerfetzt hatte, lagen noch dort und moderten vor sich hin. Er winkte sie zu sich. Direkt vor ihnen stand ihre Rückfahrkarte. Er zog Scott an seine Seite, denn er wollte so schnell wie möglich den Helikopter besetzen und diesen Ort verlassen. Er zischte in Scotts Ohr.

„Wo ist Nika denn jetzt, verdammt nochmal? Diese Frau macht mich…“ Noch bevor Ray diesen Gedanken zu Ende sprechen konnte, ertönte plötzlich eine laute Stimme.

„Alle die Hände hoch! Und zwar so hoch, dass ich sie sehen kann! Oder ihr bekommt alle ein Loch zwischen die Augen.“

Der Gruppe fuhr ein gewaltiger Schreck in die Glieder und sie drehten sich zu der drohenden Stimme um. Auf einmal standen dort fünf Überlebende und bedrohten sie mit Messern, Schlagstöcken und einer Mistforke. Der, der sie angesprochen hatte, trug eine halbautomatische Pistole bei sich. Es waren insgesamt drei Männer und zwei Frauen. Ray vermutete, dass keiner von ihnen älter als Mitte zwanzig war, im Gegenteil, einer sah eher aus, als hätte er sich gerade die Eierschale vom Hintern gekratzt. Trotzdem blickten alle grimmig und entschlossen.

Der vermeintliche Anführer der Gruppe hatte sie angesprochen. Offensichtlich war er Südamerikaner. Scott und Sam starrten die Gruppe an, als wollte sie sie gleich hier und jetzt in Stücke zerreißen. Ray wusste, dass beide ein dünnes Nervenkostüm hatten. Aber sie hatten die kleine Rose bei sich und er hoffte inständig, dass Scott besonnen bleiben würde.

Ray streckte die Hände also in die Höhe und drehte sich zu seinen Kameraden. Er nickte und signalisierte ihnen, es ihm gleichzutun. Innerlich verfluchte er sich, nicht einen kurzen Blick ins Innere der Kirche geworfen zu haben, vor allem, da ihnen eine ähnliche Situation bereits vorher passiert war und sie sonst immer sehr auf der Hut waren. Alle hoben ihre Arme hoch, auch Scott.

Der junge Mann mit der Pistole trat einen Schritt auf die Gruppe zu.

„Hat ihre Gruppe einen Anführer? Sind Sie das?" Er blickte zu Scott. Scott schüttelte seinen Kopf und nickte zu Ray. Dieser trat einen Schritt nach vorne, um zu signalisieren, dass er bereit war zu reden.

„Sie können mit mir sprechen, aber es wäre mir lieber, ich müsste dabei nicht in die Mündung einer Pistole blicken. Ich verspreche Ihnen, wir machen keinen Ärger."

Der Mann grunzte. „Hören Sie…", er kam kurz ins Stocken.

„Ich heiße Ray Thompson."

„Ich bin Cruz. Also hören Sie, *Ray Thompson*, Sie haben nicht zufällig was mit dem Hubschrauber da hinten zu tun, oder?" Ray wägte seine Optionen ab. Er könnte bluffen. Was sollte schon passieren?

„Ich habe keine Ahnung, wovon Sie sprechen, Mister Cruz."
Dieser legte den Kopf schief. „Soso. Wissen Sie, ich bin ein friedliebender Mensch. Aber wenn es so sein sollte, wie Sie mir weismachen wollen, dann hätte ich für Ihre Gruppe keinerlei Verwendung. Ich könnte Sie töten und mir ihre Ausrüstung nehmen."

Ray hatte offensichtlich zu hoch gepokert. „Das könnten Sie natürlich tun, aber wer fliegt dann den Hubschrauber für Sie?"

„Sehen Sie? Ich wusste, wir kommen uns näher." Cruz zielte mit der Pistole in die Runde. Die kleine Rose ließ er allerdings aus, was Ray sofort auffiel.

„Ich will keinem etwas tun, aber meine Freunde und ich müssen hier weg. Egal, wo wir bisher waren, alles war von diesen Dämonen überrannt. Über kurz oder lang ist jede Zuflucht gefallen oder aufgegeben worden. Wir wollen auf eine Insel. Weg von allen Untoten."

Ray wollte erst die Frage stellen, wie Cruz gedachte, sich dort versorgen zu wollen, aber eigentlich interessierte ihn die Antwort überhaupt nicht. Er wollte möglichst alle mit heiler Haut aus dieser Situation herausbekommen.

„Wissen Sie, ich kann Ihnen eine Alternative bieten. Gar nicht weit von hier existiert eine intakte Siedlung. Etwa zweitausend Menschen leben und arbeiten dort. Der Ort heißt Sanctuary. Er liegt etwa zwei Tage von hier entfernt. Wir kommen gerade von dort."

Cruz machte ein ungläubiges Gesicht. „Natürlich, Mister Thompson. Und weil diese Siedlung tatsächlich existiert und so wunderbar ist, gehen Sie und Ihre Freunde in genau die entgegengesetzte Richtung. Wer auch immer Ihr Pilot ist, er wird uns fünf einladen und zu einer Insel fliegen, haben Sie mich verstanden?"

„Das wird nicht passieren, Cruz."

Cruz' Augen verengten sich zu kleinen Schlitzen. Jetzt wurde es allmählich ernst.

„Würden Sie mir dann auch verraten, was Sie alle für eine Wahl haben? Wir sind die mit den Waffen im Anschlag."

Ray entschied sich in diesem Augenblick für die Wahrheit.

„Hören Sie mir zu. Sehen Sie die Frau dort und das kleine Mädchen? Es ist die Familie eines Wissenschaftlers, der diesen ganzen Wahnsinn hier beenden kann. Aber ausschließlich, wenn wir die beiden wohlbehalten zu ihm geleiten." Während Ray diese Worte sprach, konnte er sich selbst nicht recht glauben und er bezweifelte auch stark, dass Cruz das tat. Die Tatsache, dass dieser Screw gezielt aufs Korn nahm, bestätigte Ray in seiner Annahme. Ray sah Cruz scharf an. Die Waffenhand des Mannes zitterte. Offensichtlich war er kein Unhold, aber Ray wusste trotzdem nicht, wozu der Kerl fähig war.

Cruz Stimme überschlug sich fast. „Mir reicht's jetzt! Hören Sie auf mit diesen Märchen! Ich lasse mir von Ihnen keine Bären aufbinden. Öffnen Sie diesen scheiß Hubschrauber, oder ich erschieße den Mann da!"

Rays Herzschlag beschleunigte sich. Mit Worten war diesem Kerl anscheinend nicht beizukommen, insofern hoffte er, dass er die Trumpfkarte ausspielen konnte, die er glaubte zu besitzen. Ray formte mit der Hand eine Pistole und hielt diese, als eine Art Zeichen in die Luft. Er hoffte inständig, dass es verstanden werden würde, denn er wusste, dass jemand Bestimmtes die Szene hier ganz genau beobachtete.

BOOOOM! Ein lauter Knall schallte an ihnen vorbei und Cruz Pistole zerbarst in tausend Teile. Er zog seine schmerzende Hand zurück und drehte sich paranoid zu allen Seiten um, konnte den Schützen allerdings nicht entdecken. *Gutes Mädchen,* dachte Ray.

Cruz war allerdings lange nicht so perplex, wie sie es sich erhofft hatten. Er brüllte seine Leute zusammen. „Greift Sie an, wenn ihr nahe an ihnen
dran seid, kann ihr Schütze nicht schießen, sonst trifft er sie auch", bellte Cruz. Ray blickte überrascht. Gar kein dummer Schachzug. Der erste von Cruz' Leuten ging unsicher auf Sam los. Die beiden rangen miteinander, aber obwohl der Typ etwa zehn Jahre älter war, gestaltete sich diese Aufgabe alles andere als einfach, denn Sam hatte bereits gewaltige Kräfte. Ein weiterer Kerl ging mit seiner Forke auf Screw los, doch Scott trat dazwischen und riss ihm die Waffe aus den Händen. Er zerbrach den dicken Forkenstiel einfach über seinem Knie und warf die Reste danach zur Seite. Dann packte er den armen Mann wie einen Gummiball und warf ihn durch eine Glasscheibe in die Kirche. Als er drinnen aufschlug, hörte man ihn stöhnen und ächzen. Der Kampf war so schnell vorüber, wie er begonnen hatte.

„Er… ich… ER soll mir nicht zu nahe kommen!"
Ray musste sich einen Moment konzentrieren und ein Lachen unterdrücken. Dann nutzte er Scotts beeindruckenden Auftritt.

„Sie können von Glück reden, dass mein Freund so ein gutmütiger

Mensch ist. Er hätte Ihren Kameraden auch durch die Holzvertäfelung werfen können. Kräftig genug ist er jedenfalls dafür. Ich schlage vor, ihr senkt die Waffen und ich sage ihm, dass er euch nicht zerquetschen soll. Dann reden wir weiter."

Eine der beiden jüngeren Frauen war so perplex, weil der Mann geradewegs an ihr vorbeigeflogen war, dass sie ihren Kopf nun die ganze Zeit von rechts nach links drehte, um zu begreifen, was sich gerade vor ihren Augen zugetragen hatte. Cruz hatte wohl ebenfalls keine Lust, nähere Bekanntschaft mit Scotts tellergroßen Pranken zu machen oder dem weiter oben wartenden Heckenschützen zu machen. Scott schlug gerade seine Hände zusammen und ging auf den nächsten jungen Mann zu, der bereits von Sam abgelassen hatte und nun dastand wie eine Weide im Wind.

Ray drehte sich zu seinem Freund um und schüttelte, leicht schmunzelnd den Kopf. Scott blieb stehen und nickte. In diesem Augenblick trottete Nika aus einer Baumreihe heraus und hielt ihr Gewehr locker am langen Arm. Cruz wirkte jetzt plötzlich sehr verzweifelt. Er befürchtete wohl das Schlimmste.

„Wir wollten das nicht", begann er seine Geschichte. „Wir irren seit Wochen durch die Wälder, auf der Suche nach Rettung. Auf einmal haben wir diesen Hubschrauber gefunden und der sah noch gut und intakt aus. Wir wollten Ihnen wirklich nichts antun."

Cruz' Begleiter humpelte wieder aus der Kirche heraus ins Freie und hielt sich den Kopf. Außer ein paar Beulen und einem verletzten Stolz würde er wohl keine Blessuren übrigbehalten.

Cruz erzählte weiter. „Deswegen haben wir uns hier in der Kirche verschanzt und gehofft, es kämen Soldaten, die uns retten würden. Als wir Sie gesehen hatten, wussten wir doch nicht, ob Sie vielleicht Plünderer sind."

Ray unterbrach ihn. „Und deshalb haben Sie sich dafür entschieden, selbst zu plündern? So kann man dem natürlich auch gegenüberstehen."

„Wir waren verzweifelt." Cruz hatte selbst keine vernünftigen Argumente für ihr Verhalten parat.

Scott ging zu Ray. „Das sind noch Kinder, Kumpel. Die wissen doch gar nicht, was sie hier machen. Lass gut sein und schick sie zu Fuller. Der Weg müsste doch einigermaßen sicher sein, soweit man das sagen kann." Ray nickte so, dass Cruz ihn nicht sehen konnte. Dann drehte er sich wieder um.

„Das, was ich Ihnen erzählt habe, ist die Wahrheit. Es gibt tatsächlich eine Siedlung namens Sanctuary in der Nähe, aus der wir hier hingekommen sind. Haben Sie eine Karte dabei?"

Cruz schüttelte den Kopf. Dann kramte Ray in seinem Rucksack und fand tatsächlich noch die alte Karte, die sie vor etwas mehr als zwei Wochen hier in Redstone aus einem Souvenirgeschäft mitgenommen hatten. Mit einem Stift markierte er die Stelle, an der sich Sanctuary befand. „Ihre Waffen können Sie behalten. Es ist ja zum Glück nichts Schlimmeres passiert."

Cruz blickte ihn dankbar an, versuchte aber dennoch ein letztes Mal zu verhandeln. „Können Sie uns nicht doch mitnehmen?"

„So viele Personen schafft der Heli nicht. Also nein, das können wir nicht." Rays Stimmlage machte unmissverständlich klar, dass das sein letztes Wort war. Er entlud Cruz Pistole und legte Sie in die Kirche. Als er herauskam, nahm er sich den jungen Mann noch einmal zur Seite.

„Nicht weit von hier, in einer kleinen Stadt namens Reefe, haben wir einen Laster abgestellt. Die Schlüssel sind an den Reifen vergraben. Ihre Bande kann den Wagen haben, unter der Bedingung, dass Sie nach Sanctuary fahren und ihn dort zurückgeben. An Bord sind Pläne für ein Funkgerät, welches dort dringend benötigt wird. Denken Sie darüber nach. Wenn Sie den Wagen samt der Pläne dort abliefern, hätten Sie dort sofort einen guten Start hingelegt. Ich verspreche Ihnen, es ist dort sicher."

Cruz Miene hellte sich schlagartig auf. „Sie stellen uns wirklich einen Wagen zur Verfügung? Dann kommen wir dort auch an. Also wenn ich eines kann, dann fahren!"

Ray markierte auch Reefe auf der Karte und Cruz verstaute sie in seiner Jacke. Dann ging Cruz zurück zu seinen Leuten und überbrachte ihnen die frohe Kunde. Schließlich erhoben sie die Hand zum Gruß und zogen los.

Nika kam an Rays Seite und flüsterte in sein Ohr. „Meinst du wirklich, dass es klug war, ihnen den Laster zu geben?“

Ray zuckte mit den Schultern. „Selbst, wenn sie mit der Karre durchbrennen, was soll uns das noch kümmern. Vielleicht hat Fuller das Ding auch schon wieder abgeholt. Zumindest an den Funkplänen war er sehr interessiert. Wie auch immer. Ich glaube nicht, dass sich Fullers und unsere Wege noch einmal kreuzen werden. Und die Jungs hier haben auf jeden Fall ein Ziel, an dem sie Unterschlupf finden können.“

„Auch wieder wahr. Ganz schön kaltschnäuzig, mein Lieber.“

Ray setzte eine Unschuldsmiene auf. Er wollte keine weitere Zeit verlieren und winkte seine Leute zum Helikopter. Nachdem alle eingestiegen waren, startete Ray den Motor. Ohne auch nur einen Moment zu zögern, sprang die Maschine an, die Rotoren drehten sich und der Heli hob langsam ab. Dann flogen sie in Richtung Sonne davon.

36 Liebesgeflüster

Während Marie neben ihm schlief, betrachtete Derek Stone die perfekten Rundungen ihres Hinterns, die unter dem etwas zu kurzen Nachthemd hervorlugten. Ein Blick auf die Uhr verriet ihm, dass es mittlerweile acht Uhr war – normalerweise saß er um diese Zeit schon an seinem Schreibtisch. Doch heute war das anders. Er hatte allen Grund, sich einmal etwas Entspannung zu gönnen.

Gestern hatten ihn Jonah und Jerome vom Transportschiff aus angefunkt, welches das Einsatzteam nach Halifax gebracht hatte. Die Mission war ein voller Erfolg gewesen. Nicht nur, dass seine Leute die CFB unter ihre Kontrolle gebracht hatten, auch diese Glücksritter aus Fort Benning waren mittlerweile Geschichte. Fehlte nur noch der Flugzeugträger, aber auch das würde bald erledigt sein. Er hatte es fast geschafft. Wahrlich ein besinnliches Weihnachtsfest, das dieses Jahr ins Haus stand.

Stone atmete tief durch. Im Anschluss an das Gespräch mit Jonah und Jerome war er so gut gelaunt gewesen, dass er für sich und Marie eine Flasche Champagner mitgebracht hatte. Nachdem sie diese geleert hatten, hatten sie es zwei Mal miteinander getrieben. Dafür war die Kleine wirklich zu gebrauchen, das musste er zugeben. Er überlegte gerade, ob er sie wecken sollte, um es ihr noch einmal zu besorgen, als das Telefon auf dem Nachttisch klingelte. Das konnte nur bedeuten, dass jemand versuchte, ihn in seinem Büro zu erreichen, und der Anruf nun weitergeleitet wurde. Marie murmelte irgendetwas vor sich hin und zog die Decke über den Kopf. Stone nahm ab.

„Stone."

„Ähm, Mr. Stone, hier ist Peter Vale aus dem Funkzentrum. Sie sollten schnell hierher kommen."

Stone hörte die Besorgnis aus Vales Stimme. Ungewöhnlich, normalerweise war der Funkexperte die Ruhe selbst.

„Was gibt's denn?", fragte Stone genervt, der seinen Plan, Marie nochmal ordentlich ranzunehmen, noch nicht ganz aufgeben wollte.

„Ähm, Sir… es gibt anscheinend Probleme in Halifax."

Mit einem Satz schoss Stone aus dem Bett, jegliche Gedanken an Sex waren verflogen.

„Was ist mit Halifax?“

„Nun ja, ich habe hier einen Master Sergeant Pelletier am Funkgerät, der behauptet, dass er sich genau dort befindet. Er will Sie sprechen.“

Stones Puls beschleunigte sich. „Sagen Sie ihm, ich bin in zwei Minuten da.“ *Pelletier? In Halifax? Wie konnte das sein? Hatte Jonah ihn hintergangen?*

Fast hysterisch stürmte Stone ins Bad, wo er sich Hemd und Anzug von gestern anzog, eine Unart, die ihm eigentlich zuwider war. Dann strich er sich mit etwas Wasser die Haare zurecht, bevor er in den Fahrstuhl eilte und auf die Taste mit der Vierzig hämmerte, als würde sich der Lift dann schneller bewegen. Auch wenn es nur zwei Stockwerke waren, fühlte sich die Fahrt wie eine Ewigkeit an. Als die Tür aufglitt, rannte er durch den Flur zum Funkcenter auf der rechten Seite. Keiner der fünf Mitarbeiter sagte einen Ton, als der Chef von Vita Invicta den Raum betrat. Vale blickte unsicher von seinem Terminal aus seinen Boss an.

„Geben Sie her“, sagte Stone und griff sich das Funkgerät.

„Derek Stone.“

„Ah, Mr. Stone. Welche große Ehre, Sie einmal persönlich sprechen zu dürfen. Hier spricht Master Sergeant Willem Pelletier, Oberbefehlshaber über die Truppen aus Fort Benning, dem Stützpunkt, den Sie seinerzeit angegriffen…“

„Ich weiß, wer Sie sind“, unterbrach Stone. „Ein Fußsoldat, der sich aufgrund des Ausbruchs des Virus für einen Möchtegern-Kommandanten hält. Sagen Sie mir, warum ich noch eine Sekunde meiner wertvollen Zeit mit Ihnen verschwenden sollte.“

Pelletier behielt seinen überfreundlichen Ton bei. „Haben Sie heute noch so viel vor, oder warum wirken Sie zu dieser frühen Stunde schon so gestresst, Derek?“

Stone atmete durch. *Was erlaubte sich dieses Stück Scheiße nur?*

„Allerdings, *Willem*, das habe ich. Ich muss noch meinen extrem großen Schwanz in den Arsch ihrer Frau rammen. Margarete, oder wie hieß sie noch gleich? Ich habe mir sagen lassen, dass Sie als ihr Ehemann es schon seit längerer Zeit nicht mehr bringen, und Margy deshalb vermehrt die Gesellschaft von gut bestückten Schwarzen Ihrer Kompanie sucht, um endlich mal wieder feucht im Höschen zu werden. Allerdings haben die Bimbos nicht immer Zeit, denn auch ihr nichtsnutziger Sohn Josh scheint eine Vorliebe für Niggerschwänze zu haben."

Pelletiers Tonfall blieb unverändert. „Nun, wenn das so ist, dann sehen wir uns ja heute noch. Margarete und Josh sind nämlich bei mir, genauso, wie die übrigen dreihundertfünfzig Soldaten und Zivilisten aus Fort Benning. Nur, dass wir nicht mehr in Fort Benning, sondern in der CFB Halifax sind. Wie finden Sie das, Derek?"

Stone merkte, wie seine Wut wuchs. Dieser Hurensohn sprang nicht auf seine Provokationen an. Und er behauptete, in Halifax zu sein – allerdings nicht als Gefangener, wie es aussah. Als Stone nichts erwiderte, sprach Pelletier weiter. Dieses Mal allerdings mit der Befehlsgewalt eines Mannes, der nun schon seit Monaten erwartete, dass man ihm gehorchte.

„Sind Ihnen die schlauen Sprüche ausgegangen, Sie erbärmliches Stück Scheiße? Ich sage Ihnen jetzt, wie es läuft. Wir haben die CFB unter unsere Kontrolle gebracht. War nicht besonders schwer, bei den einfältigen Möchtegern-Soldaten, wie es Ihre Leute sind. Aber wen sollte das auch überraschen, wenn der Chef von Vita Invicta selbst so ein primitiver Vollidiot ist. Wie heißt es so schön: Der Fisch stinkt meistens am Kopf." Pelletier legte eine kurze Pause ein, um die Worte wirken zu lassen. Dann sprach er weiter. „Wir haben erst überlegt, Ihre Männer einfach abzuknallen, so wie Sie es wahrscheinlich mit uns machen wollten. Aber wir sind nicht wie Sie. Wir sind die Guten. Wir glauben an Menschlichkeit, Moral und Tugend – ungeachtet dessen, ob wir uns in einer Zombieapokalypse befinden oder nicht. Diese Werte werden wir niemals aufgeben. Und das mussten wir auch gar nicht: Ihre Leute haben sich uns mit Handkuss angeschlossen. Die meisten sagen Sie sind, und ich zitiere, der wohl geisteskrankste Wichser, der ihnen je begegnet ist. Das wurde mir auch vom Vizepräsidenten bestätigt."

Stones Lippen bildeten eine schmale Linie. „Sie sind ein toter Mann, Pelletier. Sie, Carter und Ihre gesamte traurige Sippe."

„Momentan fühle ich mich noch recht lebendig, Derek. Ich mache

Ihnen jetzt ein Angebot, und ich mache es Ihnen nur dieses eine Mal. Ergeben Sie sich vollständig gegenüber dem Militär der Vereinigten Staaten von Amerika. Ich garantiere Ihnen, dass niemandem in New Kanaan auch nur ein Haar gekrümmt wird. Überlassen Sie uns Ihre Forschungseinrichtung, damit wir das Antivirus herstellen und diese Welt wiederaufbauen können. Sie selbst werden vor ein Kriegsgericht gestellt und bekommen einen anständigen Prozess, der fair ablaufen wird. Darauf gebe ich Ihnen mein Wort."

Stone hätte fast laut losgelacht. „Sie sind ein großzügiger Mann, Willem. Aber ich lehne dankend ab. Ich scheiße nämlich einen riesigen Batzen auf Sie, das Militär der Vereinigten Staaten, den Aushilfspräsidenten Harrison Carter und das amerikanische Volk. Ehrlich gesagt scheiße ich auf die gesamte Welt. Falls Sie es noch nicht mitbekommen haben, habe ich Neuigkeiten für Sie: Es gibt Ihre USA nicht mehr. Es gibt die Welt, wie wir sie kannten, nicht mehr. Eine neue Zeitrechnung ist angebrochen, eine Ära, in der sich Darwins Theorie vom Recht des Stärkeren bewahrheiten wird. Wenn Sie unbedingt herausfinden möchten, wer von uns beiden der Stärkere ist, dann nur zu."

Pelletier antwortete knapp. „Sie hatten Ihre Chance. Wenn wir uns das nächste Mal sprechen, werde ich nicht so gütig sein."

„Es wird kein nächstes Mal geben, Willy. Ihre Amateurtruppe wird nicht mal in die Nähe von New York kommen. Und jetzt entschuldigen Sie mich, ich habe eine neue Weltordnung zu erschaffen. Grüßen Sie mir Margy und Josh." Stone hängte das Funkgerät ein.

Als er sich umdrehte, starrte Marie ihn mit großen Augen an.

37Strafe muss sein

Wortlos zog Stone Marie aus dem Funkcenter in den Fahrstuhl. Als sie wieder in seinem Appartement waren, schob er sie bis ins Schlafzimmer vor sich her.

„Du kommst einfach so ins Funkcenter, ohne meine Erlaubnis, vor den ganzen Leuten, und spionierst mir nach? Was hast du dir dabei gedacht?“ Stones Stimme vibrierte vor Wut.

„Ich? Was hast DU dir gedacht?“

Die Ohrfeige klatschte so laut wie ein Peitschenhieb auf Maries rechte Wange. Gerade als sie den Kopf wieder anhob, klatschte es auf ihre linke Gesichtshälfte. Leicht benommen wankte sie von einem Bein auf das andere, bevor Stone ihr einen weiteren Schlag versetzte und sie auf das große Doppelbett fiel.

„Wag es nicht, so mit mir zu sprechen, du kleine Schlampe“, fauchte Stone.

Marie schluchzte, schaffte es jedoch, nicht in Tränen auszubrechen. „Leck mich, Derek! Ich habe mir Sorgen gemacht! Du bist so plötzlich verschwunden, da habe ich gedacht, es sei etwas Schlimmes passiert... du erzählst mir ja nie, was überhaupt vor sich geht!“

„Ich habe meine Gründe, gewisse Dinge von dir fernzuhalten – aber anstatt das zu akzeptieren, schnüffelst du mir nach... was glaubst du eigentlich, wer du bist?“

„Das frage ich mich selbst oft genug“, schluchzte Marie. „Deine Privatnutte? Marie, die kleine Schlampe, oder wie hast du es gerade selbst gesagt?“

Stone fühlte eine Mischung aus Verärgerung und Erregung in sich. Es war das erste Mal, dass Marie sich bei ihm beschwerte und ihm die Stirn bot. Irgendwie gefiel es ihm, wenn sie Widerworte gab.

„Unter anderem.“ Stone verließ kurz den Raum und Marie fragte sich, was zur Hölle er wohl jetzt tun würde. Als er mit zwei Handschellen wiederkam, hatte sie ihre Antwort. Sie sprang vom Bett und versucht, an Derek vorbei zum Fahrstuhl zu gelangen, doch es war vergebens. Mit Leichtigkeit hielt er sie fest und schmiss sie sich über die Schulter, wobei sie ohne Unterbrechung mit ihren Fäusten auf seinen Rücken trommelte. Dann warf er sie wie einen Sack auf das Bett und setzte sich auf ihren Brustkorb. Wenige Augenblicke später waren ihre Hände am Bettgestell befestigt.

„Derek, was soll der Scheiß? Mach mich los!"

Stone tat so, als habe er sie gar nicht gehört. Stattdessen zog er sich langsam den Gürtel aus der Anzughose, die er kurz darauf auszog, genau wie sein Sakko und sein Hemd. Den Gürtel behielt er allerdings in der Hand.

„Weißt du, Marie, meine Mutter sagte immer zu mir, es sei in Ordnung, Fehler zu machen. Man müsse eben nur immer die Konsequenzen in Kauf nehmen. Ich glaube, da ist etwas dran." Mit einem lauten Knall schlug Stone den Gürtel in seine Hand. „Strafe muss sein."

38Die heiligen drei Könige

Wenige Stunden, bevor sie dem Hinterhalt von Vita Invicta entgangen waren und die CFB eingenommen hatten, blickte Master Sergeant Willem Pelletier in den verdreckten Rückspiegel des Humvees, in dem die eindrucksvolle Mauer immer kleiner wurde. Der Konvoi rollte durch eine trostlose, tundra-ähnliche Ebene, die von kleinen Hügeln und Anhöhen durchzogen war. Neunzig Prozent der Vegetation bestand aus kleinen Sträuchern, die die gesamte Fläche bedeckten und selbst bei den jetzigen Außentemperaturen ein irrwitziges Farbenspiel boten. *Malerisch.* Auch hier war der Nebel vom Vormittag mittlerweile komplett verschwunden, lediglich eine dünne Schicht Raureif war geblieben. Allerdings brachte der immer noch frische Wind mittlerweile einige Schneeflocken mit sich, die Sonne hatte sich wieder verabschiedet. Hinter einer der nächsten Hügelkuppen würden sie hoffentlich die ersten Ausläufer der Stadt Halifax sehen können. Pelletier war gespannt darauf, was für ein Bild sich ihnen bieten würde.

Doch es kam alles anders als erwartet, als einen kurzen Augenblick später, kaum hundert Meter vor ihnen, ein Soldat in einem Ghillie-Tarnanzug aus einem Gebüsch neben der Fahrbahn auf die Straße trat und mit erhobener Hand signalisierte, anzuhalten. Der Konvoi kam wenige Fahrzeuglängen vor dem Soldaten (der aussah wie ein laufender Busch) zum Stehen. Sie befanden sich noch hinter dem Hügel und hatten keinerlei weitere Sicht.

„Mitchell ans Fünfziger – sichern!“, bellte Pelletier. „Ich weiß nicht, was hier los ist.“ Er löste die Sicherung an seinem Beinholster, öffnete die Beifahrertür und stieg aus, wobei er kurz zu Mitchell rüber blickte, der seinen Platz am Maschinengewehr eingenommen hatte. Als Mitchell ihm zunickte, ging Pelletier langsam auf den Soldaten zu, der sich seinerseits ebenfalls in Bewegung setzte und auf den Konvoi zu marschierte. Als die beiden nur noch wenige Schritte voneinander entfernt waren, blieb der menschliche Busch stehen. Ein schmales Lächeln war, trotz des vollkommen mit Tarnfarbe bedeckten Gesichts, zu sehen, als er das Wort an sein Gegenüber richtete.

„Das genügt vorerst. Spotter, Private First Class Tyler Barnett, 5th

Canadian Division, Sir. Identifizieren Sie sich." Pelletier hob eine Augenbraue. *Was zur Hölle soll denn das jetzt?*

„Master Sergeant Willem Pelletier, US Army 42nd Infantry Division. Vermutlich der letzte existierende Teil der US-Streitkräfte. Wir kommen aus Fort Benning und haben mehrere hundert Zivilisten bei uns. Der Stützpunkt ist vollkommen überrannt worden und wir suchen Zuflucht in der CFB Halifax, die uns als möglicher sicherer Ort empfohlen wurde. Warum erzähle ich Ihnen das? Was soll der Unfug? Wir kommen von Corporal Ridge an der Mauer. Er hat uns bereits durchgeschleust."

Pelletier sah keinen Grund, nicht wahrheitsgemäß zu antworten. Alles an diesem laufenden Busch mit dem freundlichen Lächeln schrie förmlich nach Militär. Und die Tatsache, dass er sich als *Spotter* vorgestellt hatte, entlockte Pelletier ein Lächeln. Spotter, der Aufklärer eines Scharfschützen. Das erklärte, warum dieser Busch so selbstbewusst agierte. Irgendwo unweit würde ihn der zugehörige Sniper vermutlich gerade im Visier haben. Trotz dieser beunruhigenden Tatsache konzentrierte sich Pelletier auf das Wesentliche.

„Was hat das Ganze hier zu bedeuten, Private? Warum halten Sie uns an?"

Barnett verzog das Gesicht. „Das wird Ihnen nicht gefallen, Sir. Bis gestern hätte ich Ihnen mit Ihrer Einschätzung Recht gegeben. Halifax war ein sicherer Hafen, die letzte kanadische Bastion gegen die Untoten. Doch dann hat gestern Nacht ein uns unbekannter Feind die Basis infiltriert und übernommen. Verstehen Sie mich nicht falsch: Menschen, keine Untoten. *Vira Invictus*, sagt Ihnen das was, Sir?"

Die Augen des Master Sergeants weiteten sich. „*Vita Invicta*", hauchte er. Ein leichtes Lächeln zeigte sich auf dem Gesicht von Barnett. „Na dann halt so, ich konnte den Namen nicht ganz verstehen."

Mit jedem einzelnen Satz, den dieser verdammte Kerl sprach, wuchs das Fragezeichen über Pelletiers Kopf. Reichte der lange Arm von Vita Invicta etwa bis hier; nach Kanada?

„Private Barnett. Ich verstehe *kein einziges Wort*. Setzen Sie mich ins Bild. Und zwar von Anfang an. Was ist passiert und woher kennen Sie den Namen Vita Invicta?“ Willem Pelletier hatte die Nase mittlerweile gestrichen voll. Er wollte Antworten. *JETZT.*

39Flucht und Hinterhalt

Barnett hatte nicht mit diesem Ausbruch des Master Sergeants gerechnet, doch er entschied, dass es wohl besser für alle war, wenn er Pelletier die Geschichte von Anfang an erzählte.

„Okay, Sir. Es war gestern ungefähr gegen Mitternacht, als es los ging …", begann Barnett. „Wir haben zu viert beim Kartenspielen gesessen und darauf gewartet, dass unsere Schicht beginnt. Ich war gerade pissen, als der Befehl reinkam, sich aufgrund eines Notfalls im Auditorium zu versammeln. Als ich von der Toilette wiederkam, sah ich, wie Admiral Hart, unser Oberbefehlshaber, einen verletzten Soldaten über der Schulter trug. Das war es allerdings nicht, was mich stutzig werden ließ. Es waren die zwei Männer, die ihn offensichtlich mit Waffen bedrohten und dazu zwangen, ebenfalls ins Auditorium zu gehen. Da der Befehl von ihm direkt gekommen war, wurde mir klar, dass hier etwas nicht stimmte. Also ging ich zu meinen Kameraden, die sich gerade ihrerseits auf den Weg machen wollten. Wir beobachteten das Auditorium aus sicherer Entfernung und sahen, wie eine Truppe von nicht näher identifizierbaren Söldnern das Gebäude zunächst umstellte, und dann gemeinsam eindrang. Anscheinend haben sie so den Stützpunkt unter ihre Kontrolle gebracht."

Pelletier nickte und signalisierte Barnett, fortzufahren.

„Wir überlegten, was wir tun sollten. Keine Chance, mit vier Leutchen etwas auszurichten. Daher haben wir die Flucht nach vorn gewagt. Der Funk war tot und wir konnten niemanden erreichen, doch wir sind unentdeckt aus dem Stützpunkt entwischt und wollten zum Trupp an der Mauer. Wir waren die halbe Nacht zu Fuß unterwegs, bis wir heute Morgen dann plötzlich Motorengeräusche gehört haben. Erst habe ich gedacht, dass außer uns vielleicht noch andere abhauen konnten. Aber Fishy, mein Kamerad, hat mir den Zahn schnell gezogen. Die Idioten hatten eins unserer Fahrzeuge und Uniformen benutzt, aber man kennt sich hier, daher wussten wir, dass dies nicht unsere Leute waren. Wir haben sie in einen klassischen Hinterhalt gelockt. Ein Hindernis auf der Straße und ein großes, freies Schussfeld für uns. Mehr hat es nicht gebraucht. Fishy hat den Fahrer sauber aus dem Führerhaus geschossen.

Das folgende Scharmützel hat leider nur der Beifahrer überlebt, und der hat uns dann gesagt wer diese Wichser überhaupt sind." Pelletier hörte ihm mit versteinerter Miene zu. *Er wird es ihnen nicht freiwillig erzählt haben, nehme ich an.* Barnett beantwortete die Frage nach der Freiwilligkeit, ohne dass Pelletier etwas sagen musste.

„Sir, denken Sie nichts Falsches über uns. Ich bin nicht stolz auf das, was ich getan habe. Aber wenn paramilitärische Einheiten unseren Stützpunkt einfallen und Geiseln nehmen, dann ist mir jedes Mittel Recht, um meine Kameraden und Kanada zu schützen. Und irgendwann knickt jeder ein. Der Typ hat uns gesagt, dass der Trupp einen Hinterhalt an der Mauer legen sollte. Mehrere hundert Soldaten und Zivilisten ausschalten. Euch. Diese hinterhältigen Bastarde hatten genug Sprengstoff dabei, um Ihre gesamte Kolonne bis auf den Mond zu schießen." Er spuckte aus. „Seitdem wir wussten, dass Sie kommen, haben wir uns hier eingegraben und einen Blick in Richtung Homebase geworfen, Sir. Ich habe keinen Schimmer, was die Schweine dort treiben, aber sie haben Wachen und Patrouillen aufgestellt. Die MG-Nester am Haupttor sind mit mindestens vier Arschlöchern besetzt und Gott weiß, wo sich die anderen rumtreiben. Mehr kann ich Ihnen nicht sagen, aber Sie können es sich anschauen, wenn sie wollen." Er bedeutete dem Master Sergeant, ihm zu folgen. Pelletier winkte Morgan aus seinem Truck heran und einige Sekunden später folgten die beiden dem Soldaten zum Kamm des Hügels. In einer kleinen Senke, direkt an der Kante, saßen ein weiterer Soldat und eine Soldatin. Die beiden hatten mehrere Gewehre und zusätzliche militärische Ausrüstung von den Söldnern eingeheimst. Diese hatten sie nun vor sich ausgebreitet und begutachteten die Beute.

„Darf ich vorstellen? Unser Sani, Sabrina Johnson und unsere mexikanische Verbindung zu Gott, Hugo Alvarez." Barnett wandte sich grinsend an seine Freunde, die anerkennend zum Master Sergeant und Corporal Morgan hochblickten. „Mädels, die Kavallerie ist da." Er ging runter auf die Knie und robbte dann zur Kante der Senke. Ein Unbeteiligter hätte denken können, der kanadische Soldat wäre verrückt, denn er schien sich mit dem Gestrüpp vor sich zu unterhalten. „Yo Fishy, komm mal her, wir brauchen 'nen Bericht."

Einen Moment später erwachte der Boden jedoch zum Leben und die Schemen eines Gesichtes kamen zum Vorschein. „Gordon Fisher, Sir. Freut mich." Der Sniper war kaum von seiner Umgebung zu unterscheiden. „Sie sind dann wohl der Feind unseres Feindes." Wie eine Schlange im hohen Gras bewegte sich der Scharfschütze in einer fließenden Bewegung aus seiner Deckung. Er wandte sich an Barnett und Pelletier.

„Die Lage in der CFB hat sich, meiner Einschätzung nach, nicht sonderlich verändert. Diese Typen haben aber definitiv weniger Leute als wir, denn draußen ist lediglich eine Minimalbesetzung. Das Haupttor ist dauerhaft von vier Schützen besetzt, jeweils zwei an den MGs und zwei die unregelmäßig patrouillieren. Allerdings nie sonderlich weit, die erwarten scheinbar keinen Besuch. Ansonsten ist in den sichtbaren Bereichen der CFB keinerlei Bewegung auszumachen. Die Typen werden unsere Leute wohl immer noch im Auditorium gefangen halten. So würde ich es zumindest machen, wenn ich eine große Gruppe in Schach halten müsste. Vor kurzem habe ich dann noch zwei von ihnen gesehen, die aus dem hinteren Tor der Base marschiert sind. Dieser Teil ist allerdings eher schlecht einsehbar. Ich vermute sie sind in Richtung Hafen unterwegs, das ist allerdings reine Spekulation. Mit Sicherheit kann ich lediglich sagen, dass sie bislang noch nicht zurückgekehrt sind", schloss der Sniper seinen kurzen Bericht ab.

„Vier, beziehungsweise sechs Leute im äußeren Bereich und eine unbekannte Anzahl an Eindringlingen im Inneren des Auditoriums. Können Sie eine Zahl schätzen, Barnett?" Er blickte den Soldaten fragend an.

„Höchstens noch zehn weitere, Sir. Ich habe die nicht gezählt, als sie nachts in den Stützpunkt eingedrungen sind, aber ich schätze ihre Gruppe auf maximal zwanzig Soldaten. Minus der fünf Hurensöhne, die euch an der Mauer in den Rücken fallen wollten. Es sollten also noch neun, vielleicht zehn von Ihnen im Auditorium sein."

Pelletier nickte und wandte sich an Morgan. „Corporal, Sie müssen nochmal zurück zur Mauer und den Spähtrupp holen. Wir brauchen die beiden Seals. Die Zeit drängt." Morgan nickte und machte auf dem Absatz kehrt, bevor sich der Master Sergeant nun wieder an Barnett und die anderen kanadischen Soldaten wandte.

„Habt ihr eine Karte von dem Gebiet rund um die CFB? Wir werden die Base so schnell wie möglich wieder einnehmen, denn wenn ich das gerade richtig gesehen habe, dann ist das da vorne die Ausrüstung der Vita Invicta Soldaten. Nachtsichtgeräte, Claymore-Minen und andere Schweinereien. Nachts sind sie uns mit ihrer Ausrüstung gleich mehrere Schritte voraus und je länger wir uns Zeit lassen, desto schneller werden sie merken, dass etwas nicht stimmt. Geben wir ihnen dann noch Zeit, dass sie sich in der Base eingraben können, dann werden wir definitiv herbe Verluste erleiden. Wir schlagen also schnell und hart zu." Die Soldatin, die noch immer neben ihnen saß, hatte eilig in ihrem Rucksack gegraben und lächelte grimmig, als sie eine topografische Karte von Nova Scotia vor ihnen ausbreitete.

„Wie sieht der Plan aus, Sir?"

40 Von drauß‘ vom Walde komm ich her

Während Willem Pelletier einige Kilometer entfernt mit dem kleinen kanadischen Trupp von Soldaten einen Plan austüftelte, verharrten Josh, Bourke, McPherson und Clark noch immer am Waldrand. Der Konvoi hatte das Tor schon vor einiger Zeit passiert, doch bis sie einen neuen Befehl erhalten würden, hatten sie hier zu bleiben.

Clark hielt Wache, während Josh noch immer neben Bourke und McPherson im kalten Laub lag. Er hatte die Schulterstütze seines Gewehres auf seinen rechten Arm aufgelegt und fixierte sie mit der linken Hand. Das Präzisionsgewehr hatte er auf einem dicken, morschen Ast abgelegt. Josh atmete ruhig, während er durch seine Zieloptik blickte, immer bereit zu schießen, falls es nötig war. Es hatte vor einer Weile wieder zu schneien begonnen. Clark stand einige Meter abseits der anderen drei Männer und spähte in den Wald, der durch den feinen, herabfallenden Schnee in einen leichten Nebel gehüllt wurde. Er zog an seiner selbst gedrehten Zigarette und blies den Rauch in die kalte Mittagsluft. Er versuchte den Geschmack des Tabaks so gut wie möglich zu genießen, denn er hatte seine eiserne Reserve bereits vor Tagen angebrochen und vermutlich würde es immer schwerer werden, an Nachschub zu gelangen. Er nestelte an seiner Jackentasche und zog eine metallene Dose heraus. Mit einem leisen Klicken schnappte der Öffnungsmechanismus auf. Lediglich zwei Zigaretten waren noch übrig. Der traurige Rest seiner Reserven. Erneut zog er an seiner Kippe und inhalierte den warmen Rauch. Das leise Knistern des verbrennenden Tabaks wurde durch das Knacken eines morschen Astes in der Nähe durchbrochen. Clarks Kopf schnellte zur Seite. Im Augenwinkel sah er die Silhouette eines Mannes, der sich kaum noch zehn Meter neben ihm befand. *Zombie!* Schoss ihm der Gedanke in den Kopf, als er panisch sein Gewehr hochriss und sich umdrehte. In einer fließenden Bewegung hatte der Soldat die Waffe entsichert und ein Auge hinter die Visierung gebracht, doch er sah nichts außer Bäumen. Anscheinend hatte er das Ziel aus dem Blick verloren. Er runzelte die Stirn, als er einen Augenblick später den Zombie nur wenige Meter entfernt am Boden liegen sah. Der Untote war wohl im selben Moment, als Clark mit der Waffe beschäftigt gewesen war, hingefallen und kauerte nun bewegungslos auf allen Vieren. Zudem schien ihn der Untote nicht wahrgenommen zu haben, denn er blickte starr in Richtung der seitlich verlaufenden Straße, neben der er entlang gewankt war. *Seit wann fallen diese Biester hin?*

Mit einem leisen Zischen versuchte er die Aufmerksamkeit der anderen drei Männer auf sich zu lenken. Bourke hatte bereits zu Beginn das Geräusch wahrgenommen und stand mit seinem Gewehr im Anschlag da. Er beobachtete jede noch so kleine Bewegung des Mannes, der am Boden kniete. Er war sich bereits sicher, dass es sich nicht um einen Untoten handeln konnte. Der Grund für seine Annahme war allerdings nicht unbedingt beruhigend: Der Gefallene kam ihm bekannt vor. Er hatte sein Gesicht schon einmal gesehen.

41 Rally the Troops

Corporal Morgan hatte die Soldaten am Haupttor in Windeseile über die aktuelle Lage in ihrer Basis informiert. Feindliche Kräfte waren eingedrungen und hatten den Stützpunkt unter Kontrolle gebracht. Der Plan für die Rettung wurde bereits mit einer heißen Nadel gestrickt. Auch wenn Morgan keine Einzelheiten wissen konnte, hatte Pelletier angedeutet, wie der Plan in etwa aussehen würde. Daher sagte er den Soldaten an der Mauer auch, dass sie nicht in Panik geraten sollten, wenn es ganz in der Nähe zu Explosionen käme.

Doch erst einmal musste er erneut durch das gigantische Bollwerk, das den sicher geglaubten Teil Kanadas vom Rest der Welt trennte. Und so öffnete sich in dieser Sekunde das riesige Tor und gab Zentimeter für Zentimeter einen Blick ins Freie preis. Morgan schob sich sobald er konnte durch die Öffnung und ging einige Schritte vor die Mauer, bevor er eine Signalpistole in die Luft streckte und abdrückte. Mit einem vernehmlichen *Plopp* sirrte die rote Leuchtkugel zischend in den Himmel. Er war sich sicher, dass er die Leuchtkugel eigentlich nicht benötigt hätte, doch wenn er die Aufmerksamkeit des Trupps vorher noch nicht gehabt hatte, so hatte er sie jetzt definitiv. Zwei kanadische Soldaten, die oben auf der Mauer standen, hatten die Augen weit aufgerissen und formten mit ihrem Mund ein Stummes „O", als nur Sekunden später eine zweite Kugel vom Waldrand aufstieg. Ihnen wurde schlagartig bewusst, dass sie wohl die ganze Zeit über im Visier eines weiteren Trupps der Army gewesen waren, ohne auch nur die leiseste Ahnung davon gehabt zu haben. Corporal Morgan legte seine flache Hand schützend über die Augen, als er durch das Schneetreiben auf den Waldrand sah. *Eins, zwei, drei, vier und fünf? Sie waren doch eigentlich zu viert!?*

Doch die Männer aus Benning hatten dort definitiv eine weitere Person im Schlepptau. Die beiden Seals stützten den völlig entkräfteten Mann von beiden Seiten, als sie der Mauer entgegen stapften. Auch wenn sich erst eine dünne Schneedecke gebildet hatte, sorgte der peitschende Wind an einigen Stellen für tiefere Verwehungen.

Nur wenige Minuten später erreichten die Soldaten das Haupttor der Mauer und Morgan konnte einen Blick auf den Mann werfen, den die vier mitgebracht hatten. Was er unter Blut und Dreck erkennen konnte, ließ sein Herz für einen kurzen Moment aussetzen.

„Na, das wird interessant. Legt dem Schwein Handschellen an und werft ihn in den Humvee. Chuck, Steve und Josh, ihr kommt mit mir. Wir haben es eilig und brauchen eure Fähigkeiten." Beim letzten Satz zeigte der Soldat auf die beiden Seals, was ihm einiges Stirnrunzeln einbrachte. Doch alle folgten ihm ohne Widerworte, als er auf dem Absatz kehrtmachte und eins der beiden Militärfahrzeuge bestieg, mit denen sie zurückgekehrt waren.

***

Master Sergeant Pelletier blickte auf, als der Humvee einige Zeit später wieder eintraf und Josh, Morgan und die beiden Seals das Fahrzeug verließen. Bourke nickte den Kanadiern knapp zu, bevor er sich direkt an Pelletier wandte.

„Der Corporal hat uns grob erklärt, was geschehen ist. Wie können wir helfen? Wie sieht der Angriffsplan zur Rückeroberung der Basis aus?"

„Der erste Teil könnte Ihnen besonders gefallen", begann Pelletier an McPherson gerichtet. Er winkte die Männer näher heran und versammelte sie um die Karte, welche in der Mitte zwischen ihnen lag. „Die feigen Bastarde wollten unseren Konvoi mit C4 bestücken und sprengen, daher werden wir ihnen ein kleines, kontrolliertes Feuerwerk in Form von mehreren Explosionen präsentieren. Diese verfluchten Schweine werden abgelenkt sein und ihre Konzentration auf die Mauer richten. Das wird unserem Stoßtrupp genug Zeit geben, sich der östlichen Mauer des Stützpunktes zu nähern." Er zog mit dem Finger eine Linie über die Karte. „Sie werden es nicht kommen sehen. Barnett sagt, wir können problemlos von diesen beiden Punkten mit einem Fahrzeug fahren und einen kleinen Trupp absetzen. Anschließend können sich die Männer durch die Gassen bis kurz vor den Stützpunkt bewegen. Hier befindet sich ein vierstöckiges Gebäude.“ Er tippte mit dem Finger auf ein markiertes Kreuz direkt neben den groben, selbstgezeichneten Umrissen des Stützpunktes.

„Fisher bleibt als Sniper unser Adlerauge und kann bei Bedarf feindliche Kräfte aufs Korn nehmen. Aber wir brauchen hier ein weiteres Paar Augen.“ Er tippte auf ein weiteres Kreuz auf der Karte. „Von dort sollte man in die Teile des Stützpunktes blicken können, die von hier aus nicht zu sehen sind. Die Position ist wichtig um den Trupp zu decken, der direkt in den Stützpunkt eindringt, falls unser Feind doch noch einige Wachen versteckt hat. Josh?“

Vater und Sohn wechselten einige Blicke. Die beiden brauchten nicht miteinander sprechen. Josh lächelte ernst und nickte seinem Dad zu. Er war sich der unausgesprochenen Anerkennung seines Vaters mehr als bewusst. Dieser hatte ihn, sofern es ihm in der Vergangenheit möglich gewesen war, aus allen gefährlichen Situation rausgehalten. Die Tatsache, dass er ihm nun eine solche Rolle zutraute, sprach für sich.

„Sehr gut. Bourke, Sie führen den Trupp an der Ostseite an. Sie haben die meiste Erfahrung bei solchen Aktionen. Die Geiseln sind mit an Sicherheit grenzender Wahrscheinlichkeit hier, im Auditorium.“ Pelletier markierte eine Stelle auf der Karte mit einem weiteren, kleinen X. „Barnett kann ihnen alles über den Stützpunkt sagen, was Sie wissen müssen. Wir gehen von rund zehn feindlichen Soldaten aus, die dort die restlichen Truppen aus der CFB in Schach halten.“

McPherson, der die gesamte Zeit über schweigend neben ihnen stand, hatte ein breites Grinsen aufgelegt. Der leicht wahnsinnige Seal freute sich wie ein kleines Kind, als er verkündete, dass er „genau das Richtige für eine solche Situation“ bei sich hätte. Er verschwand noch während er sprach in Richtung ihres Fahrzeuges und ließ die übrigen mit einem leichten Schmunzeln zurück. Der bullige Seal war immer für eine Überraschung gut, dachte Josh.

„Es bleiben aber noch immer die Kräfte am Tor der CFB, Sir. Was soll mit denen passieren? Schnelle, tödliche Schüsse aus großer Entfernung gegen vier Tangos bei diesem Wetter? Ich will Fisher als Scharfschützen nicht beleidigen, aber ich halte das für mehr als gewagt. Ich denke selbst unsere Jungs hätten damit Probleme“, warf Bourke ein.

Willem Pelletier lächelte. „Keine Sorge, damit wären wir auch schon bei Teil drei des Plans. Den haben wir uns bei unseren griechischen Vorfahren geborgt; das trojanische Pferd. Es wird bereits hergerichtet.“

Barnett und Pelletier hatten sich den Truppentransporter, den die Soldaten von Vita Invicta auf ihrem Weg zur Mauer genutzt hatten, nochmals angeschaut, nachdem ihnen eine Idee gekommen war. Fisher hatte ein sauberes Loch in die Frontscheibe geschossen, als er den Fahrer ausgeschaltet hatte.

„Zugegeben, hier müssen wir uns ein wenig auf das Glück verlassen, aber auf die Schnelle wird es keinen perfekten Plan geben. Die Idioten erwarten ihre Leute zurück, nachdem sie uns vermeintlich ausgelöscht haben. Das werden wir ausnutzen, indem wir ihnen ihren Truppentransporter zurückschicken. Private Brown hat sich freiwillig als Fahrer gemeldet. Mit offener Sonnenblende sollte man ihn kaum erkennen. Das übrige Blut ist bereits aus dem Innenraum gewaschen und bei dieser Witterung wird es kaum auffallen, dass ein Loch in der Scheibe ist. Der Schnee wird das meiste verdecken. Wenn wir dann noch dem armen Teufel, der hier *befragt* wurde, eine frische Uniform anziehen, dann wird er einen ganz passablen Beifahrer abgeben. Wir werden vier weitere Soldaten auf der Ladefläche in Stellung bringen. Sobald der Truck vor dem Tor stoppt, werden wir die Besatzung der MG-Nester bedrohen, oder beim ersten Anzeichen von Widerstand eliminieren. Das Signal wird ein zweifaches Hupen sein. Das wäre auch das Zeichen für euch, dass ihr zuschlagen könnt. Soweit die Planung. Den Rest überlassen wir euch.“

42Nightmare before Christmas (I)

Die Soldaten schlichen durch die leeren Gassen der verwaisten Stadt Halifax. Es war eine gespenstische Kulisse. Einige von ihnen drehten sich während des Marsches zu ihren Kameraden um. Der frische Schnee am Boden schluckte jedes Geräusch und sie wollten sichergehen, noch komplett zu sein. Nur Bourke, der den Trupp anführte, war guter Dinge. Eigentlich war er das immer.

Es schneite mittlerweile seit mehreren Stunden, und im Gegensatz zum Vormittag hatte der Wind nachgelassen, so dass mittlerweile dicke Flocken aus den Wolken herabschwebten. Eine unwirkliche Szenerie, fand Josh, wenn man bedachte, warum sie hier gerade durch die Stadt schlichen. Sie waren auf dem Weg zur CFB Halifax, um die gefangenen kanadischen Verbündeten zu befreien und es war mehr als wahrscheinlich, dass sie hierbei über Leichen gehen mussten. Im Vergleich zu den Kämpfen, die er zuvor austragen musste, gab es nun jedoch einen entscheidenden Unterschied. Wenn man einmal von dem irren Koch aus dem Einkaufszentrum absah, hatte Josh bisher nur Zombies getötet. Es wäre das erste Mal, dass er einen Menschen umbringen müsste, wenn es zu einem Gefecht mit den feindlichen Streitkräften käme. Josh fragte sich, ob er dazu in der Lage sein würde.

An einer Hausecke machten sie kurz halt. Während Bourke um die Ecke spähte, musste sich Josh unwillkürlich schütteln. Die Aufregung, die er in seinem gesamten Körper fühlte, ließ ihn immer wieder leicht zittern. Er spürte eine Hand auf seiner Schulter, die ihn leicht drückte.

„Keine Sorge, Kleiner. Noch ein, zwei oder fünfzig solcher Einsätze, dann wird es besser mit dem Zittern“, flüsterte ihm McPherson, der am Schluss der Truppe lief, scherzhaft zu. Erneut zuckte Josh zusammen, als in der Ferne die erste Explosion die Stille durchbrach.

„Pünktlich wie die Maurer.“ Bourke drückte einen Knopf auf seiner Armbanduhr und aktivierte den vorbereiteten Timer. „Unser Zeitfenster hat sich geöffnet. In dreißig Minuten ist der zweite Trupp am Tor der Basis. Wir müssen noch zwei Blocks weiter. Ab jetzt ist Laufschritt angesagt. Das Gebäude liegt dann rechtsseitig. Halt dich bereit, Steve.“

Steve klopfte zur Bestätigung an den Griff seines Vorschlaghammers, den er in einer Schlaufe auf dem Rücken trug. Wenn der Hüne etwas in ausreichender Menge besaß, dann Dinge um Türen oder Wände zu zerstören. Bourke erhob die Hand und zählte dann mit den Fingern runter. *Drei, zwei, eins…* dann sprintete der Trupp los.

***

Einige Kilometer entfernt von Josh und den anderen stand Willem Pelletier neben der offenen Beifahrertür seines Fahrzeugs und hielt den Fernzünder für den Sprengstoff, den die Seals vorbereitet hatten, in der Hand. Er betätigte die nächsten zwei Knöpfe. Insgesamt sieben dumpfe Explosionen hallten innerhalb weniger Augenblicke durch den verschneiten Nachmittag dieses Heiligabends. Metall- und Trümmerteile von einigen verwaisten, zivilen Autos, an denen sie Sprengstoff befestigt hatten, stoben durch die Luft. *Eine beeindruckende Show. Hoffentlich haben die Bastarde den Köder geschluckt.*

Der Master Sergeant stieg in den Humvee und ließ sich geradewegs zum Truppentransporter fahren, der bereits mit laufendem Motor wartete. Die Soldaten standen noch vor dem Truck und hatten die Köpfe zusammengesteckt. Mit einem Räuspern trat Pelletier dazu.

„Männer. Das kanadische Militär verlässt sich auf euch, und auch wir verlassen uns auf euch. Wir haben es hier heute mit einem brandgefährlichen Gegner zu tun. Der Feind besteht aus Ex-Militärs und anderen Söldnern, also achtet auf jede noch so kleine Bewegung. Während ihr das Haupttor für unsere Streitkräfte sichert, dringen die Seals mit ihrem Trupp von Osten her in den Stützpunkt ein und erobern das Auditorium zurück. Viel Erfolg, Jungs.“ Er salutierte zackig, was augenblicklich erwidert wurde. Es gab nichts weiter zu sagen.

43Nightmare before Christmas (II)

Keuchend erreichten die Soldaten das Ende der letzten Gasse und stoppten ab. Als die Luft rein schien, rannten sie die letzten zwanzig Meter zur großen Glasfront des mehrstöckigen Zielgebäudes, bei dem es sich um ein ehemaliges Hotel handelte. Gerade als McPherson seinen Hammer vom Rücken zog und die letzten Schritte auf die doppelflügelige Haupteingangstür zuging um sie einzuschlagen, glitt diese lautlos auf. Der Seal stand wie vom Blitz getroffen für einen Augenblick reglos da und runzelte die Stirn. Man konnte in seinem Gesicht erkennen, dass er mit allem gerechnet hatte, nur damit nicht. Er ließ enttäuscht die Schultern hängen, bis er zu grinsen begann.

„Feigling", flüsterte er der Tür zu und funkelte sie an.

Bourke hatte sich bereits an ihm vorbeigeschoben und teilte die Männer per Handzeichen auf, um das Hotel zu sichern. Zwar leuchtete keine einzige Lampe, doch auch so konnte man sehen, dass dieses Hotel wohl nie einem Zombie die Türen geöffnet hatte. Die Lobby war aufgeräumt und sauber, das Notstromaggregat schien zu funktionieren. Als sie sich langsam durch die große Eingangshalle bewegten und das Erdgeschoss des Hotels weiter erkundeten, konnte man förmlich noch die flüsterleise, dudelnde Lounge Musik spielen hören, die es hier sicherlich gegeben hatte. Als die beiden Trupps, die sich an gegenüberliegenden Seiten durch das Hotel bewegt hatten, wieder zusammentrafen, wies er die kanadischen Soldaten Johnson und Alvarez, sowie Private Clark und McPherson an, die Ein- und Ausgänge zu sichern. Sie sollten dabei möglichst von den Fenstern fernhalten, während er mit Josh und Barnett die oberen Stockwerke erkundete.

Die drei Männer schlichen das Treppenhaus hinauf und wollten im obersten Stockwerk ein passendes Zimmer suchen, in dem man einen guten Blick in die Basis hatte. Bourke wollte sich einen Überblick verschaffen, bevor sie in die CFB eindrangen. Auf der vierten Etage angekommen, schnaufte Josh wie eine Dampflok. Auch wenn der schmächtige, junge Mann kaum etwas an Gewicht mit sich herumzuschleppen hatte, hatten ihn die Stufen außer Atem kommen lassen. Er schwor sich noch im selben Moment, wieder mehr auf seine Kondition zu achten, selbst während dieser verrückten Apokalypse. *Gerade* während dieser verrückten Apokalypse. Die beiden Soldaten hatten bereits durch eine metallene Tür das Treppenhaus verlassen, Josh bildete das Schlusslicht.

Er hatte sich, bevor sie hochgegangen waren, einige Schlüssel des vierten Stockwerks geschnappt, die an der Rezeption aushingen. Er trug sie mit beiden Händen vor der Brust, als er den langen Flur hinter der Tür betrat. Josh ließ die Metalltür, ohne darüber nachzudenken, zufallen. Seine Augen weiteten sich vor Schreck. Denn bevor die Tür wieder ins Schloss fallen konnte, schoss Barnetts Hand vor und griff im letzten Moment das Türblatt, um es aufzuhalten. Er legte einen Finger vor den Mund. Josh wollte schon protestieren, dass der verdammte Kanadier ihn nicht so erschrecken sollte, doch als er sah, dass Bourke wie vom Donner gerührt im Flur stand und dabei war, möglichst lautlos sein schallgedämpftes Sturmgewehr in den Anschlag zu bringen, sagte er lieber nichts. Barnett zeigte mit Mittel- und Zeigefinger auf seine Augen und dann in den Gang. Josh folgte ihnen mit den Augen. Schlagartig hatte auch er begriffen, dass sie nicht alleine waren. Am Ende des circa zwanzig Meter langen Flurs drang ein schwacher Lichtschimmer durch eine auf der rechten Seite geöffnete Tür in den ansonsten dunklen Gang.

Josh legte die Schlüssel so leise es ihm möglich war ab und zog seinen Colt aus dem Brustholster. Er würde Bourke den unbekannten Feind überlassen, aber sicher war sicher. Vorsichtig schlichen die drei an den Raum heran. Josh horchte auf jedes verräterische Geräusch, doch er konnte nichts hören. Seine Nackenhaare stellten sich auf, als sie der Tür immer näherkamen. Eine Flut von Fragen schoss ihm durch den Kopf. *Vita Invicta? Untote? Zivilisten?* Waren die Angreifer vielleicht gar nicht mehr im Stützpunkt? Oder waren sie im schlimmsten Falle in einen Hinterhalt gelaufen?

Sein ohnehin hoher Adrenalinspiegel schoss fast durch die Decke. Mit jedem Schritt, mit dem sie sich der Tür näherten, stieg die Spannung, bis man sie beinahe greifen konnte. Bourke blieb einen Meter vor der Tür stehen und Josh konnte sehen, wie er noch einmal ganz tief durchatmete. Dann ging alles ganz schnell. Der erfahrene Soldat stürmte in den Raum. *Plopp, Plopp.* Zwei schallgedämpfte Schüsse.

„Runter auf den Boden, alle beide! Ganz langsam!“, brüllte Bourke. Bevor Josh das Zimmer betrat, hatte der Seal bereits alles unter Kontrolle.

„Eine Scheiß Bewegung und ihr sterbt hier und jetzt. Macht schön den Adler und streckt die Arme zu den Seiten. Die Hände gut sichtbar und denkt nicht mal dran, ‘ne Knarre zu ziehen.“ Ein kleiner Flur führte direkt in den einzigen Raum des Hotelzimmers. Auf dem Boden, vor einer bodentiefen Fensterfront, lagen zwei Männer auf dem Bauch und hatten die Arme abgespreizt. Zwischen ihnen dampften zwei Einschusslöcher im Teppich. Josh blickte sich um. Die beiden waren definitiv schon länger hier. Das Bett war benutzt worden und überall lagen Flaschen und Verpackungen von Snacks aus der Minibar herum. Ein Tisch, auf dem eine Decke ausgebreitet lag, war vor ein Fenster geschoben worden. Auf dem Tisch stand ein Scharfschützengewehr auf einem Dreibein. Es sah so aus, als hätten sie rein zufällig Vita Invictas Aufklärungsposten aufgedeckt. Fortuna war ganz offensichtlich auf ihrer Seite. Während Bourke die Hände der beiden Unglücksraben mit Kabelbindern fesselte, kniete sich Barnett neben die beiden. Er musste herausfinden, ob sie die einzigen Feinde hier waren. Und unabhängig von der Antwort dieser Kerle würden sie eigentlich alle Stockwerke durchkämmen müssen – das Problem war, dass dafür die Zeit fehlte. Sie konnten nicht sicher sein, dass das Hotel nicht voller feindlicher Soldaten war.

„Wie viele von euch sind noch hier im Hotel?“, herrschte Barnett die beiden am Boden liegenden Männer an. Es gab keine Antwort.

Nicht übermäßig grob, jedoch bestimmt, drehte der Soldat die beiden Söldner auf den Rücken und zog sie in eine sitzende Position, während Josh die beiden mit dem Colt in der Hand sicherte. Nachdem die Gefangenen nun aufrecht saßen, übernahm Bourke die Befragung.

„Freunde, ich bin ein recht geduldiger Zeitgenosse, aber glaubt mir, mein Kamerad hier ist da ganz anders gestrickt. Und er mag euch Jungs auch nicht sonderlich. Sagt mir einfach, was ich wissen will und euch passiert nichts. Versprochen. Glaubt mir, Frank hat es auch mit Schweigen versucht, doch er hat ebenfalls geredet. Irgendwann tun das alle.“ Als er den Namen Frank erwähnte, horchten die beiden merklich auf.

Volltreffer. Sie kennen den Kerl.

„Hört zu, ich will euch nichts antun. Ihr seid Soldaten oder seid es zumindest gewesen. In diesen Zeiten kann euch niemand verübeln, dass ihr eure Dienste an jemanden verkauft, der euch Sicherheit verspricht. Aber ihr habt dieses Mal auf das falsche Pferd gesetzt. Der Trupp, den ihr zur Mauer geschickt habt, hat versagt und auch die CFB ist bald nicht mehr unter der Kontrolle von Vita Invicta. Die Frage ist jetzt nur: Wie viele eurer Kameraden werden sinnlos bei der Rückeroberung sterben? Es liegt in euren Händen. Wir haben dreihundert wütende Soldaten, die nach dem vereitelten Anschlag nicht sonderlich gut auf euch zu sprechen sind. Selbst ihr könnt nicht so verblendet sein zu glauben, dass ihr eine Chance habt." Die beiden Männer wechselten einen Blick und einer von ihnen zuckte entschuldigend mit den Schultern.

„Hier ist niemand mehr", plapperte er los, was ihm einen Tritt von seinem Kameraden einbrachte.

„Halt die Fresse, du Verräter." Der zweite Mann spuckte aus und fing sich noch im selben Moment eine harte Rechte von Barnett. Benommen sackte er auf die Seite.

„Fick Dich, ich habe doch keine Lust für den irren Bastard Stone ins Gras zu beißen", fuhr der Erste fort. Er blickte zu Josh, der noch immer mit der Pistole in der Hand vor den beiden stand. „Als wir diesen verdammten *Job* angenommen haben, dachten wir, dass es ausschließlich darum geht, diese untoten Hurensöhne platt zu machen. Aber das hier hat niemand wirklich gewollt." Der Kerl war weit weniger tough als man hätte vermuten können. Seine Augen wanderten zu seinem Kameraden, der nach dem Schlag offenbar im Land der Träume weilte.

„Was wollt ihr wissen?"

Nach wenigen Minuten wussten die Männer aus Benning alles, was sie wissen mussten, auch wenn die Informationen ein gewisses Risiko bargen. Man konnte nicht einschätzen, ob der Söldner wirklich so ungeniert die Wahrheit gesagt hatte, oder ein verdammt guter Schauspieler war. Doch alles hörte sich sehr glaubhaft an. Die beiden waren, schon bevor die CFB durch Vita Invicta Söldner eingenommen wurde, als Zweierteam zur Aufklärung hier oben postiert worden. Sie hatten den letzten Tag damit zugebracht, von hier oben die Umgebung zu beobachten. Das Team von Vita Invicta bestand, nach seiner Aussage, aus vierundzwanzig Personen. Das passte zu dem, was Barnett gesehen hatte. Nach Abzug der Männer, die am Morgen mit einem Truck den Stützpunkt verlassen hatten, so wie der Söldner die am Haupttor ausharrten waren noch vierzehn Soldaten im Auditorium. Denn der Mann erzählte ihnen sogar von Jonah und Jerome, die den Stützpunkt in Richtung Hafen verlassen hatten.

Nachdem Barnett und Bourke für die zwei gefesselten Söldner einen sicheren Platz gefunden hatten, riefen sie die Truppe für eine kurze Besprechung zusammen. Aus der Vorratskammer der Küche, mit den dicken Metalltüren, würden die beiden Scouts jedenfalls ohne fremde Hilfe nicht entkommen können.

Bourke entschied sich, Josh und Clark im Hotel zurück zu lassen. Sie würden den Aussichtsposten der Vita Invicta Söldner übernehmen. Mit dem Rest des Trupps würde er das Auditorium stürmen. Es war ein zahlenmäßig nahezu ausgeglichener Kampf, aber sie würden das Überraschungsmoment auf ihrer Seite haben. Das unerwartete Scharmützel und die kurze Befragung hatten allerdings den Zeitplan durcheinandergebracht, so dass die Vorbereitung ein wenig kürzer als geplant ausfiel. Nichtsdestotrotz wusste jeder, was er zu tun hatte. Sie würden das Hotel aus dem Hintereingang verlassen, die Straße zum Nebeneingang an der Nordseite des Stützpunktes überqueren und dort eindringen. Laut den beiden VI-Söldnern war das Tor unbewacht, was angesichts der geringen Manpower von VI durchaus glaubhaft schien. Der Weg von dort bis zum Auditorium betrug etwa einhundert Meter. Dort angekommen, würden sie die Gruppe aufteilen. Es gab nur zwei Eingänge zum Auditorium. Der Haupteingang befand sich an der westlichen Seite und war von Joshs Position nicht einsehbar. Der andere Eingang war der eigentliche Notausgang des Raumes. Bourke und McPherson würden von dort aus in das Gebäude rein. McPherson hatte bereits einen kleinen Sprengsatz zur Öffnung von Türen vorbereitet. Als Signal zum zeitgleichen Eindringen würde das Horn des Militärtrucks dienen, wenn dieser am Haupttor einträfe. Das war der Plan. Simpel, aber solide.

Josh lag bereits auf seiner improvisierten Scharfschützenplattform. Er hatte das halb durch einen Vorhang verdeckte Fenster bereits geöffnet und lag, das Gewehr locker an die Schulter gelegt, bereit. Es dämmerte mittlerweile leicht und der Schnee fiel immer noch in dicken Flocken herab. Er hatte sich eine Decke gegen die eiskalte Luft übergeworfen, damit er nicht völlig auskühlte. Clark war soeben zurückgekehrt, nachdem er eine kleine Runde gedreht hatte. Er hatte am Ende des langen Flures aus einem Fenster gesehen und Ausschau nach Brown und den anderen gehalten.

„Ich konnte weit und breit noch keine Scheinwerfer sehen. Entweder liegt das an dem verdammten Schnee oder sie verspäten sich“, sagte er.

Josh brummte beiläufig, denn der kleine Trupp schlüpfte gerade einige Stockwerke unter ihm aus dem Hotel und überquerte die Straße zum Stützpunkt. Er nahm das Auge an sein Visier und sondierte die Umgebung. Vier der Vita Invicta Söldner befanden sich unverändert am Haupttor. Sie harrten mittlerweile vermutlich seit Stunden dort aus, ohne bislang abgelöst worden zu sein. Josh schwenkte quer über den Stützpunkt, konnte jedoch sonst niemanden im Außenbereich ausmachen. Auch im Schnee waren keinerlei Spuren zu sehen, so dass er sein Auge wieder vom Visier löste und ohne Hilfsmittel weiter beobachtete.

Der Trupp war mittlerweile ohne Probleme durch das Tor in den Stützpunkt gelangt, und schlich hinüber zum Auditorium. Dort angekommen, konnte er sehen, wie Barnett kurze Handzeichen gab, während McPherson bereits dabei war, den Sprengstoff an der Hintertür anzubringen. Die beiden Seals blieben an der Tür zurück, während die anderen Soldaten wie an einer Perlenkette gezogen an der Rückseite des Gebäudes entlang liefen und kurz vor der Hausecke stehen blieben, wo sie auf das Signal warteten. Der Haupteingang war von dort noch circa fünf Meter entfernt. Die Spannung stieg und Josh konnte die Augen kaum vom Auditorium abwenden. Doch dann zog eine Bewegung an der Rückseite des Stützpunktes seine Aufmerksamkeit auf sich. *Söldner. Fuck! Die zwei Kerle vom Hafen kommen zurück.*

44Surprise, Motherfucker

„Scheiße, Scheiße, Scheiße! Die Zwei vom Hafen sind wieder da", flüsterte Josh in Clarks Richtung.

Der drehte sich hektisch um, nachdem er zuvor entspannt mit dem Rücken zum Fenster gesessen und die Tür des Hotelzimmers im Auge behalten hatte. Jetzt öffnete er den Vorhang an seiner Seite ein Stück weit und blickte hinaus in den Schnee. Die beiden Männer waren bereits ein ganzes Stück innerhalb des Stützpunktes und schlenderten in Richtung des Auditoriums, hatten die vier Soldaten an der Rückseite des Gebäudes aber noch nicht gesehen. Allerdings war das nur noch eine Frage der Zeit, denn in wenigen Sekunden würden sie eine Ecke passieren, die momentan noch als Sichtschutz diente. Josh betete, dass der Truck bald da wäre. Er nahm den ersten der beiden, einen dunkelhäutigen Mann, ins Visier.

Clark stand mittlerweile neben Josh und überlegte fieberhaft, was sie jetzt unternehmen sollten. Die beiden hatten keinerlei Möglichkeit, mit den anderen Kontakt aufzunehmen und sie zu warnen. Außerdem hatten er und Clark, im Gegensatz zum Assaultteam, keine schallgedämpften Waffen. Nichtsdestotrotz öffnete Clark das Fenster auf seiner Seite und legte sein Maschinengewehr auf dem Rahmen ab. Durch die Holovisierung konnte er durch das Schneegestöber zwar kaum etwas erkennen, doch er würde einfach feuern, sobald Josh den ersten Schuss abgab.

„Uns gehen die Optionen aus. Sobald diese Kerle zu ihren Waffen greifen, musst du schießen. Sonst knallen die unsere Jungs ab wie Hühner auf der Stange."

Josh nickte nur knapp, er war bereits hoch konzentriert. Er hatte das Gesicht des Typen direkt vor sich, während er durch seine Zieloptik blickte. Sobald der Kerl auch nur zuckte, wäre sein Schicksal besiegelt.

***

Unweit von Josh und Clark entfernt, blickte Bourke gerade erneut auf die Uhr. Der verdammte Brown war mit seinem trojanischen Pferd spät dran. Die Ablenkung hätte schon vor einigen Minuten eintreffen sollen. Der Seal hielt eine Blendgranate in der Hand, von der er bereits den Sicherungsstift gezogen hatte. Dann ertönte zwei Mal eine Hupe.

Gerade als er das Kommando zum Stürmen geben wollte, ließ ein Schuss ihn zusammenzucken. Er wirbelte herum, während zeitgleich Maschinengewehrfeuer einsetzte. *Was zur Hölle machen die Idioten da?!*

Er konnte das Mündungsfeuer aus dem Hotelzimmer sehen, aus dem Clark gerade zwei kurze Salven feuerte. Das Überraschungsmoment war so gut wie verflogen. „Los“, bellte er zu McPherson, der augenblicklich den Auslöser seiner Sprengladung betätigte. Mit einem Funkenregen löste sich der Rahmen der Tür in Rauch auf. Bourke schleuderte die Blendgranate durch die neu geschaffene Öffnung und zählte im Kopf mit. *Drei ... zwei ... eins* – dann explodierte die Blendgranate im Inneren. Ein panisches „*Granate!*“ ging nahtlos in Schmerzensschreie über. Bourke war bereits durch die Reste der Tür getreten und bewegte sich direkt an der Wand entlang in das Auditorium, während er den Raum in Sekundenbruchteilen nach Feinden scannte. An der gegenüber liegenden Seite lagen zahllose Soldaten am Boden und wanden sich. Einige von ihnen trugen Verbände und sahen ganz schön mitgenommen aus. *Die Geiseln.* Keine Feinde. Er schwenkte weiter durch den Raum.

McPherson war direkt nach ihm in das Gebäude gestürmt und hatte sich entlang der anderen Wand in das Auditorium entwickelt. Er war es auch, der zuerst feuerte. Mit zwei kurzen Salven aus seinem schallgedämpften Sturmgewehr hatte er die ersten Söldner ausgeschaltet, noch bevor diese ihre Waffen hochreißen konnten. Weitere VI-Soldaten standen orientierungslos an einer Bühne am Kopf des Auditoriums. Der kleinere der beiden hatte sein Gewehr erhoben und schoss blindlings in die Richtung des Seals. Die Salve aus dem Sturmgewehr landete gut einen Meter über seinem Kopf. Die Projektile schlugen in die Wand ein und Beton splitterte in alle Richtungen. Bis auf einige Kratzer im Gesicht, die durch die spitzen Steinchen verursacht wurden, blieb McPherson allerdings unverletzt. Die Blendgranate hatte ihre Wirkung also nicht verfehlt.

Nachdem er sich unter dem Feuer weggeduckt hatte und weiter in die

Richtung der beiden gesprintet war, konnte er seine Gegner in Sekundenschnelle im Nahkampf unter Einsatz seines Gewehrkolbens ausschalten. Bourke blickte sich hektisch um, während McPherson auf die feindlichen Söldner einhieb. Zwei Dinge fielen ihm auf: Der zweite Trupp hatte das Gebäude noch nicht betreten und es fehlten offensichtlich mehrere Männer aus den Reihen von Vita Invicta.

Da die Lage hier unter Kontrolle schien, eilte Bourke zum Haupteingang des Auditoriums hinüber. In der offenen und völlig zersplitterten Glastür des Haupteingangs stieß er bereits auf den ersten Toten. *Keiner von unseren.* Schussbereit trat er durch die Tür. Barnett lag am Boden und blutete stark aus einer Wunde am Bein. Neben ihm lag ein weiterer Söldner von Vita Invicta, der ein klaffendes Loch im Hinterkopf hatte. Die kanadischen Soldaten Johnson und Alvarez knieten neben ihrem Kameraden. Das dampfende Blut hatte ein bizarres Bild in den Schnee gezeichnet.

„Verdammt Tyler, tu' mir das nicht an", flehte Sabrina Johnson, die Sanitäterin der vier CFB-Soldaten, die den Hinterhalt von Vita Invicta an der Mauer vereitelt hatten. Der verwundete Barnett zitterte am ganzen Körper. Als sie Bourke bemerkte, konnte man die Hoffnung in ihren Augen sehen. „Wir müssen ihn reinbringen. Sofort!"

Während Bourke zusammen mit Alvarez den verletzten Mann hineintrug, presste die Soldatin mit beiden Händen auf die blutende Wunde. Als sie das Auditorium betraten, war die Lage hier dem Anschein nach unter Kontrolle. McPherson hatte die beiden feindlichen Söldner fein säuberlich wie Pakete verschnürt. Die unglücklich dreinblickenden Männer saßen nebeneinander und sahen sich mehreren Kanadiern gegenüber, die die Waffen der toten Söldner bei sich trugen. Einige der Gefangenen hatten sich schon so weit erholt, dass sie McPherson tatkräftig zur Hand gingen. Eben diese geretteten Soldaten bekamen nun große Augen, als sie mitbekamen, dass einer ihrer Freunde gerade mit einer schlimmen Schusswunde hereingetragen wurde. Ein älterer Soldat drängte sich nach vorne. Bourke vermutete anhand der vielen Sterne auf seiner Uniform, dass es sich bei ihm um den Kommandanten des Stützpunktes handeln musste.

„Wo ist der Doc? Wir brauchen ihn hier, schnell!“ Nur einen Wimpernschlag später schob sich ein noch immer leicht benommener Soldat, dessen Namensschild ihn als „Doktor West“ auswies, nach vorne und warf einen Blick auf den am Boden liegenden Barnett.

„Verdammt, der Private hat einen hypovolämischen Schock. Er muss augenblicklich auf die Krankenstation, wir brauchen Blutkonserven. Helfen Sie mir!“

In Windeseile hatte der Arzt seinen Gürtel aus der Hose gezogen und diesen um Barnetts Bein geschlungen. Er zog ihn mit aller Kraft fest.

„Los jetzt!“ Drei kanadische Soldaten hatten den Verwundeten bereits von der Bühne gehoben. Sie stürmten zusammen mit dem Arzt und der Sanitäterin aus dem Gebäude und ließen die Seals mit dem Rest der kanadischen Soldaten zurück. Währenddessen erteilte der ältere Soldat bereits weitere Befehle.

„Besetzt die Eingänge. Wir müssen den Stützpunkt sichern. Es müssten noch einige dieser Bastarde hier herumschleichen. Wir stellen ein Team zusammen und durchkämmen jeden einzelnen Quadratmeter.“

Doch noch bevor dieses Team einsatzbereit war, betraten vier Männer mit hinter dem Kopf verschränkten Händen das Auditorium. Es waren die Söldner vom Haupttor. Hinter ihnen liefen Brown und zwei seiner Kameraden, die die Gefangenen mit erhobenen Gewehren vor sich herschoben. Zwei weitere Soldaten stützten einen verwundeten VI Söldner. Brown grinste die beiden Seals triumphierend an.

„Der Außenbereich ist sauber. Die Vier hier waren am Haupttor. Und ihr werdet nicht glauben, wen wir noch gefunden haben. Wir haben ihn draußen aufgesammelt. Lag angeschossen neben seinem toten Freund.“

Bourke blickte den Verwundeten erstaunt an. Er hatte ihn schon einmal in Fort Benning gesehen, doch ihm wollte sein Name nicht einfallen. Die Tatsache, dass der Söldner eine Schusswunde in der Schulter hatte und nach Aussage von Brown zusammen mit einem toten Kameraden draußen war, erklärte Bourke dann auch den Umstand, warum Josh und Clark das Feuer eröffnet hatten. Vermutlich waren die beiden Typen die Söldner, die den Stützpunkt in Richtung Hafen verlassen hatten.

Bourke atmete tief durch. Der Plan hatte funktioniert. Sie hatten den Hinterhalt verhindert, die Eindringlinge von Vita Invicta erfolgreich überrumpelt und auch die Taktik mit dem trojanischen Pferd war offenbar aufgegangen. Der einzige Wehrmutstropfen war der verwundete kanadische Soldat Barnett, der aktuell notoperiert wurde.

45Versuchskaninchen

Der Mann musste etwa vierzig Jahre alt sein, auch wenn man das nur schwer schätzen konnte, so ausgemergelt wie er war. Die schwarzen Haare hingen ihm in fettigen Strähnen im blassen Gesicht, und die dreckige Kleidung war an vielen Stellen verschlissen. Seinem Sohn ging es nicht viel besser. Der Junge bestand praktisch nur noch aus Haut und Knochen, die sich durch sein eng anliegendes Sweatshirt abzeichneten. Die beiden stanken wie ein toter Iltis, doch sie selbst nahmen den Geruch schon seit längerer Zeit nicht mehr wahr. Kein Wunder, wenn man seit Wochen in dieser Zelle hauste, in der man nur in einen Eimer pissen und scheißen konnte, der alle paar Tage mal geleert wurde.

Am schlimmsten aber waren nicht die hygienischen Zustände oder die chronische Mangelernährung, sondern die unendliche Langeweile, die jeden einzelnen Tag prägte. Sie lebten in einem Trakt von rund dreißig Zellen, die in dem unterirdischen Felsen eingelassen waren, wobei „leben" nicht das richtige Wort war. Sie existierten hier unten. Sie atmeten. Sie aßen, sofern es etwas gab. Sie kackten es wieder aus, wenn die Verdauung irgendwann eingesetzt hatte. Ansonsten gab es hier nichts. Zu Beginn, als alle Zellen noch gefüllt waren, wurde noch unter den Gefangenen gesprochen, doch das hatte sich schon seit längerer Zeit erledigt. Zum einen, weil man sich schnell nichts mehr zu erzählen hatte, zum anderen, weil es kaum noch andere Gefangene gab.

„Dad?", fragte der Junge.

„Hm?"

„Sind wir in der Hölle?"

Der Mann überlegte ein wenig, bevor er antwortete. In den ersten Wochen hatte er versucht, so viel wie möglich mit seinem Sohn zu sprechen, nicht nur um ihn und sich abzulenken, sondern auch, um seinen Verstand am Laufen zu halten. Mittlerweile fiel es ihm schwer, überhaupt einen klaren Gedanken zu fassen. Die Highlights des Tages bestanden darin, wenn sich die Tür zum Zellentrakt öffnete und Menschen entweder rein- oder rausgebracht wurden. Ein bis zwei Mal pro Tag geschah das, zumeist von einem leicht untersetzten Wissenschaftler mit grauen Haaren und einer Brille, der in der Regel zwei Soldaten im

Schlepptau hatte. Seit einigen Tagen wurden allerdings nur noch Leute rausgebracht, die man dann nie wiedersah. Gestern waren mit ihren Zellennachbarn, einem jüngeren schwarzen Mann und einer weißen Frau mittleren Alters, die letzten beiden Leidensgenossen abgeholt worden. Gott allein wusste, was mit ihnen geschehen war. Oder eher der Teufel, wenn er an die Frage seines Sohnes dachte.

„Das glaube ich nicht, mein Junge. In der Hölle wäre es wärmer."
Was eigentlich ein Witz hatte sein sollen, verschwamm in seinem Kopf zu einer an Gewissheit grenzenden Wahrheit. Es war so bitterkalt hier unten. In der Hölle musste es ganz einfach wärmer sein. Und schöner. Er konnte sich keinen viel trostloseren Ort als diesen hier vorstellen. Alle Menschen, die sich vor dem Fegefeuer und der ewigen Verdammnis fürchteten, sollten einmal eine Woche hier unten verbringen – danach würden sie es sich zweimal überlegen, Beelzebub zu verärgern. Im Gegenteil, sie würden ihm seinen vermaledeiten Pferdefuß küssen und anflehen, die Tore zu seinem Reich zu öffnen, um sie aufzunehmen.

Als der Junge nicht antwortete, schüttelte ihn der Vater kurz. Sein Sohn verlor in den letzten Tagen immer öfter das Bewusstsein, zwei Mal hatte er schon geglaubt, er sei gestorben. Doch wie bei den letzten Malen auch gab der Junge einen knurrenden Laut von sich, bevor er sich auf dem kalten Steinboden von der einen auf die andere Seite drehte.

Der Mann dachte wieder über die Hölle nach. Im christlichen Glauben trat der Teufel immer als Verführer auf, und auch sie waren im Prinzip verführt worden. Kurz nach dem Ausbruch des Virus waren bewaffnete Söldner durch die Straßen von Manhattan gefahren und hatten nach Überlebenden gesucht. Der Mann hatte die Jeeps von ihrem Versteck in einem alten Gemüseladen gesehen, in dem sie die Nacht verbracht hatten. Wenige Tage zuvor hatten sie ihre Wohnung in Queens verlassen müssen, weil eine Zombiehorde das Viertel überrannt hatte. Die Söldner mit dem VI-Logo auf den Ärmeln hatten versprochen, die beiden in Sicherheit zu bringen, was sie auch tatsächlich getan hatten. In Sicherheit vor den Untoten zumindest. Doch nachdem sie hier in dieses Verlies gesteckt worden waren, wuchs in dem Mann die Überzeugung, dass die größten Monster auf dieser Erde immer noch Menschen waren.

Ein Zischen am anderen Ende des langen Zellentraktes bedeutete, dass sich die Sicherheitsschleuse öffnete. Nur wenig Augenblicke später trat Adrian Schaefer an die Zelle heran. Zwei VI-Soldaten standen einige Meter hinter ihm.

„Guten Morgen. Wenn Sie bitte mitkommen würden."
Mit diesen Worten öffnete er die Zelle, und die Soldaten zerrten den Mann und seinen Sohn auf die Beine. Schaefer ging vor, in Richtung der breiten Stahltreppe, die zu dem Bungalow führte, von dem aus er die Tests zu Projekt Mordred beobachtet hatte. Der Mann und der Junge quälten sich Schritt für Schritt hinter ihm her. Langsam wankend und zitternd folgten sie dem Wissenschaftler – man hätte denken können, es handele sich um Zombies, nicht um Menschen. Die beiden VI-Soldaten gingen in einigem Abstand hinter ihnen her.

Im Bungalow angekommen, wurden die beiden Gefangenen eine Treppe hinunter in einen steril wirkenden Laborbereich geführt. Schaefer dankte den VI-Söldnern und bedeutete ihnen, sich wieder davon zu machen. Dann richtete er sich wieder an den Mann und den Jungen, die wie im Delirium auf zwei Stühlen saßen, oder viel eher hingen.

„Wie ich sehe, sind Sie beide nicht gerade in bester Verfassung. Aber machen Sie sich keine Sorgen, ich bin hier, um Ihnen zu helfen." Dann ging er zu einem kleinen Kühlschrank und holte zwei Spritzen heraus.

„Krempeln Sie bitte einmal Ihre Ärmel hoch. Diese Medikamente werden Sie schnell wieder fit machen."

Der Mann dachte kurz darüber nach, was hier los war, aber es dauerte nicht lange, dann krempelte er sowohl seinen als auch den Ärmel seines Sohnes nach oben. Wie viel schlimmer konnte es schon werden? Dann, tief in der hintersten Ecke seines umnebelten Verstandes, flammte etwas auf, das er schon gar nicht mehr kannte: Hoffnung. Was war, wenn der Wissenschaftler Recht hatte? Was, wenn die ganzen Menschen nicht zurück in die Zellen gekehrt waren, weil sie wieder frei und gesund waren?

Während er darüber nachdachte, drückte Dr. Schaefer den Inhalt der beiden Kanülen in ihre Venen. Der Junge zuckte kurz zusammen, ertrug die Spritze sonst aber tapfer. Der Mann selbst bemerkte kaum, wie ihm die Flüssigkeit injiziert wurde.

Schaefer tupfte die Einstiche ab, dann ging er zu einem Lichtschalter an der linken Seite des Raumes. Als er ihn betätigte, erhellte eine Neonröhre ein angrenzendes Zimmer, das hinter einer Plexiglasscheibe lag. Der Mann traute seinen Augen nicht: Zwei komfortabel wirkende Betten, eine frisch gedeckte Tafel mit Lebensmitteln und Getränken, sowie ein Sofa vor einem Fernseher wurden von der hellen Deckenbeleuchtung angestrahlt. Selbst der apathisch wirkende Junge schien wieder zu sich zu kommen und starrte fasziniert in den Raum, der wie ein Ausschnitt aus einer anderen Welt wirkte, welchen man hier in dieses Labor eingepflanzt hatte.

„Wenn Sie bitte nach nebenan gehen würden“, sagte Schaefer, während er mit einer Chipkarte die Tür öffnete. „Trinken und essen Sie, damit Sie zu Kräften kommen. Und ruhen Sie sich aus. Wenn Sie Unterhaltung brauchen, auf dem Fernseher ist eine Festplatte mit einer großen Sammlung an Serien und Filmen. Ich sehe später nach Ihnen.“

Der Mann wusste nicht, was er erwidern sollte, also nahm er seinen Sohn an der Hand und ging in das Zimmer. Sie gingen weiter ins Paradies.

46Erlösung

Als Schaefer die Treppe wieder nach oben ging, setzte er sich direkt an den TFT-Monitor und beobachtete die Bilder, die ihm die Kamera im Paradies-Zimmer sendete.

„Adrian."

Schaefer stieß einen schrillen Schrei aus und wirbelte herum, wobei er fast von seinem Stuhl gefallen wäre. Im Halbdunkel des hinteren Teils des Raumes lehnte ein Mann mit vor der Brust verschränkten Armen an der Wand. Als dieser ins Licht trat, bestätigt sich Schaefers Verdacht, nachdem er die Stimme gehört hatte. Stone.

„Mr. Stone, ich habe Sie nicht erwartet…"

„Das geht den meisten Leuten so, Adrian. Aber das ist eines meiner Erfolgsprinzipien: Immer einen Schritt voraus sein. Zuschlagen, wenn der Feind es am wenigsten erwartet."

Schaefer dachte darüber nach, ob Stone ihn als Feind ansah, traute sich aber nicht, danach zu fragen. Stattdessen rutschte er unbeholfen auf seinem Stuhl herum. Er konnte sich zwar denken, warum Stone da war, aber man konnte bei dem Mann nie wissen.

„Dürfte ich fragen, wie ich Ihnen helfen kann?"

Stone lächelte, aber man musste kein Meister der Körpersprache sein, um zu erkennen, wie aufgesetzt dieses Lächeln war.

„Das will ich schwer hoffen, Adrian. Wenn ich allerdings an die vergangenen Wochen denke, dann kommen mir da beträchtliche Zweifel. Wie sieht es aus mit Projekt Mordred?"

Schaefer atmete ein wenig durch. Damit hatte er gerechnet. Und noch besser: Er hatte einen Joker.

„Gute Nachrichten. Wir haben gestern die Serotoninpumpe zum ersten Mal nach der Operation an G getestet. Ein voller Erfolg. Der Alpha hat direkt nach der ferngesteuerten Injektion wie gewünscht reagiert. Wir können ihn tatsächlich konditionieren. Foreman und ich wollten lediglich eine Nacht abwarten, wie G das Prozedere verkraftet. Sie bekommen den vollständigen Bericht noch im Laufe des Tages."

Stone nickte. „Und was macht das Antivirus?"

„Ich… ähh… habe die Formel erneut modifiziert und soeben an zwei

Probanden getestet." Dann zeigte Schaefer auf den Bildschirm. „Bislang sieht es recht vielversprechend aus. Keinerlei Anzeichen einer Verwandlung."

„Probanden. Sie sagen das so, als hätten sich diese Menschen freiwillig gemeldet", erwiderte Stone süffisant. Dann stellte er sich neben Schaefer und betrachtete selbst den Monitor. „Ich hoffe, dass es dieses Mal funktioniert. Sie wissen, dass dies unsere letzten Testpersonen sind?"

„Dr. Wilcox hat mich davon unterrichtet, ja", entgegnete Schaefer. Dann schaute auch er wieder auf den TFT.

Vater und Sohn aßen gerade Süßigkeiten auf dem Sofa, während sie eine Folge *Spongebob* auf dem Fernseher schauten. Der Junge wirkte viel lebendiger als noch vor wenigen Minuten und lachte ein ums andere Mal, wenn Patrick oder Spongebob irgendwelche Dummheiten anstellten. Sein Vater saß neben ihm, und auch er hatte mittlerweile eine wesentlich gesündere Gesichtsfarbe.

„Mr. Stone…", begann Schaefer.

„Ja, Adrian?"

„Wissen Sie… ich habe meine Familie nun schon seit Monaten nicht mehr gesehen. Nachdem wir nun mit der Serotoninpumpe Erfolg hatten… wäre es da nicht möglich, dass Sie mir ein wenig Zeit mit Karoline und Jonathan zugestehen?" Auch wenn er versuchte, es zu unterdrücken, wirkte seine Frage wie eine flehende Bitte.

Stone wollte gerade antworten, doch dann legte sich seine Stirn in Falten. Schaefer wartete noch einige Sekunden, dann folgte er Stones Blick auf den Bildschirm. Der Junge und sein Vater schienen wieder gut bei Kräften zu sein. Die beiden ärgerten sich sogar ein wenig auf dem Sofa, wobei der Junge immer wieder zu lachen anfing, wenn sein Vater ihn durchkitzelte.

„Mr. Stone?", fragte Schaefer erneut.

Dieses Mal reagierte Stone. „Nun ja, warum nicht. Von mir aus können Sie die beiden später sehen. Wenn das Antivirus wirkt, dann…" Gerade, als er den Satz zu Ende sprechen wollte, bemerkte Stone im Augenwinkel Bewegungen auf dem Monitor. Der Vater und sein Sohn spielten immer noch miteinander… oder etwa nicht?

Schaefer bemerkte, dass etwas mit seinem Boss nicht stimmte, und schaute seinerseits wieder auf den Bildschirm. Dann geschah es. Der Sohn riss seinem Vater einen riesigen Hautfetzen aus dem Gesicht, sodass große Teile des Oberkiefers freigelegt wurden. Der Mann biss seinerseits dem Jungen tief in den Hals, was zur Folge hatte, dass das Blut heraussprudelte wie aus einem Springbrunnen. Binnen kürzester Zeit fielen beide übereinander her und machten aus dem Testraum ein Schlachthaus. Einige Minuten später lagen sie regungslos am Boden, während Spongebob auf dem Fernsehschirm mit Patrick Arm in Arm durch die Unterwasserwelt tanzte.

„Das… das… kann nicht sein…“, stammelte Schaefer geschockt.

„Wissen Sie Adrian, Sie haben Glück.“ Stone hatte einen Entschluss gefasst. Er grinste wie eine Hyäne, während er die folgenden Worte sprach.

„Wie bitte?“ Schaefers Herz schlug wie verrückt vor Aufregung. Er glaubte, sich verhört zu haben.

„Ich sagte, Sie haben Glück. Großes Glück sogar. Sie werden Ihre Familie noch heute wiedersehen.“

Schaefer verstand die Welt nicht mehr. „Ich, ich… wieso das? Ich meine, danke…“

„Nichts zu danken, Adrian. Ich lasse die beiden gleich hierher bringen.“

„Hierher? Bei allem Respekt, ich weiß nicht, ob sie sehen sollten, was wir hier tun, Mr. Stone…“

„Oh, ganz im Gegenteil, Adrian. Sie werden *ganz genau* sehen, was wir hier tun. Denn Ihr Sohn und Ihre Frau werden die nächsten Testpersonen für das Antivirus sein. Mal schauen, ob Sie es dann schaffen, die richtige Formel zu rekonstruieren.“ Mit diesen Worten verließ Stone den Raum.

Schaefer blieb einen kurzen Moment völlig fassungslos auf seinem Stuhl sitzen, dann brach er in Tränen aus.

47Ein gemeinsamer Feind – Spitzentreffen

Gordon Fisher stand unvermittelt auf, als das Signal in Form einer großen, roten Leuchtkugel am Abendhimmel erleuchtete. Er wandte sich an Willem Pelletier.

„Es ist vorbei, Sir. Halifax ist erfolgreich zurückerobert worden."

„Gott sei Dank. Dann nichts wie los", erwiderte der Master Sergeant, der sich augenblicklich in Richtung des Konvois umgedreht hatte. Er wollte keine Zeit verlieren und augenblicklich zur Basis. Dem Veteranen war die Rolle als Führungsperson mittlerweile in Fleisch und Blut übergegangen. Eigentlich wollte er lieber Soldat als delegierender Führer sein. Doch er hatte damals, als ranghöchstes Mitglied des Stützpunktes, keine Wahl gehabt. Sie hatten eine Führungspersönlichkeit gebraucht, nachdem alle übrigen der Führungsriege das sinkende Schiff Fort Benning verlassen hatten. Und in den letzten Monaten war er in diese Rolle hineingewachsen.

Der Konvoi war wenige Augenblicke später abfahrbereit und rumpelte in Richtung der CFB Halifax los. Kaum eine Stunde später waren sie auf dem Stützpunkt eingetroffen und hatten bereits die ersten Informationen zur aktuellen Lage. Willem Pelletier war direkt ins Auditorium gebracht worden und hatte dort den Befehlshaber des Stützpunktes, Admiral Ethan Hart, kennengelernt. Die beiden hatten sich in der Folge für ein langes Gespräch zurückgezogen und über alle militärisch relevanten Dinge gesprochen. Hart hatte den Tod mehrerer Soldaten zu beklagen, die ein wahnsinniger Vita Invicta Söldner namens Peter Mason getötet hatte. Zudem befand sich Barnett zu diesem Zeitpunkt noch immer auf der Krankenstation, wo er notoperiert wurde. Zu Pelletiers Beruhigung war dieser jedoch der einzige Verwundete, den sie aufgrund seines Schlachtplans zu beklagen hatten. Der Plan, den sie in kürzester Zeit auf die Beine gestellt hatten, war also, trotz einiger Probleme und unvorhergesehenen Komplikationen, ein voller Erfolg gewesen.

Zwar hatte er ihn noch nicht gesehen, aber Josh war demnach ebenfalls unbeschadet aus diesem Einsatz zurückgekehrt. Admiral Hart wusste des Weiteren zu berichten, dass Vita Invicta es wirklich ausschließlich auf die Menschen aus Fort Benning abgesehen hatte, was die Söldner immer wieder betont hatten. Er hatte bei seinem Bericht immer wieder über einen Jonah gesprochen, der wie sich später herausstellte, tatsächlich jener Jonah war, der den Wissenschaftler Dr. Schaefer aus Fort Benning entführt haben musste. Vielleicht würde ja auch sein damaliger Freund Moses hier sein? Willem Pelletier konnte diese Zufälle kaum glauben, denn Jonah war heute nicht der erste Verräter, gewesen, den er zu Gesicht bekommen hatte. Das erinnerte ihn an etwas, das er schon fast wieder vergessen hatte. Der Master Sergeant machte sich in Gedanken eine Notiz, denn er würde sowohl mit dem Mann, den die Seals aus dem Wald mitgebracht hatten, als auch mit Jonah sehr, sehr intensive Gespräche führen, sobald er die Zeit dafür hatte. Momentan waren aber die Unterbringung der Truppen und Zivilisten, sowie der Informationsaustausch mit dem kanadischen Admiral wichtiger. Also erzählte der Master Sergeant seine Geschichte von Anfang an, mit all den Höhen und Tiefen, die sie seitdem erlebt hatten. Er schloss seinen Bericht mit der Info über den Flugzeugträger USS George Washington sowie den Schnelltest, welchen er der CFB selbstverständlich zur Verfügung stellen würde.

Als sie das meiste abgearbeitet hatten, erkundigte sich Pelletier nach einer Sache, die ihm keine Ruhe ließ, seitdem sie die Mauer passiert hatten.

„Admiral, wo sind die Zivilisten von Nova Scotia? Wie haben Sie es geschafft, sich hier komplett zu isolieren?“

Hart kniff die Augen zusammen und schien angestrengt nachzudenken, bevor er antwortete. „Das ist eine etwas längere Geschichte.“

„Ich habe heute keine Termine mehr“, entgegnete Pelletier.

Der Admiral musste unwillkürlich lächeln. „Nun gut. Nachdem die ersten Fälle der Seuche ausbrachen und die Menschen begannen, sich gegenseitig zu zerfleischen, reagierte der Premierminister umgehend und rief den Notstand aus. Bevor die Kommunikation zusammenbrach, hatte der Bürgermeister von Halifax, der für den gesamten Regierungsbezirk Nova Scotia verantwortlich ist, ebenfalls schon einen Notfallplan aus irgendeiner Schublade gezaubert. Die Mauer, so wie sie jetzt aufgestellt wurde, war schon in den siebziger Jahren für irgendeinen wahnwitzigen Notfallplan vorbereitet, jedoch nie aufgebaut worden. Sie wissen schon, Kalter Krieg, Vietnamkrieg, Kuba-Krise. Man wollte für den Fall der Fälle vorbereitet sein. Ein Zufall, und doch es hat dazu geführt, dass wir hier größtenteils von der Seuche verschont geblieben sind. Es hat innerhalb der ersten Wochen nach dem Ausbruch einen Zwischenfall in der Stadt gegeben, bei dem einige Zivilisten gestorben sind, doch auch darauf waren wir vorbereitet. Die gesamte Zivilbevölkerung wurde in den Norden, nach Cape Breton Island, evakuiert und auf die verschiedenen Hafenstädte verteilt. Es existiert lediglich eine einzige Brücke als Verbindung zum Festland. Der Bürgermeister hat sich dort, mit einem ausreichend bewaffneten Sicherheitsdienst, in Port Hawkesbury eingerichtet und kümmert sich darum, dass auf dieser Insel alles in geregelten Bahnen verläuft, während wir damit beschäftigt sind, systematisch das gesamte Gebiet von Nova Scotia auf Zombieaktivitäten zu durchkämmen. Wenn wir zu einhundert Prozent sicher sind, dass keinerlei Gefahr für die Bevölkerung ausgeht, wird die Brücke wieder geöffnet, doch dieser Vorgang ist noch nicht komplett abgeschlossen, weshalb sich, wie Ihnen vermutlich aufgefallen ist, noch nicht ein einziger Zivilist in diesem Gebiet befindet. Alle harren auf Cape Breton Island aus. Die Städte dort sind übersichtlich und jeglicher Ausbruch der Seuche würde sofort auffallen. Die Insel ist zudem groß und bietet ausreichend Platz. Auch Ihre Zivilisten wären dort willkommen. Ich will Ihnen nicht vorschreiben, was sie zu tun oder zu lassen haben, aber da Sie sich auf unserem Gebiet befinden und der Erfahrung nach die Zivilisten die größte Störquelle darstellen, würde ich empfehlen, diese umgehend dorthin zu bringen. Am besten schon morgen."

Pelletier schluckte seinen aufflammenden Zorn herunter. Wenn Hart wüsste, wie viel Mut und Kampfkraft die meisten zivilen Flüchtlinge, die in Benning aufgenommen worden waren, an den Tag gelegt hatten, dann würde er nicht so stiefmütterlich daherreden. Andererseits dachte Pelletier auch an die sich bietenden Möglichkeiten. Wenn die Zivilisten auf der abgeschotteten Insel in Sicherheit waren, dann würden sie nach der langen, entbehrlichen Suche nach einer neuen Heimat endlich ankommen. Sie würden nicht mehr mit der täglichen Angst leben müssen.

Schon mehrmals hatten Heerscharen von umherziehenden Untoten alles vernichtet, was sie sich mühsam aufgebaut hatten. Die entbehrliche Suche nach einer neuen Heimat hätte damit endlich ein Ende gefunden.

Alles natürlich unter einer wichtigen Voraussetzung. Sie mussten ihre letzte große Schlacht zwingend gewinnen. Solange Vita Invicta existierte, war es ein trügerischer Frieden. Doch wenn sie es schaffen sollten, diesen mächtigen Feind endgültig zu vernichten, dann wäre ein gigantischer Schritt in Richtung Neuanfang gemacht. Man hätte auf Nova Scotia einen guten und sicheren Ausgangspunkt, um von hier das Gegenmittel herzustellen und in alle Teile der Welt zu bringen. Eine neue Hoffnung für die Menschheit, sofern sie in den Besitz der Formel kamen.

Als der Master Sergeant seine Gedankenspiele abgeschlossen hatte, blickte er in das Gesicht von Admiral Hart, der ihn erwartungsvoll ansah. Pelletier war so in seine Gedanken vertieft gewesen, dass er nichts mitbekommen hatte.

„Was sagen Sie dazu?“ Admiral Hart schien amüsiert. „Was werden Ihre nächsten Schritte sein? Nehmen Sie unsere Gastfreundschaft an, oder ziehen Sie mit Ihren Truppen weiter?“

Pelletier atmete tief durch. „Wir würden uns freuen, wenn wir vorerst auf Nova Scotia willkommen sind. Doch bevor wir die Entscheidung mit dem Rest der Truppe teilen, müssen wir noch eine weitere Sache durchsprechen“, sagte er ernst.

In der Folge wurde das weitere Vorgehen gegen den gemeinsamen Feind Vita Invicta besprochen. Das war der unangenehmste Teil der Unterhaltung. Pelletier spielte auch hier mit komplett offenen Karten. Er erzählte alles, was sie über Vita Invicta wussten, über die Verbindung zur USS George Washington, der Aussicht auf ein Gegenmittel zur Immunisierung der Menschen. Gleichzeitig macht er klar, dass er Hilfe brauchte, um den Feind zu besiegen: Er erkundigte sich nicht nur nach Waffen und Fahrzeugen, die sie benötigen würden, Pelletier wollte von Hart auch wissen, ob er ihm Soldaten unterstellen würde. Das stieß allerdings auf wenig Gegenliebe. Nichtsdestotrotz hatte der Admiral eine weit weniger ablehnende Haltung, als der Master Sergeant vermutet hatte. Die Dankbarkeit über die Rettung seiner Soldaten aus der Gefangenschaft der feindlichen Eindringlinge führte zu einer Art Kompromiss.

„Hören Sie zu, Master Sergeant. Ich kann Ihnen sagen, was ich nicht machen werde. Ich werde keinen meiner Soldaten blindlings mit Ihnen schicken. Vita Invicta hat es ausschließlich auf Sie und Ihre Männer abgesehen."

„Und doch mussten Ihre Leute darunter leiden."

Hart nickte. „Verstehen Sie mich nicht falsch. Ich werde alle Waffen und alle gepanzerten Fahrzeuge, sogar Schützenpanzer, zur Verfügung stellen, doch bei den Soldaten müssen Sie mir freie Hand lassen. Ich werde niemandem befehlen gegen Vita Invicta zu kämpfen, doch ich werde es jedem Einzelnen freistellen. Jeder Soldat, der sich freiwillig meldet, um mit Ihnen zu gehen und den Kampf gegen Vita Invicta zu unterstützen, wird Ihnen folgen dürfen." Hart blickte Pelletier direkt in die Augen. „Schließlich scheint es, als gäbe es eine größere Gefahr als diese untote Pest. Und wenn es wirklich stimmt, dass diese Firma dafür verantwortlich ist, dann würde selbst ich mit Ihnen gehen wollen, wenn ich hier nicht gebunden wäre."

Pelletier musterte sein Gegenüber und nickte schließlich. Mit diesem Kompromiss konnte er leben. Sie hatten ausreichend Fahrzeuge und Waffen, um von der Landseite in Richtung New York zu ziehen. Und wenn auch nur halb so viele Soldaten in der CFB den Schneid besaßen, den seine eigenen Männer hatten, dann würden sie eine ausreichend große Streitmacht gewinnen, um Derek Stone in seinen widerwärtigen Arsch zu treten.

„In Ordnung, Admiral. Wir sollten heute Abend die Truppen informieren."

48Stille Nacht

Einige Stunden, nachdem der Stützpunkt Halifax zurückerobert worden war, saßen alle Truppen zusammen in der Kantine der CFB. Sowohl die Menschen aus Fort Benning, als auch die befreiten kanadischen Soldaten, hatten in dem geräumigen Gebäude ausreichend Platz gefunden. Die gefangen genommenen Söldner von Vita Invicta hatte man in den Zellen des Stützpunktes eingesperrt, bis man eine Entscheidung darüber gefällt hatte, wie mit ihnen weiter zu verfahren war.

Josh hatte zusammen mit Clark im Hotel ausgeharrt, bis man sie und die beiden Gefangenen abgeholt hatte. Als sie jetzt durch die Eingangstür der Kantine traten, waren nahezu alle Plätze besetzt. Die Menschen saßen dicht beieinander und hatten die Köpfe zusammengesteckt. Überall wurden leise Gespräche geführt. Es duftete bereits nach Essen, auch wenn nirgends etwas Essbares zu sehen war. Josh warf seine Kapuze zurück und klopfte sich beiläufig den Schnee ab, während er den Blick durch die Reihen schweifen ließ. Das erste bekannte Gesicht, das er bemerkte, war das von Chris, der ihn seinerseits ebenfalls gesehen hatte und zu sich heranwinkte. Chris, Gregory und die Seals saßen zusammen mit Phil und den Kindern am gleichen Tisch. Als Josh bei ihnen angekommen war, erzählte McPherson in gewohnt blumiger Manier von ihrem Einsatz, während Phil erfolglos versuchte, die Kinder abzulenken, so dass sie nicht darauf achteten, was der grobschlächtige Kerl erzählte.

„... wir schalten halt schneller als diese Amateure. Die waren noch völlig verwirrt, weil alles um sie herum explodierte und Funken durch die Gegend sprangen. Dann *BÄM*, *BÄM*, ein paar schnelle Dinger und die Ersten waren Geschichte. Die anderen habe ich einfach mit dem Gewehrkolben ausgeknockt und schon war die Sache geregelt“, waren die ersten Sätze, die Josh aufschnappte, während der bullige Seal flüsternd, jedoch wild gestikulierend fortfuhr. „Blöd war nur, dass die Kanadier solche Probleme hatten. Sie sind direkt an der Eingangstür des Auditoriums in einige der Vita Invicta Bastarde gelaufen, die wohl nachsehen wollten, was draußen los war. Einer war kein Problem, aber der andere hat sich direkt auf Barnett gestürzt und von irgendwo ein Messer gezogen. Man erzählt, dass die kleine Sanipuppe dem Messerjockel den

Schädel weggepustet und damit Schlimmeres verhindert hat. Das Kätzchen hat also Zähne. Ich glaube, ich muss mich mal mit ihr unterhalten, wenn ihr wisst was ich meine“, grinste McPherson.

Während Gregory und Chris nur dümmlich lächelten, kicherte Chuck nur abfällig.

„Ich wette tausend Dollar, dass sie dich hässlichen Oger verbal verprügelt und dann wie einen kleinen Schuljungen zu Mutti schickt.“

„Pah, du bist doch nur neidisch. Und außerdem würde ich mir gern den Hintern von ihr versohlen lassen“, konterte McPherson.

Josh musste lächeln, als er sich zu ihnen setzte, auch wenn ihn die Nachricht von Barnett beunruhigte. Er hatte hoch oben in ihrem Scharfschützennest kaum etwas von dem mitbekommen, was unmittelbar im Stützpunkt passiert war. In den nächsten Minuten wurde das Informationsdefizit jedoch schnell aufgeholt, während er den anderen zuhörte.

Nachdem sie eine Weile so zusammengesessen hatten, betrat Master Sergeant Pelletier zusammen mit einem weiteren Soldaten, der sich in der Folge als Admiral Hart vorstellte, die Kantine und richtete als erster das Wort an die versammelten Truppen. Er dankte den kanadischen Soldaten und insbesondere Admiral Hart dafür, dass man ihn und seine Leute durch die Mauer gelassen und nun im Stützpunkt aufgenommen hatte. Pelletier hielt sich bei Details über die Rückeroberung sehr zurück. Er machte jedoch deutlich, dass der Feind, Vita Invicta, der Dreh- und Angelpunkt dieses Angriffs gewesen war. Er verglich diese, den meisten Leuten unbekannte Firma, mit einer machthungrigen Bestie, der alle Mittel Recht waren, um die Welt ins Verderben zu stürzen. Ungewohnte Worte, die ihre Wirkung jedoch nicht verfehlten, da jeder der Anwesenden schon erlebt hatte, wozu diese Menschen fähig waren. Als Pelletier erläuterte, dass diese Firma aller Wahrscheinlichkeit auch für den Ausbruch der Seuche war, blickte er in viele ungläubige, aber auch viele zornige Gesichter. Alle Anwesenden waren sich einig, dass es unumgänglich war, sich diesem Feind zu stellen, der von New York aus operierte. Der Master Sergeant machte deutlich, dass es keinen Frieden auf der Welt geben würde, solange diese Leute existierten. Gemäß der Absprache mit

Admiral Hart übergab er an dieser Stelle das Wort an den Kommandanten der CFB.

„Ladies und Gentlemen, für die, die mich noch nicht kennen: Mein Name ist Admiral Ethan Hart. Ich kommandiere diesen Stützpunkt im Namen des kanadischen Militärs. Ich möchte ebenfalls meinen Dank aussprechen. Ohne Ihre Hilfe würden wir uns noch immer in den Händen von Vita Invicta befinden. Den Zivilisten unter Ihnen möchte ich daher folgendes Angebot unterbreiten: Wir Soldaten der CFB Halifax sind nicht die einzigen Menschen auf Nova Scotia. Die Zivilbevölkerung weilt auf einer Halbinsel, die sich nördlich von hier befindet. Der amtierende Bürgermeister kümmert sich dort um alles und es ist dort, seit Anbeginn der Seuche, zu keiner einzigen Infektion gekommen. Auf Cape Breton Island gibt es ausreichend Wohnraum für alle von Ihnen – und außerdem die momentan wohl besten Aussichten auf ein friedliches Leben. Ich möchte Ihnen daher anbieten, Sie am morgigen Tag mit Ihrem Konvoi dorthin zu begleiten und Ihnen die Möglichkeit geben, auf Cape Breton Island ein neues, sicheres Leben zu beginnen."

Der Admiral machte eine kurze Pause, als Getuschel in der Kantine aufbrandete. Viele der Zivilisten aus Fort Benning waren begeistert von diesem Angebot. Scheinbar hatten sie endlich einen Platz gefunden, an dem sie in Ruhe und Frieden leben konnten. Nach einigen Augenblicken fuhr Hart fort.

„In den letzten Stunden habe ich mich mit dem Master Sergeant jedoch nicht nur über dieses Thema unterhalten. Wir haben ebenfalls sehr genau über die Vorfälle hier auf Nova Scotia gesprochen und besonders auch darüber, wer diese Leute waren, die uns überfallen haben und was die Ziele dieser Firma sind. Es scheint, als würde ein selbsternannter, machthungriger Despot namens Derek Stone Vita Invicta leiten. Wie es aussieht, hat es sich dieser Bastard zum Ziel gesetzt, die Welt zu unterjochen, nachdem er sie ins Chaos gestürzt hat. Für ihn zählt nur eines: die Weltherrschaft. Ich persönlich habe die Befürchtung, dass, wenn man sich einem solchen Menschen nicht in den Weg stellt und ihm seine Grenzen aufzeigt, er Erfolg mit seinem Plan haben könnte. Genau aus diesem Grund ist der Master Sergeant an mich herangetreten. Das amerikanische Militär bereitet eine Offensive gegen die Firmenzentrale dieser Terroristen in Manhattan vor. An meine Männer: Ich habe zwar noch nicht alle Einzelheiten, doch ich bitte jeden Einzelnen von euch, in den nächsten Tagen über folgendes nachzudenken. Ich werde keinem Soldaten den Befehl geben, sich in diese Schlacht zu stürzen, die bis gestern nicht die unsere war. Doch ich stelle es einem jeden frei, sich diesem Kampf anzuschließen und die Welt von diesem Feind zu befreien."

Die letzten Worte hatten ihre Wirkung nicht verfehlt, denn plötzlich war es in der Kantine mucksmäuschenstill geworden. Der Admiral wusste, dass diese Nachrichten die Stimmung am heutigen Abend ein wenig drücken würden, doch er hatte noch ein Ass im Ärmel.

„Bevor wir nun ins Grübeln verfallen und uns über solch schwerwiegende Entscheidungen Gedanken machen, möchte ich die Zeit jedoch auch nutzen, um Ihnen eine gute Nachricht zu überbringen. Ich habe vorhin mit Doktor West sprechen können und er hat mir mitgeteilt, dass Private First Class Barnett, der bei der heldenhaften Rückeroberung des Stützpunktes verwundet wurde, die Notoperation gut überstanden hat. Er ist wieder bei Bewusstsein und befindet sich auf dem Weg der Besserung. Ich verbuche diese Tatsache, als unser gemeinsames, kleines Weihnachtswunder. Gott ist noch immer mit uns und es gibt noch immer Hoffnung. Mit dieser guten Nachricht, möchte ich dann auch schließen. Lassen Sie uns diesen Abend so gut es geht genießen. Denn vergessen Sie nicht, was heute für ein Tag ist: Es ist Heiligabend. Für heute wurden genug Schlachten geschlagen. Unsere Gäste aus Fort Benning hatten in der Zwischenzeit die Möglichkeit, sich unsere Vorräte anzusehen und sie haben ihr bestmögliches getan, um ein Weihnachtsessen auf die Tische zu zaubern. Daher bleibt mir für heute Abend nichts Anderes mehr zu sagen, als Frohe Weihnachten alle miteinander. Lasst es Euch schmecken und genießt die gemeinsame Feier."

Als wenn sie auf ein Stichwort gewartet hätten, öffnete sich die doppelflügelige Tür zur Küche und einige Zivilisten, angeführt von Margarete Pelletier, betraten mit dampfenden Tellern und Platten mit diversen Köstlichkeiten, den Speisesaal. Das improvisierte Essen war in diesem

Moment genau das Richtige und besser als jedes andere Geschenk an diesem Heiligabend.

Bis tief in die Nacht wurde gegessen, getrunken und gelacht. Wenigstens für den Moment dachte niemand über das Morgen nach und genoss einfach die Zeit mit den Menschen um sich herum. Es wurden alte Freundschaften vertieft und neue geschlossen. Und unter dem einzigen Mistelzweig im Raum wurde zu späterer Stunde auch die eine oder andere Liebe entfacht.

49Port Royale

„Sie wollten mich sprechen, Mr. Stone?“, fragte Ricardo, als er den Lift verließ. Er hatte gestern eine Notiz in seinem Appartement gefunden, die ihm mitteilte, dass er sich schnellstmöglich hier melden sollte.

„Ricardo, ich grüße Sie.“ Stone wirkte hinter seinem Schreibtisch wie der Präsident im Oval Office. Es fehlten nur noch die Flaggen an den Seiten. „Setzen Sie sich.“

Als der Milliardär aus Brasilien Platz genommen hatte, fragte er sich nicht zum ersten Mal, was genau Stone wohl von ihm wollte. Er hatte eine Ahnung, war sich aber nicht sicher. Eine Mischung aus Unbehagen und Aufregung machte sich in ihm breit.

„Sir, wie kann ich Ihnen helfen?“

Anstatt zu antworten, stand Stone auf, drehte seinem Gast den Rücken zu und starrte über die Stadt, die einmal New York gewesen war. Irgendwann räusperte er sich.

„Wie ist das Leben in Brasilien, Ricardo?“

„Bitte?“

„Erzählen Sie mir von Ihrer Heimat. Sie kommen aus Rio, richtig? Stimmt die allgemeine Vorstellung von Dauersonne, Meer und bauchfreien Latinas an der Copacabana?“

Ricardo stutze. Damit hatte er nicht gerechnet. „Nun ja… doch, die Klischees kommen nicht von ungefähr, auch wenn das genauso für die negativen Seiten dieses Landes gilt.“

„Vermissen Sie ihr Zuhause?“

„Wer tut das nicht? Ich denke den meisten Menschen geht es so.“ Ricardo fuhr sich mit der Hand über seinen stoppeligen Dreitagebart. „Allerdings glaube ich, dass es, unter Anbetracht der Umstände, ein Segen ist, hier in New Kanaan zu sein.“

Stone drehte sich wieder um und nickte. „Ja, das kann man wohl sagen. Was wir hier erschaffen haben, ist mehr als nur ein kurzzeitiges Refugium. Es ist eine Insel des Lebens in einem Meer des Todes. Und sobald wir Port Royale fertiggestellt haben, ist ein weiterer Schritt in Richtung Zukunft getan.“

„Ja… ich muss sagen, dass mich das Konzept tatsächlich fasziniert.

Ich hatte bis dato noch nie von einem solchen Vorhaben gehört."

„Das haben die wenigsten Menschen. Ich selbst hatte auf einer Investorenkonferenz vor einigen Jahren in Tokio davon erfahren. Der Originalname des Projektes lautete *Ocean Spiral*. Es ist seinerzeit mehr oder weniger aus der Not heraus geboren worden, weil das Bauland in Japan sehr knapp ist. Bei dem damaligen Bevölkerungswachstum hätte das über kurz oder lang zu massiven Problemen geführt."

Ricardo nickte. „Das dürfte sich ja mittlerweile erledigt haben", entgegnete er scherzhaft. „Na gut, ich kann den grundsätzlichen Plan Japans nachvollziehen. Nicht umsonst wurde dort ja schon seit Jahren immer weiter in die Höhe gebaut. Dennoch: Eine Stadt unter Wasser? Wie soll das funktionieren?"

„Es ist faszinierend, oder? Die drei Meter dicken Acrylglasscheiben halten dem Wasserdruck stand, und durch ein spezielles Filtersystem wird die Versorgung mit Frischwasser und Sauerstoff gewährleistet. Der gigantische konkave Pfeiler beheimatet nicht nur die Wohneinheiten, sondern auch alle lebensnotwendigen Einrichtungen und Versorgungsstationen. Ich habe Ihnen die Pläne ja bereits gezeigt. Als das Virus ausgebrochen ist, habe ich mich wieder daran erinnert."

„Trotzdem verstehe ich nicht, wie die japanische Regierung so das Wohnraumproblem lösen wollte. Sie sagten, in der Stadt ist für maximal fünftausend Menschen Platz."

Stone grinste. „Die japanische Regierung hat die Stadt nicht für das eigene Volk gebaut. Was glauben Sie, warum ich auf diesem Investorentreffen gewesen bin?"

Plötzlich machte es bei Ricardo klick. „Die Japaner haben die Plätze in der *Ocean Spiral* verkauft?"

„Korrekt. An die meistbietenden, um das Projekt zu finanzieren."

„Und Sie haben investiert?"

„Allerdings. Deshalb kenne ich auch die streng geheimen Koordinaten, an denen die *Ocean Spiral* zu finden ist. Wir könnten dort selbst leben, wenn es die Lage erfordern sollte. Es ist der perfekte Ort, um die Welt neu aufzubauen."

„Ist die Spiral denn schon bewohnbar?"

„Die ersten Tests wurden vor zwei Jahren erfolgreich absolviert. Allerdings war ich mir nach den Ereignissen der letzten Monate nicht mehr sicher, ob die Stadt für uns noch eine Option ist. Daher habe ich in den letzten Wochen ein Team ausgesandt, um uns Bericht zu erstatten."

Ricardo fragte sich, wie genau diese Mission ausgehen haben mochte, doch seine Neugier in Bezug auf das Ergebnis war zu groß.

„Und, wie ist der Stand der Dinge?"

Stones Gesichtsausdruck veränderte sich. „Genau das wollte ich Sie auch fragen, Ricardo."

„Bitte?"

„Wie Sie selbst eben betonten, geht es Ihnen sehr gut hier in New Kanaan, auch wenn Sie Ihr schönes Brasilien vermissen. Ich biete Ihnen hier einen Grad an Luxus und Annehmlichkeiten, den Sie nirgendwo sonst bekommen würden. Ich erzähle Ihnen von Port Royale bzw. der *Ocean Spiral*. Und was tun Sie?"

„Was tue ich denn?", fragte Ricardo entgeistert.

„Das ist es ja. Nichts. Sie tun GAR NICHTS. Ich warte seit Tagen auf ihre angekündigten Truppen und auf die beiden Kampfjets, die Sie so vollmundig versprochen haben. Aber ich sehe NICHTS."

„Ich… äh… hatte Ihnen doch schon gesagt…"

„Sie verstehen den Ernst der Lage nicht", unterbrach Stone den Brasilianer. „Ich brauche diese Streitkräfte. Ansonsten können wir uns einen Dreck von dem neuen FoxO-Gen kaufen, dass wir in hoffentlich bald in uns tragen. Die Lebensverlängerung bezieht sich lediglich auf die Zellerneuerung, also die Verschiebung eines *natürlichen* Todes."

„Das ist mir nicht neu", antwortete Ricardo, der sich ein wenig gefasst hatte. „Trotzdem ist das kein Grund, so ausfallend zu werden. Ich möchte Sie daran erinnern, dass ich sehr viel Geld in Ihre Firma investiert habe-"

„Ihr Geld ist mir scheißegal, Rico. Falls Sie es noch nicht mitbekommen haben: Es ist nichts mehr wert. Ich sage Ihnen das jetzt nur einmal: Ich erwarte die Truppen bis heute Abend hier bei uns in New Kanaan."

Ricardo lag ein trotziges *und sonst?* auf der Zunge, aber Stones Tonfall veranlasste ihn dazu, lediglich knapp zu nicken. Dann stand er auf und verließ das Büro.

50Friede, Freude, Farewell

Es war ein sehr ungewöhnlicher Weihnachtsmorgen des fünfundzwanzigsten Dezember, wie ihn definitiv noch niemand in Halifax bislang erlebt hatte. In einer normalen Welt wären wohl die meisten Menschen ausgeschlafen aufgestanden, hätten am Morgen mit ihren Liebsten gemeinsam gefrühstückt und im Anschluss wären sie entspannt in den Tag gestartet. Heute jedoch sah die Welt anders aus. Schon früh waren die ersten Leute auf den Beinen und wuselten wie Ameisen auf dem Stützpunkt herum. Willem Pelletier war einer von ihnen.

Der Master Sergeant wollte bei der Abreise der Zivilisten nicht fehlen und er konnte es sich auch nicht nehmen lassen, alles zu beaufsichtigen. Das gesamte Hab und Gut der Zivilisten, das nicht in der bevorstehenden Schlacht benötigt wurde, war auf die zivilen Busse und Trucks verladen worden. Mit einer gewissen Zufriedenheit begann Pelletier zu realisieren, dass sie etwas Großes geleistet hatten. In all diesem Wahnsinn hatten sie es geschafft, hunderte Bürger der Vereinigten Staaten in Sicherheit zu bringen. Auf Cape Breton Island würden diese Menschen vorerst ein sicheres und zombiefreies Leben führen können. Von hier aus würden sie die Welt wieder aufbauen – sofern Sie es schafften, dieses Krebsgeschwür Vita Invicta zu entfernen. Vielleicht wäre es ihnen irgendwann möglich, einen Zustand zu erreichen, der zumindest an die Welt von früher erinnern würde. Sie waren zwar noch Lichtjahre davon entfernt, doch er wollte mit aller Kraft daran glauben, dass es möglich war.

Allerdings gab es dafür eine Bedingung: Derek Stone und seine Firma mussten vernichtet werden. Bei diesem Gedanken verfinsterte sich seine Miene augenblicklich. *Stone.*

***

Unweit von seinem Vater entfernt stand Josh zusammen mit seiner Mutter Margarete an einem blauen Reisebus. Bei Ihnen waren auch Chris,

Gregory und Phil. Der Familienvater hatte soeben, zusammen mit vielen weiteren Zivilisten, die wenigen Habseligkeiten, die er und seine Kinder besaßen, in einem Gepäckfach an der Seite des Busses verstaut. Fiona und Robbie tobten derweil im Schnee.

„Ich freue mich für euch, Phil. Du und die Kinder können endlich wieder aufatmen. Die Kleinen haben es verdient, in Frieden aufzuwachsen. Zumindest so friedlich, wie es zurzeit sein kann."

Phil lächelte. „Danke Josh, ohne dich und deinen Vater wäre das wohl nicht möglich gewesen. Ich freue mich, habe aber ein lachendes und ein weinendes Auge, denn ich habe fast ein schlechtes Gewissen, dass ihr allein in die Schlacht ziehen werdet und ich euch keine Hilfe sein kann. Allerdings war ich noch nie der große Kämpfer. Da habt ihr mir einfach was voraus."

„Naja, da erinnere ich mich aber an eine andere Szene mit einer Mistforke", witzelte Chris.

„Das ist nun ja schon etwas her", erwiderte Phil lächelnd.

„Keine Reue und vor allem kein Grund sich zu entschuldigen, Phil. Wir treten Stone in den Arsch und dann kommen wir einfach nach", sagte Josh. „Außerdem seid ihr nicht alleine. Chris und Gregory werden auch in den nächsten Tagen nachkommen, vorher hat mein Vater noch eine kleine Aufgabe für die beiden. Sorgt einfach schon mal dafür, dass wir eine gute Nachbarschaft haben, wenn wir kommen." Er musste bei diesem Gedanken unwillkürlich grinsen, denn ihm schossen direkt Bilder in den Kopf, wie sie mit allen Freunden an einem schönen Sommertag ein Nachbarschaftsbarbecue veranstalten könnten.

Phil schien ähnlich zu denken. „Das wäre wirklich schön." Er hielt Josh seine Hand hin. Es war Zeit, Lebewohl zu sagen. Auch wenn es keiner aussprach, so hofften doch beide, dass es nicht für lange war und dass sie sich irgendwann wiedersehen würden.

Einige Minuten später, nachdem auch Chris, Gregory und Margarete Abschied von Phil und den Kindern genommen hatten, schlossen sich die Türen des Reisebusses und die Leute nahmen Platz. Phil und die Kinder blickten durch das Glas der Fenster und winkten tapfer, auch wenn bei Fiona die ersten Tränen die Wangen hinunterkullerten. Sie waren in dieser schweren Zeit alle zu mehr als nur Freunden geworden und besonders die Kinder zeigten, dass sie ihre neue Familie vermissen würden.

***

Willem Pelletier stand ein wenig abseits der Gruppe, er überwachte die Abfahrt der Busse lieber aus der Ferne. Sorgfältig hakte der Master Sergeant alle Fahrzeuge, die bereits abgefahren waren, auf einer der unzähligen Listen ab, die er an einem Klemmbrett befestigt hatte, welches er schon den ganzen Morgen mit sich herumtrug. In wenigen Minuten würde er den ersten Tagesordnungspunkt abhaken können. Die Abreise der Zivilisten. Der Umstand, dass Chris und Gregory noch da waren, brachte ihn dann auch direkt zum nächsten Punkt auf seiner Agenda. Er schlenderte zu ihnen hinüber, als die Busse hinter dem Haupttor des Stützpunktes aus dem Sichtfeld verschwanden. Als er hinter den beiden Brüdern stand, räusperte er sich vernehmlich, woraufhin sich alle Umstehenden zu ihm umdrehten.

„Guten Morgen, könnte ich Chris und Gregory kurz entführen?“ Der Master Sergeant schlug einen sanften Ton an, obwohl alle direkt wussten, dass diese Frage eher als Aufforderung gemeint war.

„Sir? Wie können wir Ihnen behilflich sein? Josh hat schon etwas angedeutet.“

Pelletier musterte die beiden einen Augenblick lang, bevor er ihnen antwortete. „Ich weiß, es ist vielleicht nicht der beste Zeitpunkt, doch ich müsste möglichst schnell auf ihre technischen Fähigkeiten zurückgreifen. Wie Sie beide wissen, verfügen die Kanadier im Prinzip über eine funktionierende Funkanlage, allerdings ist diese zurzeit defekt. Und sie haben keinen Kommunikationstechniker oder jemanden, der auch nur ansatzweise so viel auf dem Kasten hat, wie Sie beide. Der Bordfunk des Vita Invicta-Bootes reichte zwar aus, um Stone in New York anzufunken, aber wir erreichen die USS George Washington nicht. Das ist aber zwingend notwendig, wenn wir weiter planen wollen. Mit einer dauerhaft einsatzbereiten Kommunikationsanlage hätten wir einen entscheidenden Vorteil."

Chris pfiff als Antwort durch die Zähne. „Mit Verlaub, Sir. Ich weiß nicht, ob wir die Vorschusslorbeeren verdienen. Aber wir werden uns die Anlage ansehen und schauen, was wir da machen können."

„Und das Boot schauen wir uns auch nochmal genau an, vielleicht finden wir noch etwas, das uns helfen könnte", ergänzte Gregory.

Pelletier nickte nur und bedeutete den beiden, ihm zu folgen. Nachdem er die Brüder zur Funkstation gebracht hatte, machte er sich an diesem arbeitsreichen Vormittag auf, um den nächsten Tagesordnungspunkt abzuarbeiten. Es gab da einige Gefangene, dabei ganz besonders zwei, mit denen er sich eindringlich unterhalten musste.

51Beste Feinde

Willem Pelletier schlenderte gedankenverloren in Richtung des Zellentrakts des Stützpunktes. Die vergangenen Stunden waren mehr als ereignisreich gewesen. Der Konvoi aus Fort Benning hatte, nachdem man den so sicher geglaubten Stützpunkt hatte aufgeben müssen, einige Tage auf der Straße verbracht und war doch, wie geplant, auf Nova Scotia, in Kanada, angekommen. Allerdings war die Ankunft weit weniger friedlich gewesen als erhofft. Die Schlacht um Halifax und die Anschlagspläne von Vita Invicta waren mit Sicherheit nur ein Vorgeschmack auf das, was ihnen im Kampf gegen Derek Stone noch bevorstand. Wären die vier geflohenen kanadischen Soldaten um Private Barnett nicht gewesen, wäre die Streitkraft aus Fort Benning diesem Hinterhalt zum Opfer gefallen. Doch dank der frühzeitigen Warnung und mit der richtigen Strategie hatten sie den Feind, nahezu ohne Verluste, vernichtend geschlagen und die Basis in Halifax zurück erobert und die verbliebenen VI-Söldner gefangen genommen.

Zwei bewaffnete Wachen, die unbeeindruckt in der Kälte vor dem Gefängnis des Stützpunktes ausharrten, ließen den Master Sergeant mit einen knappen Nicken passieren. Auch wenn er und seine Truppen erst seit kurzem in der CFB Halifax waren, wurden sie von allen respektiert, schließlich waren die Kanadier über ihre Rettung mehr als glücklich. Pelletier, der noch immer sein Klemmbrett in den Händen hielt, bewegte sich zielstrebig in Richtung der Zellen. *Diese Gefängnisse sind doch alle gleich aufgebaut.* Er schmunzelte beiläufig, denn selbst er war, in seinen wilden Jahren, das ein oder andere Mal nach einer durchzechten Nacht in einer solchen Zelle gelandet.

Nur wenige Schritte später war von seiner guten Laune allerdings nichts mehr zu spüren. Ein untersetzter Soldat blickte ihn leicht panisch an und salutierte zackig. Er blickte in den Gang hinter sich und zeichnete mit den Fingern eine Karte in die Luft.

„Die Sammelzellen sind dort hinten, Sir. Ihren Gefangenen habe ich in diese Zelle gesteckt und der vermeintliche Anführer dieser Hundesöhne ist dort. Allerdings kann ich nicht versprechen, dass er bei Bewusstsein ist, Sir."

Pelletier hob eine Augenbraue und strafte den Private mit einem Blick, der diesem das Blut in den Adern gefrieren ließ.

„Sir, ich ... was hätte ich denn machen sollen? Er und seine Leute... sie haben zehn unserer Freunde erschossen und ... ich ... die Jungs waren zu sechst. Ich konnte mich ihnen nicht alleine entgegenstellen."

Ohne ein Wort stieß Pelletier den Soldaten zu Seite und blickte durch das Guckloch in das Innere der Zelle. Er befürchtete das Schlimmste. Jonah lag, zusammengesunken in seinem eigenen Blut, auf dem Boden. Doch selbst aus der Ferne konnte er sehen, dass er noch atmete.

„Rufen Sie ihm einen Arzt, Sie Idiot. Ich brauche ihn in dreißig Minuten in vernehmungsfähigem Zustand. Ich schwöre Ihnen, Private, wenn er nicht fit ist, dann sehen Sie am Ende des Tages nicht viel besser aus als er."

Der Private starrte Pelletier einen Augenblick lang fassungslos an, bevor er auf dem Absatz kehrtmachte und schleunigst in Richtung der Krankenstation sprintete, um Doc West zu holen.

Pelletier blickte dem Soldaten nach, als er durch die Tür rauschte. Wenigstens das Einschüchtern funktionierte noch, dachte er. *Planänderung, dann wohl doch erst Jordan. Mal sehen, was der Junge weiß.*

Der Master Sergeant orientierte sich eine Zelle weiter und schob den massiven Riegel der Tür zur Seite. Der Insasse war ein alter Bekannter aus Fort Benning. Der junge Soldat, der Pelletier lediglich unter dem Spitznamen *Air Jordan*, nach dem bekannten Basketballspieler, bekannt war, kauerte auf seiner Pritsche, als er den kleinen Raum betrat.

„Ich sollte Sie wohl beglückwünschen, dass Sie noch leben, Soldat. Allerdings kann ich nicht sagen, dass ich mich darüber sonderlich freue. Warum sind Sie nicht heil und sicher bei Ihren neuen Freunden in New York, für die Sie uns ganz offensichtlich verraten haben?" Pelletiers Stimme quoll über vor Abscheu.

„... nrrggh Sir. Iksch habbbe den falllschhen Leuutnn gettraaaut ... iiscch tuee allllless ..." Der ehemalige Mechaniker kämpfte tapfer mit den Worten. Die Wunde, die er sich bei seinem Sturz zugefügt hatte und bei der er sich ein großes Stück seiner Zunge abgebissen hatte, sorgte dafür, dass er kaum zu verstehen war. Doch Pelletier zeigte in der folgenden Stunde erstaunliche Geduld und entlockte dem, wenn auch schlecht zu verstehenden, Jordan alle Informationen, die er benötigte. Jordan und Weasel waren, wie er vermutet hatte, die beiden Verräter in Fort Benning gewesen. Sie hatten sich von Jonah und Moses kaufen lassen, um den Wissenschaftler Doktor Schaefer aus dem Stützpunkt zu bringen. Die Infiltratoren von Vita Invicta hatten den beiden freies Geleit und eine sichere Heimat in New Kanaan versprochen. Gegeben hatten sie ihnen jedoch Kopfschüsse aus kürzester Distanz. Lediglich eine göttliche Fügung hatte wohl dafür gesorgt, dass Jordan die vermeintliche Exekution mit einem Streifschuss an der Schläfe überlebt hatte.

Er erzählte Pelletier, dass das letzte, an das er sich erinnern konnte, der Helikopter war, der mit Schaefer (und ohne ihn) davon geflogen war. Jonah und Moses waren eiskalte Killer und ein weiteres Mal bestätigte sich, dass ihr Auftraggeber Derek Stone wohl die Inkarnation des Teufels war, dem ein Menschenleben so viel bedeutete, wie ein Pickel an seinem Arsch. Da er es nur auf Schaefer abgesehen hatte, hatten alle anderen Helfer keinen Wert für ihn gehabt und sollten aus dem Weg geräumt werden.

Bis auf seinen abenteuerlichen Kampf ums Überleben hatte Jordan allerdings nicht sonderlich viel zu berichten. Die Agenten hatten ihn und Weasel fast vollkommen im Dunkeln in Bezug auf die konkreten Pläne von Vita Invicta gelassen. Selbst als Pelletier Jordan, nachdem dieser nichts Nützliches mehr berichten konnte, damit gedroht hatte, ihn in ein dunkles Loch zu werfen, in dem er langsam krepieren würde, hatte der Soldat kaum etwas zu ergänzen gewusst. Er wusste lediglich, dass Doktor Schaefer wohl ein weiteres Puzzleteil war, um diese schreckliche Seuche zu besiegen. Jordan beharrte darauf, dass er den entscheidenden Baustein zur Heilung hatte, auch wenn Pelletier ihm dies nicht recht abkaufen wollte. Nach der Aussage von Jordan klagte Schaefer auch nach seinem Transport nach Benning noch unentwegt über den Verlust einer Festplatte mit empfindlichen Daten, die er in seiner Wohnung aufbewahrt hatte, bevor er durch das Militär *gerettet* worden war. Jordan hatte das nicht weiter gekümmert. Sein Auftrag damals lautete Schaefer und nicht Schaefers vermaledeite Festplatte. Allein der Umstand, dass es möglich war, dass dieser gottverdammte Bastard die Heilung für den Virus hatte, ließ Pelletier vor Wut kochen. Er würde Jonah zu dieser Angelegenheit befragen müssen. Wenn es nötig war mit Gewalt. Als er Jordan verließ, betete Pelletier dafür, dass Jonah wieder vernehmungsfähig sein würde.

Wenn diese verdammten Kanadier seine wichtigste Informationsquelle unbrauchbar gemacht hätten, dann würde irgendjemand heute noch dafür büßen.

Als Pelletier Jordans Zelle verließ, standen Doc West und der kanadische Private im Vorraum und unterhielten sich angeregt.

„Wie zur Hölle konnte das passieren, Private? Er ist ein Gefangener und steht somit unter kanadischem Recht. Das ist nicht tragbar." Noch bevor der reumütige Private antworten konnte, unterbrach Pelletier das Gespräch.

„Doktor. Ist Jonah vernehmungsfähig? Die Zeit drängt." Seine Stimme zeigte deutlich, wie sehr er die Situation missbilligte.

„Sir." Der Doktor nickte. „Er ist stabil und den Umständen entsprechend wohlauf. Ich habe ihm ein leichtes Schmerzmittel gegeben, aber er ist vollkommen bei Bewusstsein."

Mehr musste der Master Sergeant nicht wissen. Er wollte endgültig alle Fragen in Bezug auf Vita Invicta und Derek Stone klären. Und er würde die Informationen von Jonah bekommen. Ob dieser wollte oder nicht.

52 Jäger und Sammler

Chris und Gregory schoben langsam das metallene Schließgitter, welches sich vor der Front des Elektronikladens befand, nach oben. Die beiden hatten die letzten Stunden damit zugebracht, ein Elektronikgeschäft in Halifax zu finden, in dem sie das benötigte Ersatzteil für die Funkanlage der Base möglicherweise finden konnten. Allerdings war es doch wesentlich schwerer geworden, in einer fremden Stadt ein Elektronikfachgeschäft zu finden, als dies früher, als das Internet noch problemlos funktioniert hatte, der Fall gewesen war. Simples *googlen* stand als Möglichkeit zur Orientierung nicht mehr zur Verfügung, und so hatten die beiden auf eigene Faust die Stadt erkunden müssen. Sie hatten den halben Vormittag damit verbracht, durch die verlassenen Straßen von Halifax zu fahren, bis sie ein passendes Geschäft gefunden hatten. Und hier waren die beiden nun, bei *McDougals Fachmarkt für Kommunikation, Elektronik und Haushaltsgeräte.* Zwar nicht ganz der Laden, den sich die Brüder erhofft hatten, doch hoffentlich ausreichend. Auch wenn sich die beiden nicht zu einhundert Prozent sicher waren, so gingen sie jedoch davon aus, dass sie einen neuen Konzentrator für das Funkgerät benötigten, damit sie wieder eine Verbindung bekommen konnten. Möglicherweise hatte dieser Laden ja genau ein solches Teil.

Chris ächzte, als er das schwere Metallgitter auf seine Schulter stemmte, damit Gregory darunter hindurch schlüpfen konnte.

„Soll ich dir helfen?“, bot Gregory an, doch Chris bückte sich in einer schnellen, fließenden Bewegung unter dem Gitter hindurch und ließ es schlichtweg fallen.

Das laute Scheppern der Metallscharniere ließ die beiden zusammenzucken. Üblicherweise hätten sie mit dem Lärm alle Zombies aus einer Umgebung von mindestens zweihundert Metern angelockt, doch selbst als sie durch das Gitter spähten und auf die Straße schauten, konnten sie keinerlei Bewegung ausmachen. Die Kanadier hatten auf ihrer Halbinsel offenbar ganze Arbeit geleistet. Sie hatten keinen einzigen Untoten gesehen, seitdem sie diese unfassbar große Mauer passiert hatten. Auch Halifax hatte nicht die typischen Spuren vom Ausbruch des Wahnsinns, und Ethan Hart hatte gestern Abend erklärt, warum das der Fall war.

Anscheinend war es hier wirklich sicher.

Chris und Gregory sahen sich sorgsam im Geschäft um. Schnell war die passende Abteilung gefunden und die beiden begaben sich auf die Suche nach den passenden Ersatzteilen.

***

Etwa zeitgleich betrat Willem Pelletier nur einige Kilometer entfernt die Zelle von Jonah. Dieser blickte den Oberbefehlshaber von Fort Benning aus eineinhalb Augen an, denn die gesamte rechte Gesichtshälfte war derart geschwollen, dass Jonah kaum etwas sehen konnte.

Die Soldaten haben ganze Arbeit geleistet, dachte Pelletier abschätzig. Konnte er es ihnen verdenken? Immerhin lebte Jonah noch. Er hatte in den vergangenen Stunden wieder so oft an den Mann gedacht wie seit den Tagen nach dem Angriff auf Fort Benning nicht mehr, als ein Hubschrauber mit einer riesigen Musikbox eine Zombiehorde zum Stützpunkt gelockt hatte. Im Nachhinein hatte sich rausgestellt, dass das Ganze eine Befreiungsaktion von Vita Invicta gewesen war, die Adrian Schaefer aus Fort Benning geholt hatten. Initiiert von den beiden „Zivilisten“ Jonah und Moses.

Nun saß ihm einer der beiden Maulwürfe gegenüber. Pelletier war fest entschlossen, alles von Jonah zu erfahren, was dieser über Derek Stone und Vita Invicta wusste. Wie das Ganze laufen würde, lag allerdings bei seinem Gefangenen.

***

Die Schwellung an Jonahs Auge pulsierte unaufhörlich, während der Master Sergeant vor ihm stand. Die vergangenen Stunden waren alles andere als nach Plan verlaufen. Zunächst hatte er den Stützpunkt und seinen guten Freund Jerome verloren, dann hatte er als Boxsack für sechs der CFB-Soldaten herhalten müssen. Gott allein wusste, was Pelletier jetzt mit ihm vorhatte.

Er musste nicht lange auf die Antwort warten. Ohne dass er hätte reagieren können, feuerte Pelletier eine harte linke Gerade in sein Gesicht. Direkt aus dem toten Winkel, der der Schwellung am Auge geschuldet war. Jonah taumelte einen Schritt zurück und sackte leicht benommen an die Rückwand der Zelle. Damit waren die Fronten wohl geklärt.

„Das war dafür, dass sie ein Loch in meinen Stützpunkt gesprengt und den wohl wichtigsten Wissenschaftler des Planeten entführt haben.“ Pelletier rieb sich die Hand. „Da Sie ja schon bewiesen haben, dass Sie auch eine ungleiche Prügelei wegstecken können, Mister Jonah, hätte ich dann jetzt einige Fragen. Es liegt dann an Ihnen, wie die nächsten Minuten, Stunden
oder Tage aussehen werden. Denn die Dinge, die mich so brennend interessieren, die werde ich von Ihnen erfahren. Und Sie, mein Lieber, können sich entscheiden, wie unser *Austausch* aussehen wird“, sagte Pelletier.

Jonah, dessen Hände mit einer Fessel zusammengekettet waren, rieb sich das Kinn und fingerte kurz an seinem Gaumen herum, bevor ein Zahn seinen Mund verließ. Dann beugte er den Kopf zu beiden Seiten, was ein vernehmliches Knacken an seinem Hals verursachte.

„Der war sowieso schon locker. Ich könnte den ganzen Tag so weitermachen.“ Jonah schüttelte sich und ließ die Schultern kreisen. Er mimte den knallharten Typen in Perfektion, doch scheinbar ließ sich sein Gegenüber nicht im Geringsten davon blenden.

Pelletier legte den Kopf leicht schief und schnaubte abfällig. „Ihre Entscheidung“, sagte er, bevor er auf dem Absatz kehrt machte. Dann griff er durch die offene Zellentür und nahm sich die Gegenstände, die er im Vorfeld bereitgelegt hatte. Jonah erblasste, als er den zwanzig Liter Kanister Wasser und das Tuch, sowie weitere Hand- und Fußfesseln erblickte.

„Ich nehme an, Sie haben Erfahrungen mit Waterboarding?“, fragte Pelletier.

Jonah schossen unzählige Bilder durch den Kopf, während seine Maske zu bröckeln begann. „Man legt einfach den Lappen über Mund und

Nase und beginnt damit, das Wasser darauf zu schütten. Es fühlt sich wie echtes Ertrinken an, während immer wieder Wasser in die Lungen eindringt …", der Master Sergeant erläuterte wie ein Oberlehrer alle Kleinigkeiten, doch Jonah hörte ihm schon gar nicht mehr zu, denn die aufwallende Panik hatte ihn bereits vollkommen ergriffen. Er hatte zwar mit Vielem aber nicht mit Folter vom Militär gerechnet. Auch wenn Pelletier nicht so ein Monster wie Stone sein würde, so war die Aussicht darauf, nicht bei lebendigem Leibe filetiert zu werden, sondern dem Gefühl ausgesetzt zu werden, dass man ertrinkt, in diesem Moment gleich miserabel. Jonah selbst hatte schon die schlimmsten Geschichten vom Waterboarding gehört. Selbst die härtesten Kerle hatten nach einiger Zeit Familie, Freunde und Vaterland verraten. Die Karten für die Verhandlung waren gerade neu gemischt worden und Jonah hatte plötzlich die schlechteste Hand, die man sich vorstellen konnte.

„Sir, ich … ich glaube wir haben einen schlechten Start erwischt." Er erhob beschwichtigend die Hände. Es war Zeit für einen neuen Plan.

53Verstärkung

Während er vor der voll verglasten Front seines Büros stand, betrachtete Stone nachdenklich die drei weißen Kondensstreifen, die sich vor dem kristallklaren Blau des Morgenhimmels abzeichneten und langsam aber sicher wieder verblassten. Vor wenigen Minuten waren an dieser Stelle drei Flugzeuge entlanggeflogen, die mittlerweile auf La Guardia gelandet sein mussten. Die versprochene Verstärkung war endlich eingetroffen. Anscheinend war Ricardo also doch nicht so ein Hochstapler, wie Stone bislang geglaubt hatte. Zu dumm, dass diese Erkenntnis für den Milliardär aus Rio zu spät kam.

Stone drehte sich um blickte dabei stirnrunzelnd auf den von der Zimmerdecke baumelnden Leichnam, dessen Füße langsam hin und her schwangen. Ricardos Gesicht war mittlerweile blau-violett angelaufen, und die Drahtschlinge um seinen Hals hatte sich tief in die Haut hineingebohrt. Speichel lief in dünnen Fäden aus dem halboffenen Mund, und die leblosen Augen traten aus den Höhlen hervor. Dass sich aufgehängte Kadaver kurz vor dem Tod einpissten, war zwar unschön, aber wozu hatte er Reinigungskräfte. Es ging eben ums Prinzip.

Stone überlegte kurz, ob seine letzte Kurzschlussreaktion zu einem Problem werden könnte. Der Kontakt zu der Überlebendengruppe mit militärischer Ausrüstung in Brasilien war immer über Ricardo gelaufen. Ob die Männer Stone gehorchen würden, wenn ihr eigentlicher Kontaktmann nicht mehr da war? Natürlich konnte es sein, dass Fragen gestellt wurden, aber allzu große Sorgen bereitete Stone das nicht. Er würde Ricardos Tod mit einer Überdosis erklären. Dort unten war doch eh jeder zweite von irgendetwas abhängig, egal, wie viel Geld er besaß. Und dass man sich in Zeiten des Weltuntergangs mal einen ordentlichen Trip gönnen wollte, war durchaus nachvollziehbar. Letztlich war es ihm auch egal, was die neuen Gäste dachten. Spätestens wenn sie sich an den Luxus von New Kanaan gewöhnt hatten, würden sie einen Scheiß darauf geben, was mit dem guten alten Ricardo geschehen war.

Das *Four Seasons* konnte die zweihundertfünfzig Soldaten noch unterbringen, auch wenn das Hotel dann damit fast voll war. Aber nicht nur die Männer waren wichtig, auch die beiden Kampfjets konnten noch eine entscheidende Rolle im Kampf gegen Fort Benning spielen.

Fort Benning. Als Stone an diesen arroganten Fatzke Pelletier dachte, stieg unvermittelt der lodernde Hass in ihm auf, der vor rund einer halben Stunde dafür gesorgt hatte, dass Ricardos Lackschuhe nun knapp einen Meter über dem Boden hingen. Nicht nur, dass die Truppen von Fort Benning Halifax eingenommen hatten, nein, sie hatten ihm auch seine Leute genommen. Aber das würde nicht ungesühnt bleiben. Im Gegenteil. Sobald der Flugzeugträger hier in New York einlief, würden diese Ignoranten ihr blaues Wunder erleben.

Stone schlug sein kleines, schwarzes Notizbuch auf und blickte auf die Uhr. Kurz vor neun. Er hatte viel vor heute, und das Erhängen von Ricardo war dabei eigentlich nicht eingeplant gewesen. Jetzt musste er auch noch die Leiche entsorgen. Ärgerlich, aber ein notwendiges Übel. Er ging seinen weiteren Zeitplan durch: In den nächsten zwanzig bis dreißig Minuten würden die neuen Soldaten in New Kanaan ankommen, und er wollte es sich nicht nehmen lassen, sie persönlich zu begrüßen und ihnen das Hotel zu zeigen. Um elf hatte er vor, sich den neuesten Stand von Port Royale berichten zu lassen. Das Projekt lief schon seit Monaten im Hintergrund und stand kurz vor der Fertigstellung. Um fünfzehn Uhr durfte er sich wieder mit der Tafelrunde (*Affenrunde*, dachte er für sich und musste unvermittelt grinsen) rumschlagen, die alles andere als erfreut über den Verlust von Halifax sein würde. Am Abend wollte er die neuen Soldaten im riesigen Konferenzsaal des *Four Seasons* versammeln und sie auf die bevorstehenden Aufgaben einschwören. Stone war sich sicher, dass diese Männer ihre eigene Mutter töten würden, sofern er ihnen klarmachte, wie gut sie es hier haben würden und wer ihnen dieses Luxus wegnehmen wollte.

Wenn das erledigt war, würde er sich um Marie kümmern. Oder vielmehr sollte sie sich um ihn kümmern. Stones Gefühle für sie beschränkten sich schon vor ihrem Fauxpas im Funkcenter auf ihre körperlichen Reize, aber die konnten sich durchaus sehen lassen. Ihre Pussy war so eng wie die einer Studentin im ersten Semester, und ihre Titten so prall wie gut gereifte Melonen. Als er darüber nachdachte, merkte er, wie ein warmes Schaudern seine Lendengegend erfasste. Vielleicht konnte er ja auch jetzt kurz nach ihr sehen? Er hatte sie in seinem Appartement eingeschlossen, ohne ihr die Handschellen abzunehmen, nachdem er ihr eine ordentliche Tracht verpasst hatte. Erst mit dem Gürtel, dann mit seinem eigenen Riemen. Eine weitere Runde konnte nicht schaden.

Gerade als er losgehen wollte, fiel ihm Ricardo ein, der ihn mit vorwurfsvollem Blick aus den hervorquellenden Augen anstarrte. Verdammt. Dieser brasilianische Hurensohn schaffte es sogar nach seinem Tod noch, ihm das Leben schwer zu machen. Stone überlegte kurz, dann setzte sich der rationale Teil seines Verstandes gegen die Triebsteuerung durch. Es nützte nichts, er konnte die Leiche hier nicht baumeln lassen. Also erst die Arbeit, dann das Vergnügen.

54 Bestimmung

Alle im hinteren Teil des Hubschraubers schliefen. Nika saß vorne bei Ray, ihr war die Erschöpfung weniger stark anzumerken als den anderen. Ray bildete sich allerdings auch gerne ein, dass sie seinetwegen vorne sitzen wollte. Irgendetwas reizte ihn an dieser Frau, und er erwischte sich mehr als einmal dabei, wie er zu ihr herübersah, während sie ihren schlanken Körper auf dem Sitz streckte. Er konnte nicht abstreiten, dass er Gefühle für Nika hatte, aber daran wollte er im Moment nicht denken. Wenn er früher eine Liaison gewollt hatte, war ihm die Antwort meisten egal gewesen. Wenn die Frau ja sagte, hatte er, was er wollte. Wenn sie nein sagte, kümmerte es ihn auch nicht und er hätte wahrscheinlich ihre Schwester gevögelt. Bei Nika war das anders. Er wusste, dass ihn ein Korb aus ihrem Mund härter treffen würde, als ihm lieb war.

Die anfängliche Enttäuschung, Melissa und die Kinder in Sanctuary nicht gefunden zu haben, war in den vergangenen zwei Wochen der bedrückten Grundstimmung gewichen, die Ray nur zu gut aus der Zeit kannte, bevor man ihm weisgemacht hatte, dass seine Ex-Frau in Sanctuary sei. Auch darüber würde er mit Dixon und Pelletier noch sprechen. Im Moment allerdings war der Anblick der hübschen Latina neben ihm durchaus ein Stimmungsaufheller.

Hinten schliefen Silvia und die kleine Rose tief und fest. Nicht einmal Scotts und Sams bestialisches Gesäge konnten die beiden wecken. Screw und Lisa dösten ebenfalls und auch Watson machte ein Nickerchen. Das Land glitt unter ihnen dahin.

Ray hatte zunächst kurz Sorgen, dass der Treibstoff nicht reichen könnte, diese erwiesen sich allerdings als unbegründet. Sie würden den Flugzeugträger erreichen, ohne einen Zwischenstopp einlegen zu müssen.

„Wie geht es jetzt weiter, Captain? Ich meine, wenn wir die Abbadons abgeliefert haben?“, fragte Nika mit metallisch krächzender Stimme. Die Rotoren waren ziemlich laut, weshalb beide Bordheadsets trugen.

„Dann werden wir diesen selbstgefälligen Doktor in die Pflicht nehmen. Wir haben mit der Rettung seiner Familie unseren Teil der Abmachung mehr als erfüllt.“ Er drehte sich leicht nach hinten und sah Scott schlafen. „Und das haben wir auch teuer bezahlt.“

„Was machst du eigentlich, falls wir es wirklich schaffen, diese ganze Scheiße hier zu überleben?“

Ray sah Nika an und runzelte die Stirn. Mit dieser Frage hatte er nicht gerechnet, vor allem nicht von ihr. Seit wann interessierte sie sich für seine Zukunftspläne?

„Unter uns gesagt habe ich mir darüber noch gar keine Gedanken gemacht. Es klingt vielleicht bescheuert, aber für mich ist das hier gerade meine Realität. Diese Reise mit euch und jeder einzelne Tag, den wir zusammen verbringen. Wenn ich jetzt darüber nachdenke, wie ich früher so meine Zeit verbracht und über welch unwichtiges Zeug ich mir Gedanken gemacht habe, kommt mir das ganz schön banal vor. Ich habe getrunken und mich mit viel zu jungen Stewardessen herumgetrieben. Melissa und die Kinder habe ich dabei sehr vernachlässigt. Ich hatte sie ja sicher, was hätte schon groß passieren sollen? Meine Tage dümpelten irgendwie dahin und ich war unzufrieden, obwohl ich eigentlich nicht zufriedener hätte sein können. Ich hatte eigentlich alles, und jetzt habe ich nichts.“

„Du hast uns.“ Nika sprach die Worte ohne den Hauch von Ironie. Ray blickte sie kurz an und nickte. „Und ich bin zurzeit zufriedener, als ich es früher war. Das einzige was mich noch glücklicher machen würde, wäre, wenn ich wüsste, dass es meiner Familie gut geht. Aber ich habe immerhin noch Hoffnung und etwas, das mich weitermachen lässt. Außer euch natürlich.“ Ray lächelte zu Nika herüber. „Klingt das komisch für dich?“

Sie starrte ihn regelrecht an, als würde sie nach etwas suchen. Nach einer Weile schien sie zufrieden zu sein und schaute wieder nach vorne.

„Nicht so komisch, wie du denkst.“ Die darauffolgende Pause erschien Ray so, als wühle sie in ihrer eigenen Vergangenheit herum und sei nicht mit allen Fundstücken ganz einverstanden. Dann fing sie an, zu erzählen.

„Ich hab immer gekämpft und die meiste Zeit gegen Bezahlung. Das hatte mit Ehre oder einem höheren Ziel wenig zu tun. Ich hab‘s gemacht, weil ich den Nervenkitzel gebraucht und mich dabei lebendig gefühlt habe. Jetzt sieht die ganze Sache anders aus. Ich glaube, was wir tun, ist wichtig und das Richtige. Mir tut Scott leid, weil er so viel opfern musste. Du tust mir auch leid, aus einem ähnlichen Grund, aber ich weiß, ihr werdet das hinbekommen. Am Anfang war das nicht so. Ich bin nicht gerade ein großer Menschenfreund. Die meisten Leute nerven mich schnell und ich kann sie nicht über längere Zeit ausstehen. Bei euch ist das was etwas Anderes. Ich fühle mich wohl in eurer Nähe. Selbst in deiner." Sie zwinkerte Ray zu und er lachte.

„Hast du keine Familie? Niemanden, zu dem du gehen könntest, wenn das hier vorbei ist?"

„Ich bin als Waise groß geworden. Mehr musst du erst einmal nicht wissen. Ich rede nicht so besonders gerne über mich. Lass uns das ganz Tiefsinnige auf einen anderen Tag verschieben. Fakt ist, ich musste mich immer allein durchschlagen, deswegen fällt mir das auch nicht so schwer wie manch anderem. Möglicherweise bleibe ich dir ja erhalten, wenn wir die Welt gerettet haben. Also sieh zu, das du am Leben bleibst, Captain."

Ray grinste. Bei Nika wusste er nicht, ob sie mit ihm flirtete oder ihn bedrohte, aber es war ihm auch egal, denn offensichtlich mochte er beides. Ray schaute auf die Uhr und bemerkte, dass sie sich nun im Funkfenster befanden. Also wollte er sein Glück versuchen.

„USS Washington für Captain Thompson, kommen. Ich wiederhole, USS Washington für Captain Thompson, kommen." Der Äther schwieg. Sekundenlang. Minutenlang. Gefühlt stundenlang. Ray befürchtete bereits das Schlimmste. Dann endlich kam die erlösende Antwort.

„Captain Thompson, USS Washington hört. Frohe Weihnachten wünschen wir. Tut wirklich sehr gut, Ihre Stimme zu hören, wir haben uns alle große Sorgen gemacht. Sind Sie in Ordnung?"

„Mehr oder weniger. Ihnen auch frohe Weihnachten. Lassen Sie uns die Details besprechen, wenn wir angekommen sind. Hat sich Ihre Position seit unserem Abflug verändert?"

„Nur marginal, Captain. Sie finden uns aktuell elf Klicks westlich unserer letzten Position. Reicht Ihnen das als Information?"

„Bestätigt. Wir treffen bald ein, vermutlich in den nächsten zwanzig

Minuten. Bereiten Sie den Landeplatz vor."

„Es ist bereits alles vorbereitet. Sie können landen. USS Washington Ende."

„Verstanden. Thompson Ende." Ray lächelte. Gleich war es geschafft. Unter ihnen spiegelte sich die Sonne im Ozean. Das Meer sah aus wie eine große, polierte Silberplatte. Ray ging im Kopf durch, was alles erledigt werden musste, wenn sie gelandet wären.

Plötzlich wedelte Nika mit den Armen, als wollte sie etwas abwehren. Ray dachte erst, sie hätte den Teufel gesehen, so wild fuchtelte sie mit den Armen.

„Was hast du, verflucht nochmal? Du hast mich zu Tode erschreckt!" Nika versuchte ruhig zu antworten, auch wenn ihr das nicht so ganz gelang.

„Sieh doch, da unten! Da ist ein Rummel mit einem Riesenrad. Ich liebe Rummelplätze!" Nika sah aus wie eine zehnjährige, die man in einen Raum mit hundert Katzenbabies geworfen hat.

„Ist das dein Ernst? Dafür erschreckst du mich so furchtbar?"

„Hast du mir nicht zugehört? Ich LIEBE Rummelplätze!"
Ray verdrehte die Augen.

„Akustisch habe ich dich schon verstanden. Was soll's, wo ist denn dein Rummelplatz?" Er blickte leicht genervt aus dem Fenster. Tatsächlich sah man auf den ersten Blick ein großes Riesenrad. Daneben standen unzählige Fahrgeschäfte, Buden und Imbisse. Und eine weitere Sache stach sofort ins Auge. Unten lag ein ausgedientes Kriegsschiff vor Anker. Es war ein Zerstörer aus dem Zweiten Weltkrieg, der irgendwann seine Pflicht und Schuldigkeit getan hatte. Nun war er mit Girlanden geschmückt und als Attraktion in einen Rummel integriert worden. Nika schwärmte immer noch.

„Ich wünschte, der Rummel hätte noch geöffnet. Es gibt kaum was schöneres, als eine Runde mit dem Riesenrad zu fahren."

Ray schaute verwundert zu ihr herüber. „Auf was du so stehst."

„Du kennst eine Menge Dinge nicht, auf die ich so stehe."
Ray biss sich auf die Lippe. *Da ist was dran.* Sie ließen den Rummelplatz hinter sich, auch wenn Nika ihn noch etwa zwanzig Mal erwähnte.

Nach einiger Zeit kam der Flugzeugträger in Sicht. In der funkelnden Abendsonne dieses späten ersten Weihnachtstages lag der Koloss aus Stahl und zeichnete sich am Horizont ab. Ein herrlicher Anblick, der Ray das Herz aufgehen ließ. Er ging in den Sinkflug und wurde durch einen Soldaten auf Deck eingewiesen. Als sie gelandet waren und die Rotoren standen, stürmten mehrere Soldaten auf den Helikopter zu und nahmen sie in Empfang.

Daniel Abbadon wartete bereits auf Deck und schloss seine Frau und seine kleine Tochter sofort in die Arme. Ray wunderte sich, dass dieser Selbstdarsteller offenbar doch so etwas wie Zuneigung empfinden konnte. Alle wurden in Kabinen unter Deck gebracht, bis auf Screw, der direkt auf die Krankenstation verlegt wurde. Während Ray mit Scott und Watson an seiner Seite in Richtung der Quartiere ging, kamen der Vizepräsident, General Dixon und Admiral Jackson auf sie zu.

Harrison Carter wollte Rays Hand schütteln, doch dieser ließ es nicht zu. Auch Dixon verweigerte er den Handschlag. Zu dem vormaligen Disput der beiden gesellte sich jetzt noch die offensichtliche Lüge über den Verbleib von Rays Ehefrau und Kindern. Aber auch diese Zurschaustellung von Unzufriedenheit konnte die Laune des Generals nicht trüben.

„Hervorragende Arbeit, Mister Thompson." Dixon sah im Gegensatz zu Ray äußerst zufrieden aus.

„Ja, wirklich hervorragend", wiederholte Jackson. „Sie stecken wirklich voller Überraschungen, nicht wahr?" Der Admiral klang härter, als sein Kompliment vermuten ließ.

„Wir tun unser Bestes, das sollten Sie mittlerweile wissen. Aber lassen Sie mich mit Ihren Lobhudeleien in Frieden. Ich will mich jetzt ausruhen. Und über IHRE Überraschungen, wie beispielsweise die Lüge in Bezug auf meine Ex-Frau, sprechen wir morgen. Und jetzt gehen Sie mir aus den Augen." Ray ging weiter.

Dixon lief weiter neben ihm her. „Ihre Quartiere sind vorbereitet. Wären Sie morgen früh um acht wieder ausreichend regeneriert? Die Zeit drängt, Mister Thompson und wir haben noch eine Menge zu tun."

Rays Antwort bestand in einem Grunzen, das alles Mögliche hätte bedeuten können.

Dixon blieb stehen. „Ich werde Sie wecken lassen."

„Wir haben nichts anderes erwartet", sagte Scott, ohne sich umzudrehen, während er weiter neben Ray herlief, bis sie vor dessen Kabine standen. Ray öffnete die Tür und ließ Watson schon rein, bevor er das Wort an seinen Freund richtete.

„Kommst du zurecht?", fragte Ray.

„Es geht schon."

„Ich brauche dich. Das Puzzle fügt sich allmählich. Morgen fühlen wir Abbadon auf den Zahn. Dann sehen wir, wie es weitergeht." Ray wirkte erschöpft.

„Es geht immer irgendwie weiter. Wir sehen uns morgen."

55 Von Angesicht zu Angesicht

Kurz nach ihrer Rückkehr vom Elektronikladen hatten Chris und Gregg von Josh, der als Wachposten am Haupttor stand, erfahren, dass sein Vater noch immer im Gefängnistrakt des Stützpunktes war. Da Josh sowieso aus der Kälte rauswollte, hatte er die Gelegenheit genutzt und angeboten, den Brüdern den Weg zu zeigen. Als die drei das Gebäude betraten, blickten sie einen jungen Soldaten an, der sie seinerseits kurz musterte. Etwa zeitgleich hörten sie ein schmerzverzerrtes Stöhnen aus Richtung der Zellen, was ihnen einen Schauer über den Rücken jagte.

„Das geht schon seit einer Stunde so. Ich schwöre, ich werde euren Kommandanten niemals wütend machen“, sagte der Private mit einem schadenfrohen Unterton.

„Das ist *Pelletier*? Was tut er und mit wem?“, platzte es aus Gregg heraus.

„Er knöpft sich diesen Jonah vor. Den Gang runter, die erste Zelle links.“

Ohne ein weiteres Wort schoben sich die drei Männer an dem Soldaten vorbei. Mit einem leicht mulmigen, wenn auch nicht minder neugierigen Gefühl, gingen sie zur Zelle. Je näher sie kamen, desto mehr Gesprächsfetzen konnten sie aufschnappen.

„Und diese Scheiße soll ich ihnen glauben? … eine Unterwasserstadt? Was kommt als nächstes, Raumschiffe?“ Pelletier wirkte verärgert, als sie die Zelle erreichten. Er saß auf der Pritsche neben Jonah, der mit Hand- und Fußfesseln am Boden lag. Der Master Sergeant hielt einen tropfenden Stofffetzen in der Hand und blickte Jonah ernst an, während dieser hustend nach Luft rang. Josh traute seinen Augen kaum. Jonah sah stark mitgenommen aus. Er hatte zahlreiche Blessuren im Gesicht und ein Auge war stark geschwollen. Hatte sein Vater das etwa angestellt? Er konnte nicht glauben, dass sein Dad zu so etwas in der Lage war, doch vielleicht erforderten diese verrückten Zeiten auch ganz einfach besondere Maßnahmen.

Willem Pelletier blickte auf, als die Männer die Zelle betraten. „Ah, sehr gut, ihr seid zurück. Klappt der Funk wieder?“ Von einer Sekunde zur nächsten schwang die Stimmung um, denn Pelletier sprach so beiläufig, als würde er sich mit einem Fremden über das Wetter unterhalten, und nicht als wäre er gerade bei einer perfiden Foltermethode überrascht worden. Es dauerte einige Sekunden, bis Chris sich als erster aus der Schockstarre löste und auf die Frage antwortete.

„Ja, wir haben die passenden Teile in einem Elektroladen gefunden und für das Komm-Center verwendet. Jetzt schnurrt die Anlage wie ein Kätzchen. Der Transponder ist wesentlich stärker als der vom Boot von Vita Invicta. Wenn wir die passenden Frequenzen haben, dann können wir also mit der USS George Washington kommunizieren, Sir. Und wenn ich die Lage richtig einschätze, dann können wir, dadurch, dass wir die Funkkanäle vom Schiffsfunk des Vita Invicta Bootes haben, die VI-Kommunikation verfolgen und im Zweifel auch stören.“

Chris kamen in diesem Moment noch viele weitere Ideen, an die er vorher nicht einmal gedacht hatte. Der Einfall seines Bruders, das Schiff genauer unter die Lupe zu nehmen, könnte sich noch als entscheidender Vorteil herausstellen. Je nachdem, wie viele Kanäle Vita Invicta bei ihrer Kommunikation untereinander nutzte, könnte man diese während einer Schlacht komplett blockieren. Der Gegner wäre, was die Soldaten anging, weitestgehend blind, taub und stumm. Entweder das, oder man führte sie mit Falschmeldungen in die Irre. Allerlei Ideen schossen durch Chris‘ Kopf, als er so darüber nachdachte. Er war so vertieft in Gedanken, dass er gar nicht mitbekam, dass Pelletier und sein Bruder bereits weitere Themen im Zusammenhang mit dem Funk besprachen.

„ … auch bis New York, Sir. Die Sendemasten auf dem Weg sollten im Normalfall alle noch funktionsfähig sein. Und spätestens in einigen Kilometern Umkreis zu den Ausläufern von New York gibt es so viele Masten, dass der Funk problemlos funktionieren sollte. Diesen Punkt können Sie getrost von ihrer Liste streichen.“

„Hervorragend. Dann sollten wir schnellstens mit Jackson und Dixon auf dem Flugzeugträger Kontakt aufnehmen. Wir haben eine Schlacht zu planen. Unser Freund hier unten hat mir aufschlussreiche Informationen gegeben, nicht wahr Jonah? Ich habe schon eine Idee, wie wir es angehen könnten. Gehen wir.“

„Ich, ich kann helfen“, krächzte Jonah.

„Ach was. Und was in allen sieben Höllen sollte mich dazu bringen, Ihnen noch zu trauen Jonah?“

„Wenn Sie weniger Ihren sadistischen Neigungen nachgegeben und mich öfter ausreden lassen hätten, dann wäre ich von ganz alleine dazu gekommen. Dieser Bastard Stone hat meinen besten Freund vor meinen Augen umgebracht. Ich schulde diesem herzlosen Arschloch einen Scheißdreck. Ich wollte, was alle in diesen wahnsinnigen Zeiten wollen: Sicherheit und eine Chance zu überleben. Dafür musste ich tun, was ich schon immer gemacht habe, Befehle ausführen. Ich bin ein Soldat, genau wie Sie. Und obwohl mir jeder die Schuld dafür gibt, so habe ich nie gewollt, dass einer der Soldaten hier in der CFB verletzt wird. Bei jedem Einsatz habe ich mein Möglichstes gegeben um die Kollateralschäden so gering wie möglich zu halten. Fragen Sie Admiral Hart. Selbst um diesen Wahnsinnigen Peter Mason habe ich mich gekümmert, doch das scheint jeder vergessen zu haben und sieht lediglich die unzähligen Toten, für die Pete, und ich betone, nur Pete, verantwortlich ist. Ich konnte doch nicht ahnen, dass er durchdreht.“

Willem Pelletier musterte seinen Gefangenen einen langen Moment. Gleich mehrere Dinge, die dieser gesagt hatte, ließen ihn die vergangenen Stunden, zumindest in Teilen, bereuen. Jonah war Stone anscheinend weit weniger treu ergeben, als er angenommen hatte.

„Was haben Sie noch für uns?“, fragte Pelletier schließlich.

56Nur die halbe Wahrheit

Als es an seiner Tür klopfte, war Ray bereits auf den Beinen. Er erwartete einen Soldaten, doch es waren Nika und Scott, die ihn abholten, ausgerüstet mit frischem Kaffee. Scott drückte ihm die Tasse in die Hand.

„Dixon und Jackson haben den Konferenzraum vorbereitet. Wir können uns wohl auf einen längeren Tag gefasst machen."

„Damit habe ich sowieso gerechnet. Schön, dass ihr mich abholen kommt. Ich bin wirklich sehr gespannt, was der heutige Tag bringt." Dann blickte er zu Watson, der auf seinem Bett lag und müde den Kopf hob, als Ray die Kabine verließ. „Du wartest hier."

Die drei schlenderten in Richtung des Besprechungsraumes.

„Screw ist auf der Krankenstation, Sam und Lisa ruhen sich noch aus. Wir besprechen, wie schnell Abbadon mit dem Gegenmittel anfangen kann. Je früher desto besser. Was wir aus Sanctuary preisgeben, bleibt ja uns überlassen." Nika sah Scott an und dieser nickte.

Als sie im Konferenzraum angekommen waren, setzten sie sich nebeneinander an den langen Tisch. General Dixon und der Admiral waren bereits vor Ort, ebenso Doktor Abbadon, der einen etwas gehetzten Eindruck machte. Ein Stuhl allerdings war unbesetzt. Ray fragte sich, wer noch fehlte, als Harrison Carter den Raum betrat. Alle standen auf, nur um sich auf sein Zeichen direkt wieder zu setzen. Als alle Platz genommen hatten, eröffnete der Vizepräsident die Besprechung.

„Meine Damen und Herren, Mister Thompson. Die Vereinigten Staaten von Amerika danken Ihnen und Ihrem Team aufrichtig für das, was Sie für unser Land geleistet haben. Durch die Rettung der Familie Abbadon werden wir es schaffen, diese Seuche gemeinsam zu besiegen. Was das für Amerika und die zukünftigen Generationen unseres Landes bedeutet, kann ich nicht in Worte fassen." Carter machte eine kurze Pause. „Wir sind hier heute zusammengekommen, um das weitere Vorgehen im Kampf gegen das Virus, Vita Invicta und für die Freiheit der westlichen Welt zu planen. Daher übergebe ich jetzt an Sie, General."

Dixon übernahm das Wort. „Auch von mir noch einmal herzlichen Dank für Ihren mutigen und selbstlosen Einsatz. Da ich weiß, dass wir unsere Differenzen hatten, werde ich es dabei belassen. Was mich interessieren würde, mal abgesehen von dem was Sie sowieso schon erreicht haben, ist diese Stadt Sanctuary. Meinen Sie, man kann mit den Menschen dort in Kontakt treten? Könnten es möglicherweise unsere Verbündeten werden?“

Ray schüttelte den Kopf. „Bevor wir auf diesen Punkt zu sprechen kommen, wollen wir erst wissen, wie es Screw geht und ob die Menschen in Benning wohlauf sind. Die Informationen über Sanctuary haben noch Zeit.“

Dixon konnte das nachvollziehen. Trotzdem dachte er einen Augenblick über die richtigen Worte nach.

„Ihrem Mechanikerfreund geht es den Umständen entsprechend gut. Er hat eine lange Operation am Knie hinter sich und erholt sich gerade im Aufwachraum. Die Ärzte haben ihr Möglichstes getan. Ob er wieder vollständig genesen wird, steht aber in den Sternen. Was Fort Benning betrifft... Ich sage es Ihnen geradeheraus, der Stützpunkt musste evakuiert werden.“

Ein Raunen ging durch die Gruppe. Rays Gesicht spiegelte eine Mischung aus Furcht und Entsetzen wieder.

„Wie konnte das passieren?“

„Wir wissen es nicht genau. Fakt ist, dass eine gewaltige Zombiehorde Kurs auf Benning genommen hatte, so gewaltig, dass sie unmöglich abzuwehren gewesen wäre. Kein Vergleich zu der Horde, die von Vita Invicta zum Stützpunkt gelockt wurde. Nennen Sie es Zufall, Pech oder Schicksal – letztlich spielt das keine Rolle. Die Menschen mussten dort weg. Deshalb hat der Master Sergeant das in meinen Augen einzig Richtige getan und den Stützpunkt evakuiert. Leider haben wir nun keinen Funkkontakt mehr. Daher haben wir seitdem nichts mehr von ihnen gehört. Wir wissen lediglich, dass sie Kurs auf eine kanadische Militärbasis in Halifax genommen haben, von der wir glauben, dass sie ein sicherer Zufluchtsort sein könnte. Wir können im Moment nichts Anderes tun, außer zu beten und die Daumen zu drücken. Pelletier ist ein sehr erfahrener Soldat – wenn es jemand schaffen sollte, dann er.“

Ray versuchte, seine dunklen Gedanken beiseite zu schieben, auch wenn es ihm schwerfiel. Er wusste, dass Dixon in diesem Punkt Recht hatte. Wohin hätte er Hilfe oder weitere Soldaten schicken sollen, wenn er nicht wusste, wo die Überlebenden gerade waren? Die Menschen aus Benning waren also auf sich allein gestellt, aber darin hatten sie mittlerweile eine Menge Erfahrung.

Dixon ließ Ray und seinen Freunden einen Moment Zeit, das Gehörte zu verdauen. Er war kein Unmensch, aber ein pflichtbewusster Soldat. Deswegen lenkte er den Fokus rasch wieder auf seine eigenen Fragen.

„Das ist leider alles, was ich Ihnen dazu sagen kann. Ich verstehe, dass Sie sich Sorgen machen, aber meine Fragen dienen nicht nur der nationalen Sicherheit, sondern dem Überleben der Menschheit, deshalb lassen Sie uns bitte fortfahren. Kommen wir also nochmal auf Sanctuary und dessen Anführer."

Ray wollte zunächst schroff reagieren, aber er wusste, dass der General nur seine Pflicht tat, deswegen sah er es ihm dieses Mal nach. Er hoffte nur, dass es Josh und den anderen gut ging.

„Möglicherweise kann der Anführer Sanctuarys nochmal nützlich für Sie werden. Das ist schwer zu sagen. Der Stadthalter, und dieses Wort benutze ich, weil es passt, ist ein schwieriger Mann. Man muss aufpassen, wie man mit ihm umgeht. Er ist gefährlich und sehr auf seinen eigenen Vorteil bedacht, aber prinzipiell könnte er sich als nützlicher Verbündeter erweisen. Wir haben ihm eine Funkmöglichkeit gegeben und er kennt ihre Frequenzen. Wenn Sie wollen, dann kontaktieren Sie ihn. Sein Name ist Richard Fuller."

Dixon sah Ray an. „Er ist also mit Vorsicht zu genießen, das habe ich verstanden. Ich werde ihn dennoch kontaktieren lassen. Wir brauchen jede Information, die wir bekommen können. Kommen wir nun zum eigentlichen Punkt." Damit richtete sich Dixon an Abbadon.

„Dr. Abbadon, Captain Thompson und seine Freunde haben unseren Teil der Abmachung erfüllt. Ich denke, es ist nun an der Zeit, dass Sie Ihren Teil ebenfalls erfüllen. Beginnen Sie bitte umgehend mit der Herstellung des Antivirus."

Abbadon rutschte auf seinem Stuhl herum, wie ein kleiner, nervöser Junge vor dem Büro des Schulleiters. Das sonst so selbstsichere Porzellanlächeln war verschwunden.

„Ja, nun… Wissen Sie, das ist nicht ganz so einfach, wie Sie vielleicht denken.“ Von der früheren Überheblichkeit ebenfalls keine Spur mehr, Abbadon schien Zeit schinden zu wollen.

Dixon ließ sich darauf nicht ein. „Würden Sie uns das wohl erklären? Die Abmachung war sehr simpel: Das Team, angeführt von Captain Thompson, rettet Ihre Familie und dafür stellen Sie ein Gegenmittel gegen diese Krankheit her. Wo ist das Problem, Abbadon? Sie sollten unser aller Geduld nicht zu sehr auf die Probe stellen.“

Abbadon stand vom Tisch auf. Er stellte sich vor die anderen und hatte Mühe, ihnen in die Augen zu schauen. „Ich habe Ihnen schlicht und ergreifend nicht die ganze Wahrheit gesagt. Es ist wahr, als ich bei Vita Invicta gearbeitet habe, habe ich mich mit einem Heilmittel beschäftigt. Der Chef von Vita Invicta, Derek Stone, ist allerdings ein Mann, der nichts dem Zufall überlässt. Die eine Hälfte der Forschung für das Heilmittel befindet sich tatsächlich in meinem Besitz. Diese ist aber nutzlos ohne die andere Hälfte der Formel, und die befindet sich im Besitz eines Wissenschaftlers, mit dem ich bei Vita Invicta eng zusammengearbeitet habe. Sein Name lautet Dr. Adrian Schaefer.“

Alle Teilnehmer starrten Abbadon ungläubig an, der mit jedem Wort langsam aber sicher die alte Arroganz wiederzufinden schien. „Ich musste Sie doch angemessen motivieren, meine Herren, oder etwa nicht? Ansonsten wären Sie wohl kaum geneigt gewesen, sich auf eine so halsbrecherische Mission zu begeben, um meine Familie zu mir zurückzubringen. Das verstehen Sie doch sicher.“

Für einige Sekunden hingen die Worte bleischwer in der Luft. Dann hörte man, wie ein Stuhl zurückgeschoben wurde. Scott erhob sich und ging auf Abbadon zu. Der sah den großen Mann auf sich zukommen, schnaubte jedoch nur verächtlich.

„Vergessen Sie nicht, dass Sie mich brauchen. Ohne mich sind Sie nicht in der Lage, ein Gegenmittel zu fabrizieren. Machen Sie sich also mit Ihrem affigen Machogehabe nicht lächerlich, Gerber. Ich bin weit wichtiger als Sie.“

Scott spannte seinen gewaltigen Arm an und schoss ihn nach vorne, wie einen Pfeil. Seine Rechte umfasste beinahe Abbadons gesamten Hals und er drückte ihn gegen die Wand. Dann hob der den schmalen Wissenschaftler mit einer Hand vom Boden hoch und zischte ihn an.

„Für mich bist du nicht wichtig. Ich brauche dich für überhaupt nichts, du bornierter Penner. Ist mir scheißegal, dass du dich für klüger hältst. Vielleicht schreibe ich ja auf deinen Grabstein: *‚war gut in Biochemie, aber hatte ein zu schmales Genick‘*. Was glaubst du, wer du bist? Meine Ehefrau ist bei dieser Reise ums Leben gekommen. Jane war mein Ein und Alles und sie wurde in meinem Beisein geköpft. Verstehst du das? GEKÖPFT! SIE IST TOT! Du hast deine Familie, aber was ist mit mir? Was soll mich jetzt und hier davon abhalten, dir meine Hände in den Brustkorb zu schlagen und dich wie ein Blatt Papier zu zerreißen? Ich brauche dein scheiß Gegenmittel nicht, für gar nichts. Ich bin bereits mit meinen Freunden durch die Hölle gegangen und habe weiß Gott alles in meiner Macht Stehende getan, meine Frau und meinen Sohn zu retten. Was hast du eigentlich die ganze Zeit getan, um deiner Familie zu helfen? Außer zu lügen, meine ich?“

Abbadon zappelte an der Wand, als hätte man ihn an eine Autobatterie angeschlossen. Er schnappte nach Luft und jaulte.

„..Waaas ..uuun Sie! Hilfe. ..Eeeelfen Sie ..mir!“

Scott spürte plötzlich die Berührung von kaltem Stahl an seiner Schläfe. Admiral Jackson hatte seine Pistole gezogen und hielt sie Scott an den Kopf.

„Gerber, haben Sie Ihren verfluchten Verstand verloren? Lassen Sie sofort den Mann wieder runter, sonst verteile ich Ihr bisschen Hirn an der
Schiffswand!“

Sein Triumph über Scott dauerte allerdings nicht allzu lange, denn jetzt merkte auch der Admiral die Berührung von Stahl an einer äußerst unangenehmen Stelle. Nika hatte ein langes Jagdmesser gezogen und es dem Admiral mit der Klinge nach oben zwischen seinen Beinen hindurch geschoben, so dass es nur noch wenige Millimeter von seinen Eiern trennte.

„In dem Moment, wo Ihr Finger auch nur einen Hauch zum Abzug Ihrer Pistole wandert, singen Sie am allerhöchsten hier an Bord. Ob Sie

wollen
oder nicht, mein lieber Admiral. Ich glaube Ray, Scott und ich haben durchaus ein Recht darauf erworben, etwas mehr zu verlangen, als das, was dieser fadenscheinige Wissenschaftler uns gerade anbietet, oder meinen Sie nicht? Außerdem mag ich es nicht, wenn man meinen Freunden Waffen an die Schläfe hält." Jackson bekam große Augen, beließ die Pistole aber an Scotts Kopf, was diesen wiederum überhaupt nicht interessierte.

„Nika, Sie verrücktes Weibsstück! Sind Sie von allen guten Geistern verlassen? Nehmen Sie sofort Ihr Messer weg von meinen Eiern!"

Nika verzog keine Miene. „Mir geht es gut, aber danke der Nachfrage. Ich denke, ich werde es dort belassen, bis Sie Scott die Pistole aus dem Gesicht nehmen."

Jackson wurde zornesrot. „Sie haben gerade Ihr Todesurteil unterzeichnet. Ich lasse Sie vor alle noch existierenden Gerichte stellen, die es gibt! Sie haben offensichtlich auf Ihrer letzten Mission vollständig den Verstand verloren! Ich werde…"

General Dixons Stimme schallte plötzlich durch den Raum wie ein Urknall.

„Hören Sie auf, sich wie beschissene Pubertierende zu benehmen, die sich um einen Porno streiten! Jackson, nehmen Sie die verfluchte Kanone runter! Nika, weg mit dem Messer und Gerber, lassen Sie den Mann endlich runter, oder ich lasse Sie drei vor die Kanonen meines Bootes binden und scheiße auf sämtliche Gerichte. Wir müssen einen kühlen Kopf bewahren und Sie drei benehmen sich wie die ersten Menschen!"

Harrison Carter ergriff das Wort, um die Situation zu deseskalieren. „Ladies und Gentlemen, mir ist die Emotionalität dieser Situation mehr als bewusst, aber wir können uns diese Streitereien und persönlichen Fehden jetzt noch weniger leisten als jemals zuvor."

In Scotts Augen loderte nach wie vor der Hass, aber er reagierte als Erster und ließ Abbadon hinuntersinken. Dieser rutschte an der Wand herunter und schnappte am Boden nach Luft. Jackson holsterte seine Pistole wieder, nahm seine Hände in die Luft und trat einen Schritt zurück. In dem Moment hatte er auch Nikas Klinge nicht mehr zwischen den Beinen. Er sah Nika an und zischte.

„Darüber reden wir noch."

Nika machte eine wegwerfende Handbewegung. „Na, das kann ich doch kaum abwarten."

Dixon schüttelte den Kopf. „So, nachdem wir uns nun alle beruhigt haben, lassen Sie mich doch unserem geschätzten Doktor ein paar klärende Fragen stellen. Wenn die Antworten nicht zufriedenstellend sind, kann ja Mister Gerber gerne die Befragung weiterführen."

Daniel Abbadon sah in Scotts Augen und schüttelte unwillkürlich den Kopf. Auf einen zweiten Zusammenprall mit diesem Wahnsinnigen konnte er gut verzichten.

„Erklären Sie uns dann bitte, was Sie eben gemeint haben?"

Abbadon rappelte sich auf, um nicht länger in dieser würdelosen Position bleiben zu müssen.

„Hören Sie. Derek Stone ist ein brandgefährlicher Mann. Jemand, der alles bis ins kleinste Detail plant. Er würde nie das Schicksal seiner gesamten Firma in die Hände eines einzelnen Menschen geben. Das wäre ihm viel zu gefährlich, denn wenn ich mich entscheiden würde, mich auf einmal gegen ihn zu stellen, wie ich es jetzt getan habe, würde mein Wissen alleine ausreichen, um ihn zu vernichten. Also teilt er es lieber zwischen mehreren Leuten auf und behält so immer die Oberhand. Ich konnte Ihnen das nicht von Anfang an sagen, sonst hätten Sie nie eingewilligt, meine Frau und meine kleine Rose zu retten. Ich bin kein Kämpfer. Ich dachte, wenn ich auf der Wichtigkeit meiner eigenen Person beharre, dann bin ich unantastbar und wirke länger so, als hätte ich tatsächlich die Lösung anzubieten. Es tut mir leid. Ganz besonders für Sie, Mister Gerber. Ich hätte Ihnen reinen Wein einschenken sollen, aber ich war bereit, dieses Risiko für meine Familie auf mich zu nehmen. Was hätten Sie an meiner Stelle getan?" Abbadon zeigte tatsächlich so etwas wie Reue.

Scott antwortete, ohne zu zögern. „Vergleichen Sie uns nicht, Abbadon. Ich hätte den anderen immerhin eine Wahl gelassen."

Carter schaltete sich ein. „Das ehrt Sie, Mister Gerber, aber wir müssen nach vorne sehen. Ein halbes Heilmittel ist besser als überhaupt keines."

„So kann man es natürlich auch sehen", sagte Ray. „Das Problem ist nur, dass die andere Hälfte bei Vita Invicta ist. Nur deshalb haben sie Schaefer aus Benning geholt. Wahrscheinlich haben sie das Antivirus bereits hergestellt."

„Was ja grundsätzlich nicht schlecht wäre", meinte Dixon. „Dann müssen wir es uns eben von dort holen."

Carter blickte skeptisch in die Runde. „Also New York hat nach meinem Kenntnisstand etwa acht Millionen Einwohner. Das heißt, jetzt laufen dort eventuell acht Millionen Untote herum. Dort hineinzukommen wird eine Herkulesaufgabe. Hinzu kommt die Bedrohung von Vita Invicta selbst. Wie ich aus eigener Erfahrung weiß und wie Abbadon auch bestätigt hat, überlässt Stone nichts dem Zufall. Wir benötigen ganz dringend einen guten Plan, meine Herren. Uns rennt die Zeit davon."

57 Himmelfahrtskommando

Ray, Scott und Nika waren erneut auf dem Weg zum Konferenzraum. Nach der letzten Besprechung hatten sie noch lange mit Dixon, Jackson, Abbadon und Harrison Carter zusammengesessen, um das weitere Vorgehen zu planen. Schließlich hatte man sich darauf geeinigt, sich am späten Nachmittag wiederzutreffen.

Ein freundlich aussehender Soldat öffnete ihnen die Tür zum Konferenzraum. Dort saßen bereits die anderen formellen und informellen Führer zusammen und warteten angespannt darauf, dass es endlich losging. General Dixon, Admiral Jackson und Doktor Abbadon, außerdem einige weitere Offiziere und nun auch Ray, Scott und Nika.

Jetzt war es soweit. Das Ganze hatte eine gewisse zeitliche Dringlichkeit, denn sie mussten das Funkfenster ausnutzen. Zuvor hatte Dixon aber gute Neuigkeiten.

„Wir wurden heute Mittag von der CFB Halifax angefunkt und können mitteilen, dass fast alle Menschen aus Fort Benning in Sicherheit sind."

Eine Woge der Erleichterung glitt durch den Besprechungsraum. Dixon fuhr fort. „Allerdings hat sich bestätigt, was wir auch vorher schon wussten: Derek Stone ist wild entschlossen, uns zu vernichten. Er hatte die CFB bereits in seine Gewalt gebracht und wollte die Menschen aus Benning in einen Hinterhalt locken. Nur dem Schicksal und vier mutigen kanadischen Soldaten ist es zu verdanken, dass der Master Sergeant mit seinen Leuten den Stützpunkt zurückerobern konnte."

Bei diesen Nachrichten verfinsterten sich die Blicke der Anwesenden wieder.

„Wir werden diesem Mistkerl in den Arsch treten", flüsterte Scott.

„Außerdem haben wir Sanctuary erreicht", fuhr Dixon fort. „Wenn sich das Funkfenster gleich wieder öffnet, wird nicht nur die CFB Halifax, sondern auch Richard Fuller der kommenden Besprechung über Funk beiwohnen."

Ray lächelte. Er hätte nicht gedacht, dass er schon so schnell wieder von Fuller hören würde. Letztlich war ihm aber alles Recht, was zum Sieg verholfen konnte. Die Weichen waren gestellt. Was noch fehlte, war ein strukturierter Plan zum Angriff auf New York.

Auf dem Tisch stand ein großes Funkgerät. Die Verbindung nach Halifax und Sanctuary würde gleich stehen. Es knackte ein paar Mal, dann gab ihm ein Funkoffizier das Zeichen, dass er sprechen konnte.

„Hier spricht General Thomas Dixon von der USS George Washington. Besonders möchte ich Master Sergeant Pelletier und Mister Fuller in dieser Runde begrüßen. Können Sie beide uns gut verstehen?"

„Klar und deutlich, Sir." Pelletier antwortete, wie man es von ihm erwarten konnte.

„Ich kann Sie ebenfalls hören, obwohl mir noch nicht ganz klar ist, warum ich Ihnen zuhören sollte", antwortete Fuller.

„Ich hoffe, dass ich Ihnen im Laufe dieses Gespräches genug Gründe dafür liefern kann, Mister Fuller." Dixon nickte Ray zu, er wusste, was in seinem Kopf vorging.

„Master Sergeant Pelletier, Raymond Thompson hier. Wie geht es den Leuten aus Fort Benning?"

„Hallo, Captain Thompson, so weit, so gut. Wir kämpfen uns durch, wie immer. Ich hoffe, Ihnen und Ihren Freunden geht es ebenfalls gut. Herzlichen Glückwunsch zur gelungenen Mission. Ich soll Ihnen Grüße von Josh und den anderen ausrichten. Jeder tut hier, was er kann."

„Ich habe nichts anderes erwartet. Ich denke den Rest dieser Unterhaltung sollten wir führen, wenn wir New York eingenommen haben. Ich könnte mir vorstellen, dass wir einige Geschichten auszutauschen haben."

„Darauf freue ich mich bereits. Dann lassen Sie uns nun besprechen, wie wir diesen vermaledeiten Hurensohn in die ewigen Jagdgründe befördern können. Für alles andere bleibt uns hoffentlich später noch genug Zeit." Am Funkapparat knackte es.

„Mister Thompson, es freut mich ja fast, Ihre Stimme zu hören. Haben Sie tatsächlich Ihren Flugzeugträger erreicht? Ich muss mich noch bei Ihnen bedanken. Mister Cruz und seine Mannschaft sind wohlbehalten bei uns angekommen. Inklusive der Funkfrequenzen, die Sie bei sich trugen."

Ray zog vor seinen nächsten Worten eine Grimasse. „Mister Fuller.

Gern geschehen wäre zu viel gesagt. Dennoch freue ich mich, dass es den Menschen in Sanctuary gut geht."

„Können wir dann endlich starten?" Admiral Jackson schien allmählich die Geduld zu verlieren. „Wir sind hier nicht zum Kaffeeklatsch."

Dixon rollte einige Landkarten auseinander.

„Admiral Jackson hat Recht. Es geht um den Angriff auf New York. Es geht um den Untergang von Derek Stone und Vita Invicta. Mister Fuller, Master Sergeant. Wir planen einen koordinierten Angriff in den nächsten zweiundsiebzig Stunden. Dieser Angriff wird sich gegen die Wurzel des Übels in New York richten. Wir werden versuchen, der Schlange den Kopf abzuschlagen. Dabei werden wir mit der USS Washington den Seeweg wählen. Ich habe noch keinen genauen Angriffsort, aber wir werden definitiv vom Wasser aus angreifen. Sie sollten sich an verschiedenen Stellen über Land nähern."

Pelletier reagierte als erstes. „Wir haben die CFB Halifax unter geringen Verlusten einnehmen können. Zudem befindet sich ein Insider in unseren Reihen. Ich werde alle verfügbaren Soldaten und jedes militärische Gerät in Marsch setzen, um dieses Mistschwein aus dem Verkehr zu ziehen. Erwarten Sie unser Kommen in den nächsten drei Tagen. Wir werden ihn und seine Firma zermalmen."

Richard Fuller räusperte sich müde. Scheinbar wollte er, dass alle Anwesenden seine Langeweile zur Kenntnis nahmen.

„Verraten Sie mir auch, warum ich das in Betracht ziehen sollte? Warum sollte ich mit meinen Leuten den Schutz von Sanctuary verlassen, um sie in einer Millionenmetropole wie New York zu opfern? Diese Heldennummer ist vielleicht für Sie und Ihre Leute geeignet, aber uns geht es gut, so wie wir hier leben."

Dixon ärgerte sich zwar über die Äußerung, aber er lächelte dennoch. Allmählich begriff er, was Ray Thompson meinte, als er Fuller als schwierig beschrieb.

„Mister Fuller. Dieses Szenario kann nur auf zwei Arten enden. Bei der ersten Alternative gewinnen die Guten, das heißt wir. Dann werden wir in der Lage sein, das Antivirus herzustellen, um uns gegen diese teuflische Seuche zu wappnen. Dem Sieger die Beute. So ist es schon immer gewesen. Würden Sie helfen, hätte der Vizepräsident der vereinigten Staaten einen Grund sich erkenntlich zu zeigen. Helfen Sie nicht, wünsche ich Ihnen in den kommenden Jahren viel Erfolg bei Ackerbau und Viehzucht. Ich sähe keinen Grund ihnen etwas von *unseren* Ressourcen abzugeben. Bei der zweiten Alternative, Gott bewahre uns davor, wird unser Angriff abgewehrt und Derek Stone gewinnt. Dieser Mann ist ein Psychopath, wie er im Buche steht. Was denken Sie, wie viele Existenzchancen eine Stadt wie Sanctuary hätte, wenn er die Kontrolle über die Vereinigten Staaten, geschweige denn die Welt, an sich reißen würde?" Eine Minute lang tat sich nichts. Dann antwortete Fuller.

„Was für einen Grund hätte Stone denn, sich mit uns anzulegen? Wir haben nichts, was wichtig wäre für so einen Mann."

„Darum geht es einem Menschen wie Derek Stone nicht. Sie sind da, also gehören Sie ihm. Wenn Sie dieses Risiko tragen können, dann tun Sie es. Das ist mir herzlich egal. Wir greifen diesen Bastard an, ob mit Ihnen, oder eben ohne Sie. Ihre Entscheidung."

Ray sah Dixon an, während er Richard Fuller anfuhr. Er meinte es offensichtlich ernst. Keine Friedensangebote oder diplomatische Schmeicheleien.

„In diesem Fall, meine Damen und Herren, wünsche ich Ihnen von Herzen viel Glück. Dieser Krieg wird ohne uns stattfinden. Warten Sie in New York nicht auf uns. Ich wünsche Ihnen alles Gute für Ihren Plan." Süffisant wie immer beendete Fuller danach einfach das Gespräch.

Jackson grinste bei Fullers letzten Worten in sich hinein. *Einer weniger. Gut so.*

„So etwas Verbohrtes. Was bildet dieser Kerl sich ein, wer er ist?" Ray pustete aus und nickte.

„Ja, diese Gefühle kann Fuller bisweilen bei einem Menschen auslösen. Es wäre natürlich hilfreich gewesen, wenn er dieses eine Mal über seinen Schatten gesprungen wäre, aber damit gerechnet habe ich eigentlich nicht. Er tut nur, was ihm selbst einen sofortigen Vorteil bringt."

„Schade, dass Sie Recht behalten haben, Captain Thompson. Wir werden also ohne die Hilfe von Sanctuary auskommen müssen. Das wirft uns nicht um, wir haben es bis hierher auch alleine geschafft."

Scott schluckte seine Wut herunter. Er fragte sich, wer hier eigentlich was alleine geschafft hatte. Ray sah seinen Freund an und erkannte den Ärger in seinem Blick. Mit einem leichten Kopfschütteln hielt er ihn zurück.

Pelletier ergriff das Wort. „Damit sind wir die Einzigen, die über Land angreifen werden. Ich kann Ihnen nicht sagen, was ich alles an gepanzerten Fahrzeugen flott bekomme, aber ich werde in der kurzen Zeit tun, was mir möglich ist."

Admiral Jackson schaltete sich ein. „Ich schlage vor, die USS Washington direkt vor den New Yorker Hafen zu manövrieren. Wir könnten mit unseren Geschützen den Feind unter Feuer nehmen und so Master Sergeant Pelletiers Truppen den Landweg ebnen. Wenn die Truppen vorgerückt sind, können wir unsererseits landen und gemeinsam den Hafen einnehmen und sichern. Ich denke nicht, dass Stone eine Marine hat und wenn doch, sicher nicht etwas, was auch nur annähernd mit der Washington konkurrieren könnte. Ich kenne mich in den Gewässern aus und wir hätten ein freies Schussfeld. Am besten eignet sich zum Anlegen die westliche Verladerampe." Alle blickten nun zu Jackson. Dixon schlug mit der Faust auf den Tisch.

„So könnten wir das Maximum aus dieser schwimmenden Festung herausholen. Wir schlagen mit aller Kraft zu und ziehen die Aufmerksamkeit auf uns, Master Sergeant. Wir treffen uns hoffentlich alle im Hafen wieder. Das wird das Gefecht, das über Amerikas Zukunft, und wohlmöglich die Zukunft der Menschheit entscheidet. Hat noch jemand von ihnen Fragen?" Dixon erhielt keine Antwort, als er in die Runde blickte. Auch Pelletier blieb still.

„Wir halten über Funk Kontakt und halten Sie über unsere Fortschritte auf dem Laufenden."

„Wir werden das Gleiche tun, General. Möge Gott uns allen beistehen."

„Ich habe verstanden, Master Sergeant. Dixon Ende." Dixon wandte sich erneut an Ray. „Sie sind Zivilisten. Ich kann Ihnen nichts befehlen, aber ich denke, Sie drei scharren sowieso schon mit den Hufen, nicht wahr?"

Ray nickte. „Darauf können Sie wetten."

„Sie werden mit unseren Truppen im Hafen an Land gehen. Dann werden wir zusammen versuchen, uns Zutritt zur Firma zu verschaffen. Wenn wir erst drinnen sind, ist Stone Geschichte."

„Hoffentlich wird es so leicht", warf Nika ein.

Dixon verzog das Gesicht. „Ich rechne keinesfalls damit, dass es leicht wird. Aber es ist die einzige Möglichkeit. Lassen Sie uns den Angriff vorbereiten." Alle erhoben sich von ihren Stühlen.

Als der Raum fast leer war, griff Ray Dixon an den Arm, um ihn aufzuhalten. Er wartete kurz, bis sie allein waren.

„Ich hätte doch noch eine Frage, General."

„Nur zu."

„Warum haben Sie mich in Bezug auf Melissa angelogen? War es das Motto ‚im Krieg und in der Liebe ist alles erlaubt'?"

Dixon blickte Ray verwirrt an. „Ich verstehe nicht."

Ray grunzte. „Ich bitte Sie. Es ist mehr als offensichtlich, dass Sie meine Hoffnung, Melissa und die Kinder in Sanctuary zu finden, lediglich als Druckmittel ausgenutzt haben, damit ich dorthin fliege und Ihre Mission unterstütze."

Dixon atmete tief durch. „Es tut mir leid, wenn Sie das wirklich denken, Captain Thompson. Aber ich habe Sie nicht angelogen. Die Informationen in Bezug auf Ihre Ex-Frau entsprachen der Wahrheit, zumindest wurde uns das aus Sanctuary bestätigt."

Als Dixon den Konferenzraum verließ, blieb Ray mit offenem Mund stehen.

58Kriegsvorbereitungen

Bis auf die vereinzelten Flutlichtmasten des Stützpunktes war es noch stockfinster auf Nova Scotia, als die ersten Fahrzeuge in der CFB Halifax röhrend zum Leben erwachten. Trotz der frühen Morgenstunde war es erstaunlich mild. Zumindest war der Schnee, der an Weihnachten gefallen war, bereits wieder vollständig geschmolzen. Willem Pelletier schätzte es auf einige Grad über Null, als er sich auf die seitliche Stiege seines Humvees stellte. Wie immer würde dieser als Führungsfahrzeug vorausfahren. Er und Admiral Dixon hatten sich einen mehrstufigen Angriffsplan zurechtgelegt, mit dem man Stones Bollwerk knacken wollte. Mehrere Attacken an strategisch wichtigen Orten und ein Ass in der Hinterhand. Bei diesem Gedanken blickte er in Richtung des Hafens von Halifax, zu dem sein Sohn gerade auf dem Weg war. *Ich zähl' auf Dich, Junge.*

Pelletier ließ seinen Blick noch einige Sekunden in die Ferne schweifen, bevor er sich wieder seiner eigentlichen Aufgabe widmete. Er musste ihre Landstreitmacht marsch- beziehungsweise abfahrbereit machen. Ein Großteil der Fahrzeuge lief bereits und wartete nur auf ein Signal von ihm. Er hatte am heutigen Morgen bereits in zahlreiche Gesichter geblickt und jeder seiner Soldaten war entschlossen, diese Schlacht zu gewinnen. Die vereinigten Streitkräfte, bestehend aus den Truppen aus Fort Benning und der CFB Halifax, hatten keine schlechte Schlagkraft, befand er. Mehrere Hundert Soldaten waren unter Waffen, ausgerüstet mit ausreichend Waffen und Munition für diese hoffentlich letzte, verzweifelte Schlacht. Hart hatte ihm freie Hand gegeben und ihm alles, was sie hatten, zur Verfügung gestellt. Sie hatten selbst Schützen- und Radpanzer in ihrem Arsenal. Kein Zombie würde jemals ins Innere eines solchen Fahrzeugs vordringen, wenn ihn niemand öffnete. Trotzdem gab es einige Unwägbarkeiten. Wie zerstört war New York wirklich? Wie viele Untote hielten sich in der Metropole auf? Wie schnell würden Sie bis nach New Kanaan vordringen können?

Doch die wohl wichtigste Frage war, wie es sich mit Vita Invicta verhielt. Selbst wenn sie es schafften, bis an die Tore der Festung, die Stone in Manhattan errichtet hatte, vorzudringen, war das nur die halbe Miete.

Dort angekommen wären die Karten dann vermutlich anders verteilt, denn sie wussten nicht exakt, was sie alles zu erwarten hatten. Wenn er Jonah wirklich glauben konnte, dann könnten sie eines der Tore zwar relativ leicht öffnen, da dieser wusste wie, doch soweit musste man erst einmal kommen. Bei den Waffen in Vita Invictas Arsenal vermutlich kein Zuckerschlecken. Sie würden dort auf den zweiten Teil ihres Planes setzen und hoffen müssen, dass der Flugzeugträger, der am Hafen für Ablenkung sorgen sollte, bevor sie sich in die Stadt hineinkämpften, den Fokus der feindlichen Streitkräfte auf die andere Seite der Insel lockte. Sollte dies jedoch nicht der Fall sein, dann musste Plan B herhalten. Dieser bestand aus roher Gewalt, viel Sprengkraft und unbeugsamem Siegeswillen.

Sie wussten aus Jonahs Beschreibungen, wie ausgeprägt die Verteidigung war, die Vita Invicta ohnehin aufgebaut hatte. Erschreckend massiv, auch wenn ein Großteil lediglich für anrückende Zombies konzipiert war, nicht aber für eine militärische Streitmacht wie die ihre.

Pelletier war sich außerdem sicher, dass sich bis zu ihrer Ankunft einiges geändert haben würde, jetzt, da Stone wusste, dass sie anrücken würden. Ihr Plan hatte also definitiv einige Lücken und Ungewissheiten, doch in der Schlacht entschied nicht selten die Einstellung der Soldaten mehr als der ausgeklügeltste Plan. Dies war ihr wortwörtliches All-in. Sie würden alles aufbieten, was sie hatten. Alles für diesen letzten, epischen Kampf, der wohl oder übel über das Schicksal der Menschheit entscheiden würde.

***

Josh hatte ein grimmiges Lächeln auf den Lippen, als er einen letzten Blick auf die Vorbereitungen im Stützpunkt warf. Bevor er sich mit den Seals Bourke und McPherson aus dem Seitentor in Richtung Hafen aufmachen würde, wollte er seinen Vater, zumindest aus der Ferne, noch einmal sehen. Er hatte sich zwar schon vor einigen Stunden von seinem

Dad und seiner Mum verabschiedet, doch es konnte ja nicht schaden. Wenn alles glatt lief, dann würden sie sich schon in einigen Tagen wiedersehen. Doch dieses *wenn* vor dem Wiedersehen, war das wohl größte *wenn* in seinem Leben. Sie begaben sich geradewegs in die Höhle des Löwen. Und dort hauste ein großer, bösartiger Löwe, mit dem Namen Derek Stone.

„Kommst du, Josh? Es wird Zeit, wenn wir pünktlich am Treffpunkt sein wollen." McPherson und Bourke blickten wartend durch das offene Seitentor. Josh nickte zur Antwort und setzte sich in Bewegung. *Es beginnt also.*

Mit einem Ruck zog er die Träger seines Rucksacks stramm und griff sein Gewehr fester. Er schloss schnell zu den beiden Soldaten auf und sie liefen gemeinsam zum Hafen, wo sie das gekaperte Landungsboot von Vita Invicta bestiegen. Nur wenige Minuten später fuhren sie aus dem Hafen und machten sich auf den Weg zum Treffpunkt. Sie würden eine Weile allein vor der Küste unterwegs sein. Josh, der es sich am Bug des Schiffes bequem gemacht hatte, zog seine Jacke fester um sich und blickte auf die offene See.

59Der Verräter

Die Besprechung hatte viele Fragen aufgeworfen, aber längst nicht so viele Antworten gegeben. Klar war, dass das große Ziel New York hieß und man alle Kräfte mobilisieren musste, die einem zur Verfügung standen. Dixon wollte eine Bestandsaufnahme seiner Kampfkraft machen und hatte versucht Sanctuary zu beteiligen. Keine schlechte Idee, wenn man an die zu erwartende Masse der Untoten dachte, die in New York auf sie warten würden. Doch Fuller sah das anders. Auf ihn konnten die Streitkräfte also nicht zählen.

Mittlerweile war es kurz vor Mitternacht. Ray hatte sich mit seinen Freunden zurückgezogen, sie waren immer noch sehr erschöpft von der Mission in Sanctuary. Die Gänge des Flugzeugträgers waren menschenleer, bis auf ein paar vereinzelte Wachmannschaften. Deren Stärke war aber nicht sehr groß, was sollte ihnen auf dem offenen Meer auch schon passieren?

Ein gedrungen wirkender Mann schlich zielstrebig durch die Gänge, bedacht darauf, so wenig Aufmerksamkeit wie möglich zu erregen. Das gelang ihm problemlos, denn Admiral Jackson kannte sich auf dem Schiff aus wie in seiner Westentasche. Er war schon lange genug an Bord und hatte von Stone einen klaren Auftrag erhalten. Informationsgewinnung. Es dürfte seinen Boss brennend interessieren, was die letzte Besprechung zum Angriff auf New York ergeben hatte.

Stone hatte das zwar in groben Zügen bereits vorausgesehen, irgendwie konnte dieser Mann alles voraussehen, aber der Zeitpunkt des Angriffs war für ihn von größter Wichtigkeit – und genau der schien jetzt gekommen zu sein.

Jackson sah auf seine Uhr. Das nächste Funkfenster rückte näher, weshalb er schnellstmöglich zur Funkstation musste. Für diese Neuigkeiten würde sich Stone erkenntlich zeigen, soviel war klar. Jackson war kein Dummkopf. Er wusste haargenau, dass Stone eine Hyäne war, aber er belohnte Männer, die ihm nützlich waren. Und Jackson würde ihm mit dieser Nachricht gerade eben das sein. Er wollte bei diesem Krieg auf der Gewinnerseite stehen. Stone war ihm in einigen Punkten ähnlich. Ein organisierter Mann, der nichts dem Zufall überließ. Jackson hatte die Nase voll, sich von Stümpern wie Dixon herumkommandieren zu lassen. Über Nika, Ray und Scott wollte er gar nicht erst nachdenken. Beschissene Zivilisten waren einfach niemals in der Lage, mit ihrer Kleingeistigkeit das große Ganze zu durchdringen. Zum Glück konnte er es. Jackson hoffte, dass diese drei Stones Gegenschlag, der mit Sicherheit verheerend ausfallen dürfte, überleben würden. Dann könnte er ihnen persönlich in die Genitalien schießen, vor allem dieser schwarzhaarigen Schlampe, die es gewagt hatte, ihn mit ihrem Messer zu bedrohen. Jackson lächelte. Es ging allmählich in die heiße Phase.

Seitdem er sich von Vita Invicta hatte anwerben lassen, war bereits einige Zeit vergangen. Er genoss weiterhin alle Vorteile eines hochdekorierten Admirals hier auf der Washington, aber wenn er erst einmal in New Kanaan war würde er seinen Lebensabend in Saus und Braus verbringen, wenn er denn nicht sogar mit der Unsterblichkeit belohnt werden würde, nach der Derek Stone sich so sehr sehnte.

Jackson würde bald von Bord gehen, aber eine Sache gab es noch zu erledigen. Ein Blick auf die Uhr zeigte ihm, dass sich das Funkfenster in sieben Minuten öffnete. Er bog in einen dunklen Seitengang ab und wartete eine Minute. Zwei Minuten. Das dauerte alles länger als geplant. Wo blieb der kleine Arschkriecher nur? Gerade, als er dachte, er müsse seinen Plan ändern, hörte er ein Wispern.

„Sir, sind Sie da?“ Ein pausbäckiger junger Mann schob sich in den Gang hinein.

„Remmy, Sie Hornochse, warum hat das so verdammt lange gedauert? Wir waren vor einer halben Stunde verabredet, sind Sie irre, mich hier in der Dunkelheit warten zu lassen?“

Der Junge trat angesichts der Standpauke verlegen von einen Fuß auf den anderen. „Tut mir wirklich leid, Admiral, aber diese Frau schläft einfach nicht. Und selbst wenn sie schläft, fühlt man sich noch von ihr beobachtet. Ich musste eine halbe Ewigkeit warten, bevor ich anfangen konnte. Ich dachte die ganze Zeit, dass sie mich bemerken wird. Zum Glück ist alles gut gegangen.“

Jackson setzte ein wölfisches Grinsen auf. „Gut gemacht, Soldat. Jetzt her damit, wir haben heute Nacht noch einiges zu tun.“ Der Soldat überreichte seinem Dienstvorgesetzten einen in ein Tuch eingewickelten Gegenstand. Jackson rollte das Tuch auseinander und blickte zufrieden auf den Inhalt. Ein Kampfmesser mit schwarzem Griff. Genau das gleiche Messer, das sich Stunden zuvor noch an seinen Eiern befunden hatte. Nikas Messer.

„Was haben Sie jetzt damit vor, Sir?“ Der Soldat fühlte sich offenbar unbehaglich.

„Damit sollten Sie sich nicht belasten, Remmy. Kümmern Sie sich oben um das Beiboot und warten Sie, bis ich zu Ihnen komme. Für uns fängt heute der Rest unseres Lebens im Luxus an. Also haben Sie keine Gewissensbisse und tun Sie, was wir besprochen haben.

„Okay, Admiral. Ich warte oben auf Sie.“ Jackson nickte, während Remmy sich an Deck begab. Der Junge würde das schon hinbekommen, selbst wenn er ein Idiot war. Ein dummes und doch nützliches Werkzeug.

Jackson ging zum Funkraum und klopfte an die Metalltür, so als würde er einen Anstandsbesuch abhalten. Die Funkmannschaft bestand nachts aus zwei Soldaten. Petty Officer Janet Griggs, einer hübschen, blonden Frau und Sergeant Reinhart, einem Afghanistanveteranen. Die Wache wurde grundsätzlich zu zweit gehalten: Falls einer einschlief, würde wenigstens der andere wichtigen Funksprüche mithören können. Jackson streckte seinen Kopf hinein. Griggs schoss kerzengerade nach oben und auch Reinhart erhob sich zu einem militärischen Gruß.

„Bleiben Sie sitzen, ich bin gar nicht hier“, sagte der Admiral und lachte dabei. Reinhart blickte ihn etwas skeptisch an. Griggs setzte das Headset auf.

„Admiral, was verschafft uns diese Ehre?“ Der Veteran setzte sich wieder in seinen Stuhl.

„Schnöde Einschlafprobleme vor so einem wichtigen Gefecht. Ich wollte nur etwas spazieren gehen und Ihnen keine Umstände bereiten, deshalb habe ich geklopft. Irgendetwas Interessantes?“

Reinhart schüttelte den Kopf. „Das Funkfenster öffnet erst in vier Minuten. General Dixon hat uns angewiesen, wie immer nach Überlebenden zu horchen. Deshalb hat Griggs auch bereits das Headset auf.“

Jackson nickte. „Sie machen hier einen guten Job, deswegen tut mir die ganze Sache auch tatsächlich leid.“ Reinhart schaute den Admiral verwundert an. Dieser blickte zu Griggs, die bereits nahe am Funk saß, und mit beiden Händen ihre Kopfhörer festhielt, um nichts zu verpassen. Reinhart saß ein Stück hinter der Frau. Um zu sehen, was als nächstes passierte, hätte sie sich umdrehen müssen, das tat sie aber nicht.

„Wie meinen Sieeee…“, weiter kam Reinhart nicht mehr, als das Messer das erste Mal in seine direkt kollabierende Lunge eindrang. Beim zweiten, dritten, vierten und fünften Stich gab er nur noch zischende Laute von sich und schaumiges Blut schoss aus den Wunden an seinem Brustkorb. Als er die Augen verdrehte und in seinen Stuhl sackte, trat Jackson blutbesudelt und in aller Seelenruhe von hinten an Griggs Stuhl heran. Er umfasste von hinten ihren Hals und stach auch ihr mehrfach seitlich in den Rippenbereich. Jackson wusste, wie man jemanden mit einem Messer vom Schreien abhalten konnte. Keine Lungenfunktion, keine Schreie. So einfach war das. Er wischte den Messergriff ab und nahm es mit dem Tuch noch einmal zur Hand, nur um es der sterbenden Griggs erneut in die Flanke zu rammen. Jackson wischte sich das Blut von seinen Händen. Es würde lange genug für Verwirrung sorgen und den Verdacht von ihm ablenken.

Er strich sich über seinen linken Arm, den er sich vor etwa neunzig Minuten selbst angeritzt hatte, um sein eigenes Blut in seiner Kajüte zu verteilen. Das dürfte fürs erste genügen, um Aufruhr an Bord der USS Washington zu erzeugen und seinen Abgang zu decken. Nachdem er Griggs vom Stuhl gezogen hatte, setzte er sich selbst hin und wechselte den Kanal. Er betätigte den Sendeknopf und flüsterte beinahe ehrfürchtig in den Äther.

„Mein Name ist Ozymandias, König aller Könige. Seht euch mein Werk an, ihr mächtigen Herrscher und erzittert.“ Danach tat sich einen Moment lang nichts, bis er am anderen Ende eine leicht genervte Stimme vernahm.

„Jackson. Haben Sie den Verstand verloren, diese Frequenz zu benutzen? Sind Sie so scharf darauf, Ihre eigenen Schreie zu hören?“

„Mister Stone, das hier duldet leider keinen weiteren Aufschub. Die

Washington wird gegen Sie mobilmachen. Es wird schon bald beginnen. Um genau zu sein, in den nächsten zweiundsiebzig Stunden. Ich habe dafür gesorgt, dass der Flugzeugträger an der Verladerampe im Westen des Hafens anlegt. Meine Position hier wird jetzt allerdings zu heiß. Ich werde von Bord gehen und nach New York kommen."

Stone räusperte sich. „Da haben Sie ja mal ausnahmsweise richtig gedacht. Ich wusste ja, dass man mich angreifen würde, nur ich hatte mit einem etwas späteren Zeitpunkt gerechnet. Was haben diese Hurensöhne vor?"

„Es wird ein zweigeteilter Angriff. Die Washington wird versuchen, in den Hafen einzulaufen, um ihre Leute dort aus der Entfernung unter Feuer zu nehmen. Pelletier und die Truppen aus Benning kommen über Land. Ich kann aber nicht sagen, wo genau, das steht noch nicht fest. Die Position des Flugzeugträgers kann ich Ihnen markieren, ich habe den Ort wie gesagt selbst vorgeschlagen."

„Ich scheiße auf Benning. Ich werde diese Weicheier zerfetzen. Die einzige Bedrohung ist die Washington, doch auch da habe ich schon eine Idee. Ich habe eine besondere Überraschung vorbereitet. In Ordnung, Admiral Jackson. Kommen Sie zu uns. Ruhm, Reichtum und Muschis erwarten Sie. Stone Ende."

Admiral Jackson hätte fast losgelacht. Es interessierte Derek Stone nicht im mindestens, wie viele Soldaten aus Benning ihn angreifen würden, oder wie sie bewaffnet waren. War er sich seiner Sache wirklich so sicher?

Jackson streckte seinen Kopf auf den Gang, um nachzusehen, ob die Luft rein war. Als er niemanden erblickte, ging er unbehelligt zum wartenden Remmy an Bord des Beibootes. Als die beiden das kleine Boot zu Wasser ließen, grinste der Admiral zufrieden.

„Wir haben die richtige Entscheidung getroffen, Junge. Auf nach New York."

Remmy ruderte die ersten paar hundert Meter, bis die beiden weit genug vom Träger entfernt waren. Erst dann startete er den Außenborder und das kleine Boot nahm Fahrt auf. Wäre die Nacht nicht so stockfinster gewesen, hätten sie vielleicht bemerkt, dass noch ein weiteres Boot zu Wasser gelassen wurde. Die beiden Ratten hatten das vermeintlich sinkende Schiff also nicht allein verlassen.

***

Watson bellte wie verrückt, und Ray wurde aus einer Mischung von seinem Gekläffe und lauten Kommandos mitten in der Nacht geweckt. Schlaftrunken trat er vor seine Kajüte. Er lief einem Offizier in die Arme, der hektisch herumblökte. Ray fasste ihm an die Schulter.

„Was ist hier los? Was soll dieser Lärm?“

„Captain Thompson. Jemand hat zwei Soldaten unserer Funkcrew getötet. In Admiral Jacksons Büro wurde Blut gefunden und das Bettlaken ist zerschnitten. Von ihrer Freundin Nika und dem Admiral fehlt jede Spur, aber ihr Messer hat man in der Funkkabine gefunden, wo die Morde geschehen sind. Dixon tobt.“

„Was zur…“, begann Ray. „Nika würde so etwas nie tun, dafür lege ich meine Hand ins Feuer…“

„Das können Sie gerne tun, aber es ändert nichts an den Tatsachen. Ich muss mich um diese Sache kümmern, entschuldigen Sie mich.“ Ray stand fassungslos auf dem Flur vor seiner Kabine und schüttelte den Kopf.

Was hast du nun schon wieder getan, Nika?

60Epilog

Wie am Ende einer jeden Woche aktualisierte Christina Baker das Bürgerverzeichnis von Sanctuary. Auch wenn es in der vergangenen Zeit längst nicht mehr eine solch hohe Fluktuation bei den Einwohnern gegeben hatte wie in der ersten Zeit nach dem Ausbruch des Virus, so gab es doch immer wieder Menschen, die entweder neu hinzu kamen oder aber aus den verschiedensten Gründen gelöscht werden mussten, sei es, weil sie weitergezogen oder auch verstorben waren. Diese Leute wurden dann in einem Ordner für „Ehemalige" geführt.

Für heute war die junge Brünette, die quasi von Beginn an hier in der Verwaltung gearbeitet hatte, so gut wie fertig. Sie wollte gerade den Ordner mit den aktuellen Bewohnern zuschlagen, als ihr ein Blatt auffiel, welches nicht richtig eingeheftet war. Sie zog es heraus.

Es handelte sich um die Abmeldedaten einer Frau mit ihren zwei Kindern, die sich in der Zeit von Ende November bis zur zweiten Dezemberwoche in Sanctuary aufgehalten hatten, bevor sie die Stadt wieder verlassen hatten. Scheinbar hatte Christina vergessen, das Dokument in den Ordner der ehemaligen Bewohner abzuheften. Sie holte den passenden Ordner und schlug das Namensregister unter dem Buchstaben „F" auf. Dann heftete sie den Zettel, der bestätigte, dass Melissa Fletcher mit ihren beiden Kindern Tom und Eve in Sanctuary gewesen war, an der passenden Stelle ab.

Tom und Eve, dachte Christina. Irgendwie kamen ihr die Namen bekannt vor. Richtig, jetzt fiel es ihr auch wieder ein. Die beiden Kinder waren Zwillinge gewesen.

***

Zweiundsiebzig Stunden nach der Lagebesprechung im Konferenzraum stand General Dixon auf der Brücke des Schiffes und ging noch einmal mit Ray die Pläne für den Angriff auf Vita Invicta durch. Auch wenn alle Beteiligten versuchten, betont locker zu wirken, so wussten sie, dass die nächsten Stunden über das Schicksal der freien Welt, und damit wohlmöglich auch der Menschheit entscheiden würden. Sie hatten alles in ihrer Macht stehende getan, um in der Kürze der Zeit bestmöglich vorbereitet zu sein. Sie mussten Derek Stone treffen, wenn er es am wenigsten erwartete.

Scott kam auf die Brücke und stellte sich neben Ray. „Bald geht's rund, hm?", fragte er, während er seinem Freund einen Arm um die Schulter legte.

Ray lächelte. „Bald geht's rund."

***

Die Sonne schien hell und klar am wolkenlosen Himmel, als die USS George Washington langsam in den Hafen von New York einlief. Der Flugzeugträger steuerte auf die westliche Verladerampe zu, genauso wie Jackson es vorhergesagt hatte.

Derek Stone stand auf dem Dach des Firmengebäudes von Vita Invicta. Es lag eine ganz besondere Anspannung in der Luft. Er konnte spüren, wie es dem Ende zuging. Der Sieg war zum Greifen nah. Das große Finale stand kurz bevor.

Stone hatte das Schiff schon von weitem gesehen und sich in Gedanken den Gesichtsausdruck von Harrison Carter vorgestellt, wenn dieser bemerken würde, dass er sich damals falsch entschieden hatte, als er nicht zurück in den Kreis der Tafelrunde gekehrt war. Gleiches galt für die gesamte Truppe von Möchtegern-Weltverbesserern wie Dixon und Pelletier. Sie alle hatten auf das falsche Pferd gesetzt. Aber diese Kleingeister würden allesamt schon bald der Vergangenheit angehören. Jeden von ihnen würde er, Derek Stone, vernichten. Erbarmungslos. Endgültig. Doch eins nach dem anderen. Zuerst war der Flugzeugträger dran.

In seiner rechten Hand hielt Stone einen kleinen Kasten, in dessen Mitte sich ein Joystick befand. Unterhalb des Steuerhebels gab es zwei Knöpfe. Als die USS George Washington die Verladerampe erreicht hatte, betätigte Stone mit einer sanften Bewegung den Joystick, woraufhin einer der Lastkräne, an dessen Haken ein riesiger Container hing, über die Landefläche des Flugzeugträgers schwenkte. Mit einem Druck auf den rechten Knopf seiner Fernsteuerung löste sich der Haken und der Container fiel krachend auf den Schiffsboden, wobei die Containertür aufschwang. Ein markerschütterndes Brüllen hallte durch den Hafen, als der Alpha nach draußen schoss und seine Beute witterte.

„Viel Spaß beim Spielen, G“, sagte Stone mit einem teuflischen Grinsen. Dann ging er wieder in Richtung der Treppe, die hinunter zum Besprechungsraum der Tafelrunde führte.

61Danksagung

Lieber Leser,

wie Sie sicherlich merken, nähern wir uns dem großen Finale! Ich bin nach wie vor überwältigt von der großartigen Resonanz auf diese Romanreihe und ich danke Ihnen auch für Buch Fünf von ganzem Herzen, dass Sie keine Kosten und Mühen gescheut haben, dieses Abenteuer gemeinsam mit mir zu erleben. Ich hoffe, dass Sie beim Lesen ebenso viel Spaß hatten wie ich beim Schreiben.

Da ich nach wie vor als Indie-Autor tätig bin, freue ich mich so sehr über Rezensionen auf Amazon wie Marie sich über ein Lebenszeichen von Josh freuen würde – daher auch an dieser Stelle die Bitte an Sie: Wenn Ihnen mein Buch gefallen hat, so lassen Sie dies andere Leser wissen! Bitte nehmen Sie sich die zwei Minuten Zeit, um eine kurze Bewertung zu hinterlassen. Ohne die Unterstützung eines großen Verlages ist dies für mich das beste Werbemittel, das es gibt.

Ihre Rückmeldung ist mir aber auch aus einem anderen Grund wichtig: Nur durch Ihr Feedback bekomme ich eine Vorstellung davon, was ich noch besser machen sollte und wie ich mich als Autor weiter entwickeln kann.
Ein besonderer Dank geht an dieser Stelle an alle meine Probeleser, die meinem Aufruf gefolgt sind und mir mit ihren tollen Rückmeldungen die Arbeit wesentlich erleichtert haben!

Ich nehme mir die Kritik all meiner Leser sehr zu Herzen und versuche stets, Ihre Vorschläge beim Schreiben zu berücksichtigen. Bitte schreiben Sie mir unter:
davidbournebooks@gmail.com

Was mochten Sie? Was ging in Ihren Augen gar nicht? Was fehlte Ihnen so sehr, dass Sie es unbedingt lesen wollen würden? War etwas besonders gelungen, spannend, witzig?

Ich habe bislang jede Mail persönlich beantwortet und werde mich weiter nach Kräften bemühen, mit Ihnen in einen Dialog zu treten. Melden Sie sich gerne bei mir – „Stufe Sechs ist bereits in Planung!

Ihr

David Bourne

P.S.: Falls Sie noch kein Mitglied sind – hier geht es zum elitären Kreis meines **VIP-Leserclubs!**

Hier geht's zum VIP-Leserclub!

Besuchen Sie www.jsf-success.leadpages.co/david-bourne/

Als besonderen Dank erhalten Sie außerdem **ein geheimes Bonuskapitel** zu dieser Buchserie per Mail!

Printed by Amazon Italia Logistica S.r.l.
Torrazza Piemonte (TO), Italy

27672667R00151